覆雨翻雲

黃易

作品集 卷九

【修訂版】

【目錄】

第一章 奉旨風流 005
第二章 終身幸福 037
第三章 誤中副車 063
第四章 遊龍戲鳳 099
第五章 龍虎匯聚 127
第六章 情天驚變 157
第七章 古廟驚魂 187
第八章 秦淮仙蹤 209
第九章 戰神圖錄 233

第一章 奉旨風流

第一章　奉旨風流

莊青霜離開馬車返抵家門時，當然是臉紅耳赤，釵橫鬢亂，衣衫不整。看得葉素冬暗自心驚。幸好他亦是花叢老手，精擅觀女之術，知她尙是完璧，忙著人先護送她進府，好讓他送韓柏進宮。這次他肯保莊青霜去看韓柏，固是因爲一向對韓柏有好感，又知朱元璋看重他，但更重要是另外兩個原因，使他想促成這對愛侶的姻緣。

首先是他眞的感激韓柏救了朱元璋。若朱元璋死了，在場者除老公公身分超然可以免禍外，其他所有人包括他和過千禁衛，將全無倖免地因失職被處以極刑，故韓柏可說是他的救命恩人。朱元璋死後掌權要的是燕王棣，西寧派會被他連根拔起，代之以他的勢力。另一個原因是韓柏已成各方勢力的寵兒，倘莊青霜嫁了韓柏，無論將來如何波翻浪湧，只要不是藍玉或蒙人得天下，誰也要看在韓柏的面子分上不動他西寧派。而他亦是憑這理由說服莊節，讓他放莊青霜去見韓柏。想到這裏時，馬車內早隱隱傳來虛夜月的嬌喘和呻吟聲。葉素冬亦不由暗暗羨慕起這幸運小子的艷福來。

朱元璋在書齋接見韓柏，見他依然必恭必敬依禮跪拜，毫無恃功之態，滿意地賜他坐在龍桌之側，笑道：「小子你救了朕，朕便賞你一個要求，只要合乎情理，朕定不會食言。」

韓柏喜道：「那就請求皇上著莊節把莊青霜許配與小子吧！」

朱元璋愕然道：「你好像不知道我給的要求如何珍貴，這樣隨便用掉，不覺可惜嗎？」

韓柏瀟灑地道：「小子胸無大志，也沒有甚麼要求，能得莊青霜爲妻已是心滿意足了。」

朱元璋笑道：「既是如此，朕便立即下旨，把莊青霜許爾爲妻吧！」韓柏大喜謝恩。

朱元璋沉吟片晌後，忽道：「今晚你會見燕王時代朕傳一句話，告訴他在朕有生之年，能不存異心，那朕便絕不會對付他，亦不會削他兵權。」

韓柏心中一震，亦不由佩服朱元璋目光如炬，看準了朱棣爲人。燕王最懼怕的就是朱元璋趁仍在生時，便削他勢力，爲允炆將來的皇權鋪路，所以謝廷石才如此害怕被握到痛腳。若去此疑懼，他爲何不多等些日子，待朱元璋駕崩後才動手。問題是朱元璋這承諾是否只是緩兵之計，待解決了藍玉，以重整六部的行動架空了胡惟庸後，才轉過槍頭來對付燕王？

朱元璋不悅道：「你在想甚麼？」

韓柏忙道：「小子在想怎樣去說服燕王，教他不會口上答應，心裏想的卻是另一套。」

朱元璋對這答案非常滿意，點頭道：「你是朕的福將，定可將他說服。何況你現在身爲鬼王的女婿，他怎麼也要給你點面子。沒有鬼王的支持，燕王便像老虎沒有了爪牙，縱能帶來點驚嚇，亦傷不了人。」

韓柏大是懍然，朱元璋最忌的人顯然是鬼王，他會不會利用他去對付自己的岳丈？他韓柏是否只是一個被利用的傻瓜呢？恐怕他也無法弄得清楚。

朱元璋沉吟半晌後，嘆了一口氣道：「之前朕向你提及要試探陳貴妃，你有沒有想到用甚麼方法？」

韓柏皺眉道：「假若陳貴妃眞是蒙人的臥底，無論小子如何本事，恐也抓不著她的辮子。」

朱元璋露出惆悵之色，淡淡道：「朕不用你去尋這方面的證據，只要你能證明她會愛上別的男人，朕便立即把她處死，一了百了，更不理她是不是想暗害朕的奸細。」

韓柏嚇了一跳道：「皇上不是要小子去勾引她吧？這事萬萬不成。因爲只要小子想到眞個逗得她愛上我後，就會把她害死，小子將一點也發揮不出對女人的吸引力，縱使皇上殺了我也辦不到。」

朱元璋一掌拍在檯上，痛苦地道：「爲了大明江山，我朱元璋還要犧牲甚麼呢？這樣吧！假設你弄了她上手，便把她帶走匿藏起來，永遠都不要讓朕看到或聽到有關她的任何情況。」

韓柏還是首次目睹朱元璋如此苦惱，道：「不如這樣吧！皇上把陳貴妃暫時送往別處，那她想害皇上也辦不到了。」

朱元璋回復平靜，柔聲道：「朕也想到這個甚或其他許多辦法，不過都不能徹底解決問題。所以還是決定由你這對女人最有辦法的人去對付她。若她對朕是眞心實意的，朕便策封她爲皇后。算作對她起疑心的補償。」

韓柏囁嚅道：「假若她對皇上眞的忠誠，而小子卻曾對她動手動腳，那時皇上還肯饒過小子嗎？」

朱元璋怒道：「這事本是由你提出來的，你自然對自己的猜測絕對有信心，爲何現在又畏首畏尾，是否要逼朕把你推出去斬首？」

韓柏駭然道：「皇上息怒，小子自然是信心十足，只怕勾引她不成時，慘被皇上殺了，那才不值。」

朱元璋嘴角逸出一絲冷酷的笑意，哂道：「這正是最關鍵之處，所以爲了你的小命著想，你定要盡展手段，向朕證明她對朕的愛只是虛情假意。不過你也不用那麼擔心，衝著若無兄的面子，朕頂多把氣出在旁人身上，你不妨想一想那被出氣的會是何人？」

韓柏第一個想起的就是陳令方，苦笑道：「皇上眞厲害，小子服了。」

宋楠、宋媚兩兄妹與乾羅在飯館裏吃早飯，經過昨夜的折騰和一夜趕路後，他兩人都有點疲倦。雖說勉強睡覺，但車行顛簸，都是睡睡醒醒。乾羅對宋媚頗有好感，不時把飯菜夾到她碗裏。宋楠自從知道眼前這看來瀟灑好看的中年男子就是名震黑道達六十年之久的梟雄人物後，又敬又怕，反是宋媚不時向他撒嬌，視之與父親長輩無異。

乾羅舉盅喝著熱茶，宋楠忍不住道：「乾先生，這次我們兄妹所以要被藍……」

乾羅打斷他道：「人多耳雜，有機會再說吧！」

宋媚明媚的大眼望向乾羅道：「乾老啊！我眞不明白以你們這種人物，怎有閒情來理我們的事。我從未想過黑道裏會有乾老和戚兄這麼重情義的人。」

宋楠欷歔道：「出事後，我們曾向一些交情深厚的所謂正道門派求助，不是吃了閉門羹，就是未到門口便給趕走。眞是人情冷暖，世態炎涼！」

乾羅笑道：「這些事老夫早司空見慣，甚至不費神去想。」接著微笑道：「宋姑娘起始時似是非常反對令兄請長征保護你們的，後來爲何又改變主意？」

宋媚赧然道：「乾老的眼眞厲害，宋媚的確和大哥約定，必須由我見過人後同意點頭，才肯起程。」

乾羅笑道：「宋姑娘見到長征時，雙目亮了起來，是否就在那時一見傾心哩？」

宋楠當然知道乃妹愛上了戚長征。事實上他對戚長征打一開始便有好感，所以才求他出手援助。此時見乾羅像慈父般調笑自己這堅強和有自己主意個性的妹子，心中溫暖，含笑看她如何應對。

宋媚俏臉微紅，有點不依道：「不全是那樣的。只是當時心想，像戚兄那種超卓人物，要財有財，要人有人，根本不用覬覦我們的錢財或宋媚的蒲柳姿色，所以便放下心來罷了。」

乾羅笑道：「宋姑娘還是錯了，我看這小子一早就在打姑娘的主意。」

宋媚嬌羞垂頭，卻是神情歡悅，想起昨晚與戚長征暗室裏的親熱廝磨，全身立時發燙起來。

這時戚長征轉了回來，坐下後道：「買了一條船，吃完飯後立即上船，聽說近日水道的關防查得很緊，我們要喬裝一下才行。」扒了兩口白飯入口後，奇道：「宋姑娘爲何臉兒紅得這麼厲害，不是……嘿！不是昨夜著了涼吧？」

宋媚更是羞不自勝，橫了他一眼，催道：「你這人哪！快點吃吧！」

風行烈他們的船剛在天明時遇上了地方官府的船，當不捨打出八派的身分旗號時，官差立即放行，還恭敬無比。眾人聚在艙廳吃罷早點，親切談了一會後，各自散去。風行烈領著妻妾回房，玲瓏亦跟了進來奉侍茶水。

谷倩蓮笑道：「行烈啊！我看韓柏這小子最是風流，到京後人家可不許你隨他到青樓鬼混，快答應倩蓮。」

風行烈啞然失笑道：「本人一向對青樓的賣笑姑娘只有同情而無褻玩之心，倩蓮你太小看爲夫了。」

谷倩蓮懷疑地道：「男人哪個不愛花天酒地，看來還是逼你立下誓言才妥當點。」

谷姿仙笑責道：「倩蓮呀！」

玲瓏聽得「噗哧」一笑，旋又吃驚地掩著了小嘴，想逃去時，給谷倩蓮逮著，惡兮兮道：「小丫頭你笑甚麼？」

玲瓏慌張失措，求道：「蓮姊好心，放過玲瓏吧！」

谷姿仙嗔道：「小蓮！你整天都在欺負玲瓏。」

風行烈看著這清純得像朵小百合花的少女，既多情又害羞，心癢起來，笑道：「小玲瓏過來，讓我保護你。」玲瓏更是手足無措，只懂向谷倩蓮求饒。

谷倩蓮押著羞不可抑的玲瓏，推到風行烈身前，嚷道：「行烈吻她，看她還可以矜持多久。」

玲瓏羞得耳根都紅了，閉上雙目，嬌軀輕輕顫抖著，卻再沒有掙扎，任誰都知道她是千肯萬肯了。

谷姿仙站了起來，望著窗外道：「眞好！刮起風來了，順風順水，可能明早我們就可抵達京師了。」接著走到捉牢玲瓏雙肩的谷倩蓮旁，若無其事道：「小蓮陪我到外面走走，欣賞一下兩岸的景色。」

谷倩蓮會意，隨她出房，臨行前還不忘道：「行烈記得不要被你那些豬朋狗友影響了。」

風行烈想起明天會見到韓柏范良極這對「豬朋狗友」，心情大佳，站了起來，把玲瓏輕輕擁入懷裏道：「你小姐有意要風某納你爲妾，玲瓏你願意嗎？」玲瓏早意亂情迷，聞言又羞又喜，不敢看他，只是不住點頭。

風行烈終究不慣在早晨起身的時刻，又再上床歡好，吻了她香唇後柔聲道：「我會像對素香般疼你，乖乖去吧！」玲瓏微一點頭後，逃命般走了。

風行烈走出房外，心想趁現在閒著無事，好好和三位嬌妻美妾調情談心，到了京師後恐怕不會有這種閒情。

韓柏走出書齋，赫然看到范良極和葉素冬正談笑甚歡，如見親人，迎了上去。范良極像年輕了數十年般，容光煥發，神采飛揚，說話的動作表情比平時更誇大了。客氣幾句後，葉素冬道：「兩位大人最好由午門離去，避免碰到上朝的文武官員。」兩人哪會計較，拒絕了葉素冬用馬車送他們，逕自由午門溜了出去。

才走出皇城，范良極便口若懸河道：「穿著衣服真的看不出來，雲清這婆娘不但珠圓玉潤，身材更是好得無可再好，皮膚滑如綿緞，摸上手大家都覺得不知多麼舒服，現在求她離開我這超級大情人，她都不會哩！」

韓柏感同身受，摟著他的瘦肩喜讚道：「老小子你真行，昨晚做了多少次？」

范良極傲然道：「記都記不得有多少次，哼！我數十年的童子功豈是白練的，雲清真是這世上最幸福的女人。」

韓柏擔心道：「現在你的童子功豈非盡喪於雲清那婆娘身上，我還有事需要你幫忙呀！」

范良極哂道：「你當我真是練童子功的嗎？放心吧！我的絕世神功保證有進無退，床上功夫更是立臻天下無敵的境界。」

韓柏差點笑彎了腰，心中一動問道：「你定從雲清那裏探聽得很多有關八派的消息，對嗎？」這時兩人離開了皇城外的林蔭大道，於行人眾多，店鋪林立的長街上，朝著左家老巷的方向走去。

范良極嘻嘻答道：「當然！雲清不但把她由懂事後所有發生的事全告訴了我這夫君，還將八派的情況全盤托出，因爲她有點擔心。不老神仙今晨才抵達，現在八派的所有領袖和種子高手都會陸續住進西寧道場。年輕一輩知你偷了莊青霜的心，都恨你入骨，你去道場和她鬼混時最好小心點。」頓了頓再道：「八派的元老會議會在朱元璋大壽前的一天舉行，那就是三天之後，聽說夢瑤已答應出席，不過我看也改變不了八派坐山觀虎鬥的心態。雲清說自攔江之戰傳到八派耳中後，大部分人都希望他們兩敗俱傷，好讓八派能重執武林牛耳。」

韓柏聽得一陣心煩，嘆道：「浪大俠在哪裏呢？我有要事要勞駕他呢。」

范良極笑道：「這還不容易，他昨晚已經到了左家老巷，看詩兒釀酒，你也應去獎勵她們。」

韓柏大喜，忙和范良極趕往左家老巷，一番甜言蜜語，哄得三位姊姊心花怒放後，到內宅小室把過去所發生的事向浪翻雲詳細道出。

浪翻雲聽後點頭道：「現在我愈來愈相信朱元璋縱容藍玉和胡惟庸與外敵勾結，眞正想對付的人就是鬼王虛若無。只要除去虛若無，他的大明江山才有可能不會出現內鬥，使他朱家能平安的長享天下。」

范良極皺眉道：「那他何不乾脆立燕王爲太子，豈非皆大歡喜，天下太平？」

韓柏道：「這個原因我知得最清楚，一方面是朱元璋必須遵守自己定下來的繼承法，而更重要的是所有人包括其他藩王在內，都怕燕王會是另一個朱元璋，所以全體激烈反對。朱元璋若立燕王，恐怕藍玉等立即舉兵叛變，天下大亂特亂。」

浪翻雲道：「我看還另有一個心理因素，就是鬼王便像明朝的太上皇，朱元璋得天下前，因要仰仗虛若無，所以還可忍受，做了皇帝後，怎可再讓虛若無暗中操縱他朱家的命運。所以在京師的選擇上首次不納虛若無之議，現在又在立太子一事上捨棄虛若無看中的燕王。他正是向天下人顯示誰在當權。」

他忽又失笑道：「韓小弟最大的本領看來是在女人方面，若你俘虜了陳貴妃，眞的解決了很多問題，創出種魔大法的魔門前輩們，恐怕作夢都想不到大法竟會被這麼利用的。」

韓柏尷尬地道：「不要這麼說吧！我自己都覺得終日在女人叢中打滾，縱情聲色，於心不安哩！」

范良極嗤之以鼻道：「你也會於心不安？我看你是樂在其中才對。」

浪翻雲正容道：「這是命運，只有透過男女之道，你魔種的潛力才可逐漸被誘發出來，否則你何來本領先後兩次擋著年憐丹，又救了朱元璋，使天下不致立時陷入四分五裂之局？夢瑤知道了，定對你重重有賞。」

韓柏喜動顏色，道：「眞的可以使夢瑤感激我嗎？」

浪翻雲看到他立動歪腦筋的樣子，忍不住笑了起來，嘆道：「此眞是天數，超塵脫俗的仙子，偏遇上你這天生色鬼。」范良極哪還忍得住，捧腹狂笑起來。韓柏老臉赤紅，啞口無言。

浪翻雲笑了一會後，道：「這樣看來，年憐丹、紅日法王和里赤媚的內傷應仍未痊癒，所以如此低調。若他們功力盡復，第一個要對付的必然是韓小弟，所以你這幾天不用怕和你那些月兒霜兒鬼混，但記著採而有還，否則她們可能會玉殞香消。」

韓柏拍胸道：「放心吧！我早悟到那法門。」

浪翻雲淡淡道：「我也相信你是福將，功力增強了，要刺殺『無定風』連寬也不是難事。」

韓柏駭然道：「不是由你出手嗎？」

浪翻雲道：「若我事事代勞，你怎能成爲不世高手？」

韓柏急道：「我全無成爲不世高手的野心，還是你出手較妥當點。」

范良極罵道：「有了浪翻雲，便當我不存在那樣，有我助你，那個連名字都未聽過的連寬，就算他像貓般有九條命，亦保證沒有半條能剩下來。」

浪翻雲正容道：「范兄切勿輕視此人，要知軍中臥虎藏龍，只因他們數十年均在軍中度過，立了功又給帶頭的領了去，所以名不顯於江湖，朱元璋和虛若無如此看得起這人，必然厲害至極。可以想見燕王、胡惟庸和楞嚴手下都有深藏不露的高手，就像鬼王下面的鐵青衣、碧天雁和于撫雲那樣。」接著又道：「若非有龐斑在，我第一個要宰的就是里赤媚，敝故幫主上官飛便是間接因他的掌傷而死，可是我仍要忍著不動手，因爲若我主動出手，等於逼龐斑提早出來和我決戰，在眼前的形勢裏，實在萬萬不宜。」看了韓柏一會後，由懷裏掏出薛明玉精巧的面具，送入韓柏手裏道：「韓小弟行刺連寬時，或可戴上這東西，那就不虞給人認出廬山眞貌，而我亦可榮休了。」

左詩這時喜孜孜捧著香茶走了進來，笑道：「兩位大哥請用茶。」把韓柏拉到一旁，雀躍道：「范豹告訴我，小雯雯大後天可抵京師，好柏弟，詩姊眞的很感激你哩！」

韓柏想起了練功，扯著她走到外面的天井去，道：「詩姊若想謝我，立即把霞姊和柔姊喚來，找處地方立即溫存溫存。」

左詩俏臉飛紅，嗔道：「我們哪像你般遊手好閒，快滾去找你的月兒和霜兒，浪大哥告訴了我們你的情況，絕不會攔阻你去風流快活。別忘記今晚你還有個金髮美女啊！唉！嫁了你這麼吸引女人的好色夫君，眞不知是禍是福。」

韓柏笑道：「當然是福，看你現在那開心的樣子便知道了。」

左詩點頭道：「詩姊眞的很開心，小雯雯來了後我就半點缺陷都沒有了。」

范豹此時進來傳報道：「大人！鬼王曾派人來通傳，著你立即去見他。」

左詩挽著送他出門時赧然道：「昨晚沒了你在身旁，我們都有點不習慣，今晚來陪我們好嗎？把月兒霜兒和你那金髮美女帶回來不就行了嘛。」韓柏哪還不明白這美姊姊的心意，趁人看不到時在她香腮親了兩口，欣然答應，這才去了。

韓柏獨自離開仍在動工修飾門面的鋪子，拒絕了侍衛供應坐騎的要求，踏足這因左詩而聲名大振的左家老巷。老巷並不是一條狹窄小巷，只是比秦淮大街窄了一半，是一條長約半里的繁華小街道，店鋪以書店爲主，充滿文化書香的氣息。到這裏來的都以讀書人爲多。非常別致的是，沿街各店鋪前連著一道寬達丈許的廊子，形成一個能避日曬雨淋的行人道，踏足其上時，發出「砰砰」的足音，很是有趣。鋪門間的空檔處，有攤販擺賣各種貨物，引得路人圍觀探價，熙攘喧騰，一片熱鬧。整條老巷氣氛融洽熱烈，樸雅別致，具有濃厚的地方情調。到了京師多天，他還是第一次有這種逛街的閒情。

才走出左家老巷，只見前方空地處聚集了一大堆人，原來有個走江湖的郎中，藉猴戲吸引人前來買藥。韓柏見那猴兒精靈機警，動作妙趣橫生，忍不住駐足觀看，看到精采處時，學那些孩子般鼓掌叫好。

步履聲在旁響起，一個熟悉的聲音在旁柔聲道：「看到你這麼忘憂開懷，我感到很快樂呢！」韓柏別頭望去，只見秦夢瑤頭紮男兒髻，一襲素白長衫，隨風飄拂，配上她清秀的儀容，一派儒雅風流，尤勝虛夜月半分。

韓柏喜出望外，一把拖起她的小手，往前漫步，嚷道：「想死我了，夢瑤你眞狠心。」

秦夢瑤微微一笑，握緊了他，柔情無限地道：「難道人家不對你牽腸掛肚嗎？尤其想起你左抱虛夜月，右擁莊青霜，夢瑤始終是女兒家，有時也會泛起醋意呢。」

韓柏懷疑地道：「眞的會吃醋？」秦夢瑤微微一笑，露出編貝般的皓齒，不置可否。

韓柏看得心癢難熬，指著前面一所客棧的大招牌道：「不如我們找間上房，到裏面促膝談心，我有很多事要說給夢瑤知道呢。」這時他哪還記得鬼王召他去見的事。

秦夢瑤白他一眼後道：「出嫁從夫，你韓柏大甚麼的要帶夢瑤到哪裏便哪裏去吧！不過須切記不可太過分，現在你魔功大進，兼且夢瑤愛你日深，更抗拒不了你。」

韓柏大喜，忙多走了半條街，找了所最豪華的旅館，要了個房間，打賞了店夥後，把秦夢瑤抱到床上，摟著她把所有發生了的事一古腦兒向她說出來。秦夢瑤和他共睡一枕，靜心聽著，一臉聖潔的光輝，以韓柏這麼見色起心的人，也被感染得心無邪念，沒有像以往般邊說邊動手動腳。秦夢瑤不住吸收由他魔種傳來的氣感，進入無憂忘慮的大歡喜境界，俏目射出無盡的深情，差點把韓柏的魂魄都勾了出來。天啊！夢瑤對我眞的不同了。一切都是那麼自然和適意，再不用擔心自己因不小心而觸怒或冒犯了她。

待他說完後，秦夢瑤道：「告訴朱元璋，明晚子時，我會和你去見他，但你定要在旁作見證，這是我的條件。」

韓柏吃了一驚道：「這怎麼行，他是想得到你呀！」

秦夢瑤「噗哧」笑道：「先不說那是否他一時衝口而出的話，秦夢瑤若是別人說要便可得到的話，慈航靜齋索性關門大吉好了。夢瑤看你只是怕朱元璋知道我們的關係罷了。」

韓柏知瞞她不過，尷尬地道：「有一點點啦，暫時我和他仍算在友好的合作中嘛。」

秦夢瑤看到他的傻相，忍不住笑了起來，欣然道：「夢瑤眞的以你爲榮，若不是你左右逢源，消弭了各大勢力間劍拔弩張的形勢，又救了朱元璋，夢瑤便將有負恩師所託，現在了盡禪主都對夢瑤的好夫郎刮目相看呢。」

韓柏想起浪翻雲的提示，哪還不乘機道：「好夢瑤！那該怎樣獎賞我呢？」

秦夢瑤赧然道：「快了！」接著溫柔道：「知道嗎？夢瑤是首次感到你情大於慾，若你能再進一步，使情慾分離，便能眞正駕馭魔種，達至魔種轉化爲道胎的初步上乘境界，還可使夢瑤更傾心於你，那時夢瑤將心甘情願成爲你的情俘。韓柏啊！儘量放開懷抱，發揮魔種的特性，那說不定我們可在朱元璋大壽前合體交歡，讓夢瑤向你獻出不斷蓄聚的深情和慾念，夢瑤可向你保證會在你懷裏變得比任何女人更放蕩和熱情，把清白的身體奉獻給你，作爲獎賞。」

韓柏驀地爬了起來，正容道：「我現在立刻去努力，保證三天之內必可達到夢瑤的要求。」

秦夢瑤欣然由床上坐起來，伸手愛憐地撫摸他的臉頰，秀目透出海樣深情，輕輕道：「這才是乖孩子，夢瑤會再來找你的。但卻要小心那連寬，此人內外功均已臻至境，絕不遜於黑榜高手，你切要珍重啊！」

漫天雨粉飄飛。長江一片迷茫。宋媚打著傘子，挨坐戚長征旁，爲他擋著風雨，看著他掌舵和操控小風帆，一瀉千里。

戚長征愛憐地道：「雨水把你打濕了，小心會著涼。」

宋媚嬌聲道：「人家有簑衣護身，怕甚麼呢？我才不想悶在那小篷艙裏。」

戚長征調笑道：「不如把義父和令兄請出來操舟，我和你則躲在那小篷艙裏，包管你一點也不會悶。」

宋媚嗔道：「你這人呢！最懂討便宜，昨晚趁人家糊裏糊塗，唔！不說哩！」

戚長征心中一蕩，暗忖宋媚和韓慧芷出身應大致相若，但這種調情話兒，保證韓慧芷說不出口來，大樂道：「你負責監視令兄的動靜，我負責佔你便宜。好嗎？」

宋媚嗔道：「不！我絕不會助紂爲虐，你不怕給人看見，請動手吧！」

戚長征放懷大笑，宋媚擺明對他採放縱政策，一副夠膽便放馬過來的樣子，怎不使他心情大佳。

宋媚在他手臂上狠狠捏了一把，然後愛不釋手地摩挲著，嘆道：「戚郎眞是強壯，每寸肌肉都充滿了力量，可以想像當你和賊子搏鬥時，必像虎豹般凶猛，媚媚眞想能看到那情景。」

戚長征灑然道：「喜歡請隨便摸吧！我老戚不怕被媚媚佔便宜的。嘻！媚媚多麼好聽，以後便叫你作媚媚。」

宋媚啐道：「人家讚你罷了！總不放過調笑人家。」

戚長征別過頭來細看了她那明艷照人、青春煥發的玉容，微笑道：「媚媚想老戚放過你嗎？」

宋媚垂下螓首，嬌羞地咬著唇皮輕輕答道：「不想！」旋又仰起俏臉，瞪大明亮的眼睛瞧著他道：

「可是媚媚很擔心呢！你們這些江湖人物，居無定所，四處拈花惹草，逢場作戲，得了人家的身心後，便不顧而去。不過縱使你是那種人，媚媚仍甘願讓你得償心願，事後亦絕不後悔。」

戚長征大訝道：「媚媚眞是敢作敢爲的奇女子，一般女人說起這些事總是扭扭捏捏，不過放心吧！我老戚做事雖率性而行，卻絕不會始亂終棄。」

宋媚一顫道：「眞的！」

戚長征微笑道：「當然是眞的！」

韓柏展開腳步，似緩實快地趕往鬼王府去。鬼王府附近清涼山腳下紮起了十多個軍營，過萬全副武裝的衛士駐守著所有道路，連在鬼王府另一邊的清涼寺和向著秦淮河的石頭城舊址亦禁止任何人登上去。韓柏在路上被截著，因他這兩天都沒有再穿官服，只是穿著朝霞和柔柔爲他縫製的淡青長衫，兼之身上又沒有任何證明文件，守衛硬是不肯讓他上山，幸好一隊鬼王府的府衛剛要回府，認了他出來，忙讓出坐騎，和他一道到山上去。韓柏乘機問起爲何來了這麼多官兵。

帶頭的府衛道：「這是府主的意思，敝府只會在子時至寅時把通路開放三個時辰，夠膽來搶鷹刀的須在這段時間來動手。」

韓柏心中喝采，只是這策略，應可絕了很多人癡心，任誰都知道這三個時辰裏，鬼王府必是蓄勢以待，應付任何膽敢來犯的人。鬼王的行事手段均大異常人，若換了是他韓柏，只會擔心鷹刀收藏不密，給人知道。轉眼抵達鬼王府，看來全無異樣，反比平時更靜悄，難道府內的人都睡覺去了，好養足精神待晚上起來應付敵人？鬼王今天見他的地方，竟是七夫人的湖畔小居。虛若無居中而坐，七夫人于撫雲咬著下唇，垂著頭坐在一旁，像個犯了錯的孩子。

韓柏心叫不妙，幸好鬼王對他態度如舊，親切地招呼他坐到另一側才道：「我本以爲小雲心如止水，再不會對任何人動情，所以才准她向賢婿借種生子，現在看來卻絕非如此簡單，小雲已對賢婿生出情愫，故此我不得不加干涉。」接著搖頭苦笑道：「你這小子眞是魔力驚人，我看小雲即使與你沒有赤尊信那種曖昧的關係，假若你蓄意勾引她，小雲可能仍然抗拒不了你。」韓柏聽得啞口無言，不知說甚麼話才好。七夫人仍是默然垂首，不做一聲。

虛若無忽然失笑道：「一個是我的親親小師妹，另一個是我的愛婿，而你們又是光明正大，沒有瞞著我發生苟合的事，我虛若無絕不會怪你們。而且若能還了小雲這心願，我虛若無只有高興，怎會反對。」灼灼目光掃過兩人。韓柏昂然與他坦然對視，不敢露出心內慚愧，因爲那天若不是虛夜月撞來破壞了他們的好事，說不定早和七夫人發生了肉體關係。

豈知虛若無又道：「小雲告訴我，你本有佔有她的機會，可是卻因她激不起你心中的熱情，任她怎樣求你，都不肯在沒有愛情的狀態下歡好。我聽了心中很欣慰，深慶沒有選錯了人，否則你與一般好色之徒有何分別？我敢說除非戒絕情慾的佛門高僧，沒有人能見小雲之色而不起歪心，否則老赤也不會看中她了。」韓柏心中苦笑，知道于撫雲沒有把同看春畫的事說出來。

虛若無續道：「可是你亦因此牽引出小雲的情火，剛才她來求我找你，我一看她神色，立知她動了情思。此事絕不可助長，小雲始終是月兒名義上的七娘，此乃人盡皆知的事。所以你們的事定要在秘密中進行，將來小雲的孩子須隨我之姓，若是男孩，我會認之爲子，繼承我虛家的香燈。事成之後你們兩人再不可有任何牽纏，我要賢婿對此的一句話。」

韓柏忙道：「岳丈放心，小婿雖愛美女，但絕對有分寸，不敢違背岳丈意思。」

虛若無哈哈一笑長身而起道：「明知是短暫的愛情，有時反更令人刻骨銘心，就像月兒的母親，若非早死，我是否仍那麼深愛著她，實在難說得很。上天並沒有虧待小雲，否則就不會長了個你這樣的赤尊信化身出來。」到了門處，溫和地道：「月兒正在睡覺，待會來和我們一起吃午飯吧！」長笑去了。

剩下這對關係奇怪的男女，默然對坐。

韓柏想起這風姿綽約的美女因失去了胎兒，一生幸福愛情全毀於一旦，每日都在折磨自己，心中憐意大起，不過又暗暗叫苦，他尚未能眞正駕馭魔種，找出釋放生機之法，不但沒法使她懷孕，連能否在朱元璋大壽前接回秦夢瑤的心脈，都毫無把握，禁不住嘆了一口氣。七夫人迅快瞅了他一眼，又垂下頭去。她的眼神充滿了火熱和情慾，和以前的她眞有天淵之別。

韓柏心想現在已箭在弦上，不得不發，哪還管得那麼多，先令她在肉體上得到滿足，才計較其他吧。站了起來，來到她身旁單膝跪下，把她一對柔荑握著，細審她帶點病態美的動人俏臉，柔聲道：「小雲兒，乖雲兒，我這樣叫七夫人好嗎？」

七夫人于撫雲微微點頭，那樣子眞是惹人憐惜，比之第一次的冰冷無情，第二次的狠心出掌，第三次只想匆匆了事的神態，眞是不可同日而語。

不片晌這對男女已裸裎相對，變成韓柏坐在椅上，而七夫人的動人肉體則以交合的姿勢跨坐在他粗壯的腿上。激烈的動作狂野地進行著。韓柏的魔種亦在不住提升中。而這一次比以前任何一次與女人交歡都明顯不同。他感到魔種「活」了過來。這是一種難以形容的感覺。首先魔種根本和他是難分彼我。他就是魔種，魔種就是他。可是他從自身的體會裏，感到一股不知來自何方卻濃烈得使他想狂叫舒洩的情緒，潮水般衝擊著他每一條神經，就像赤尊信在這刹那活了過來，使他感受到赤尊信對于撫雲那包含著歉疚、痛苦、熱愛的深刻情緒。

在狂熱的男女交歡中，勃發著的生機，在他丹田處積聚起來。自有了秦夢瑤的提示後，先後兩次和媚娘與虛夜月歡好時，他都特別注意體內的狀況，知道當生機積聚至近乎爆炸性的程度時，便會激射進全身奇經八脈裏，最後重聚於眉心內後腦枕間的泥丸宮，然後泥丸不住跳動，直至完全融入本身的眞氣裏，泥丸才會停止躍動。與虛夜月交合後，泥丸的跳動比之與三位美姊姊與媚娘等歡好後最少長了十倍時間，使他深刻體會到爲何浪翻雲說虛夜月是他培練魔種難逢的珍品。魔功便是這樣一點一滴地積聚著，如此練功之法，確是魔門採補之術的極峰。但現在他卻知道若把這種因男女交合而來的生機送回自己的體內，而不是輸進于撫雲美麗的胴體內，于撫雲休想可以借種生子。怎樣才可以控制這生機逆回順出的過程呢？尚在焦急間，小腹處升起一股異樣的感覺，生機竟往丹田最中心的一點收縮了少許。這是從未發生過的事，往日生機只會不住擴大，直至注流進經脈裏。韓柏福至心靈，忽然明白到自己是因爲分心想了其他事，情慾分離了小片刻，所以無意中反成功控制了生機的擴散。大喜下忙運起無想十式中的止念。奇妙的事發生了，他清楚感到在丹田內的生機開始旋轉起來，完全受他無念中的既定識駕馭。

七夫人受到魔種的生機刺激，更是如瘋如狂，全身肌膚泛起玫瑰般的艷色，香汗淋漓，身子灼熱得像火炭，俏臉每一個變化，都是欲仙欲死的妖冶神態，俏目再張不開來，進入男女合體所能臻至的狂喜極樂裏。韓柏動作加劇，但心靈澄明如鏡，不住催動丹田處的生機，使它愈轉愈快，愈蓄愈強，就在七夫人被送上歡樂的最頂點時，韓柏連著生命的種子，把生機全激射進她體內的至深處。他們間再沒有半分隔閡，因爲已建立了男女間至親密的肉體關係。韓柏整個人輕鬆了起來，狂喜湧上心頭，因爲他知道已達到了秦夢瑤對他的要求。

半晌後七夫人主動地獻上香吻，熱烈至可把他溶掉，嫵媚笑道：「現在小雲都弄不清楚是愛上了你還是仍對尊信餘情未了。但小雲定要你知道，小雲從未嚐過這麼甜蜜的滋味，亦未有過剛才般渾然忘我的癡迷感覺。那時小雲心中只有一個你，連孩子都首次忘掉了。我知道這樣你定會使人家懷孕的。」

韓柏嘆道：「難怪赤老這麼愛你！」

七夫人橫他一眼道：「若你不是口不對心，這幾天有空請來找人家吧！一旦有了身孕，人家便不可以再和你相好了。」韓柏亦嘆了一口氣，自己既答應了虛若無便不可毀諾失信。

七夫人欣然道：「若無也說得對，短暫的苦戀最使人回味，何況有了你的孩子，小雲已心滿意足了，你不用爲我操心。」

雨停。乾羅和宋楠由船艙走了出來，到了戚長征和宋媚身旁。

宋楠把預備好的食物遞給兩人，向乃妹道：「爲兄已將我們的事全部告訴了乾先生。」

乾羅向戚長征點頭道：「原來他們的父親是朱元璋派去藍玉那裏以當官爲名，調查爲實的官員，由於掌握到藍玉私通蒙人的證據，滿門慘被殺戮，他兄妹剛好到了鄰縣遊覽，被逃出的家將截著報訊，漏夜逃亡，碰上了我們。」

戚長征道：「那些證據呢？」

宋楠傷情地道：「那家將本來是皇上派來保護阿爹的高手，攜著可證明藍玉叛國罪行的紀錄和文件突圍逃走時，受了致命內傷，剛巧遇見我兄妹倆，指點了我們逃走的路線並把證據給了我們後，立刻傷發身亡。我們東跑西逃有三個多月了，幸好遇上了戚兄。」宋媚兩眼一紅，低頭飲泣起來。

宋楠忽道：「戚兄是否有意娶在下二妹為妻？」

戚長征明白他乃官宦之後，又知妹子開放大膽，怕他們終會苟合，故把心一橫，索性將妹子許配自己，知道此時猶豫不得，點頭道：「大舅在上，請受長征叩禮。」起身拜了下去。宋楠現在理所當然成了能為宋媚作主的尊長，也不謙讓。

乾羅笑道：「江湖子女，不拘俗禮，你們兩人已成夫婦，他日再擇吉時補行婚禮，長征，扶媚兒到艙內休息吧！由我來掌舵，宋楠非常博學，是我聊天的好對象。」

戚長征忙扶起又羞又喜的宋媚，鑽入船艙裏，這嬌妻實在得來非常意外，冥冥之中，似有主宰在操縱著男女間的姻緣。不由又想起了命薄如紙的水柔晶。

韓柏飄飄然來到虛夜月的小樓，在美丫嬛翠碧引領下，到了虛夜月的閨房。虛夜月正對鏡梳妝，身上只有個小肚兜，青春美好身材暴露無遺。翠碧反嚇得逃了出去，剩下他一人來到她背後，取過她的梳子，服侍她理妝。

虛夜月見愛郎如此體貼識趣，喜翻了心，不時藉鏡子的反映向他送出甜笑。挺起聳秀的酥胸，瞇他一眼道：「二哥！月兒的身體好看嗎？」

韓柏當然知道戀愛中的女孩最喜歡被情郎稱讚，忙道：「看到我垂涎千尺，你說好看嗎？」

虛夜月喜道：「當日你猜到那燈謎時，月兒便知道逃不了，嘻！幸好你猜對了，否則月兒就慘了。」

韓柏聽到那麼多情的話，忙騰了一隻手出來。虛夜月大吃一驚，捉著了他的手，求饒道：「讓月兒歇歇吧！人家睡了整個早上，才勉強恢復了精神體力，今晚才碰月兒行嗎？」

韓柏哂道：「不要裝模作樣了，看你那容光煥發、神采飛揚的樣子，誰相信你。」

虛夜月把他的手帶到酥胸上，甜甜笑道：「那麼二哥溫柔點摸月兒吧！人家眞的又甜蜜又滿足，那種感覺既溫馨又舒服，所以想保持下去。那就像暴風雨後的寧靜，暴風雨的滋味當然好，但人家也需要稍有寧靜嘛！」

韓柏聽得呆了呆，暗忖她這番話大有道理，可是爲何自己剛和七夫人共享了最瘋狂的暴風雨，這麼快又想有另一次呢？這是否魔種需索無度的特性，看來自己亦應克服這特性，否則不是變了個色慾狂徒嗎？要駕馭魔種，這一關必須克服才成。微微一笑，收回魔手，又幫她紮起英雄髻，翠碧來報，原來是范良極來了。

虛夜月喜道：「快出去招呼大哥，月兒穿好衣服立即出來。」

韓柏走出小廳時，范良極正蹺起二郎腿，悠然自得地握著煙管吞雲吐霧。坐定後，范良極低聲道：「你這小子在此享盡艷福，可憐我卻爲了你，整個早上東奔西跑，幸好有了點收成。」

韓柏愕然道：「甚麼收成？」

范良極得意洋洋道：「我查到了連寬最近戀上了花舫上一名艷妓，這事極端秘密，連葉素冬那小子都不知道。」

韓柏奇道：「你人生路不熟，怎會比葉素冬更本事？」

范良極瞪他一眼道：「葉素冬算老幾，我范良極又是甚麼人？我只是在連寬落腳的地方聽了個多時辰，幾乎連他內褲是甚麼顏色都聽了出來。不過那裏的守衛確是非常嚴密，想刺殺他，必須另找方法，最佳處莫如當他和女人行雲佈雨之時，他總不會教隨員在旁看著他幹吧？」

韓柏由衷讚道：「老小子你眞行，有沒有查到甚麼時候他會去找那女人，又是哪條花舫？」

范良極哈哈一笑，由懷中掏出一卷圖軸，攤在几上神氣地道：「看！這就是那條叫『忘憂舫』的花艇的解剖圖，是葉素冬給我找來的，連寬的女人叫碧桃。」指著最上層左舷尾的一間房道：「連寬應在這裏幹她，因爲那是她歇宿的地方。」

韓柏大爲佩服，感動地道：「眞令人難以置信，半天就查到這麼有用的資料。」

范良極笑道：「不知是連寬倒楣還是你有福，我其實根本沒法子偷進連寬的賊巢，忽然那裏有人捧了十斤燕窩出來，送到忘憂舫去，指名給碧桃，又說連寬今晚準亥時一刻到，教鴇母推掉其他客人……」

韓柏失聲道：「今晚怎麼行，我們約了燕王棣呀！」

范良極神秘一笑道：「這才是最難得的，我剛找過謝廷石那奸鬼，今晚燕王宴客的地方，恰是你老相好那艘香醉舫，你說多麼精采。」

韓柏一呆道：「忘憂舫在香醉舫隔鄰嗎？」

范良極道：「當然不是，不過凡是船，都可以在水上航行的，你明白啦！」

韓柏雙目發光，旋又苦惱地道：「就算可靠近忘憂舫，可是怎樣瞞過所有人溜去宰那連寬呢？」

范良極兩眼一翻道：「對不起，那要由你去動腦筋了。」

虛夜月恰在此時笑盈盈走了出來，隔遠便嬌呼大哥。范良極看得呆了一呆，誇張地驚叫道：「爲何只隔了一陣子，竟會漂亮了這麼多？」

虛夜月給讚得笑不攏嘴，用小嘴嘟向韓柏，紅著小臉道：「問他吧！」

韓柏恍然道：「難怪雲清和你打得火熱了，原來你這老小子學得這麼口甜舌滑，聲色俱備。」

虛夜月卻完全受落，嗔道：「大哥只是說實話罷了！連爹都說人家多了一種內蘊的艷光，所以以後每……唔……都要照照鏡子看看。」

看她喜不自勝的俏模樣，韓柏不禁細心打量起她來。她在魔種的滋潤下，確是豐腴了少許，配合著她纖美秀挺的身形，眞是多一分嫌肥，減一分嫌瘦，恰到好處。一對秀目比以前更明亮了，轉動間艷光流轉，肌膚更白裏透紅，秀色外逸，一時看得他目瞪口呆。

虛夜月「啐」道：「剛才又不好好看人家，要大哥提醒了才懂看，眞是粗心大意，哼！人家不理你了。」向范良極道：「口甜舌滑的大哥隨月兒來吧！今天我爹特別請清涼寺的常清大師弄了一席齋菜，快來啊！」范良極被她的輕言淺笑，且喜且嗔的嬌媚妙態嗲得連雲清都暫時忘了，失魂落魄追在她背後。

站在一旁的翠碧道：「姑爺啊！小姐走了。」韓柏跳了起來，經過翠碧身旁時迅速伸手在她俏臉擰了一把，才哈哈大笑去了。氣得俏丫嬛翠碧跺腳不依，又氣又喜，那羞喜交集的模樣兒動人至極。

韓柏追上了兩人，來到虛夜月另一邊，一老一少，雙星伴月般並肩往月榭漫步而去。

范良極看著兩旁園林美境，小徑曲折，有感而發嘆道：「原來京師眞是這麼好玩的。」

韓柏笑道：「何時帶你的雲清來聚聚，不如一起到秦淮河耍樂。」

虛夜月喝采道：「好呀！」

范良極笑得瞇起了賊眼，不迭點頭道：「一定到秦淮河去，雲清也想見你哩！」

虛夜月想起一事道：「韓郎啊！何時讓人家見夢瑤姊姊，月兒很仰慕她呢。」

韓柏想起兩美相遇的美景，心都甜起來，應道：「快了快了！」

虛夜月又問范良極道：「聽爹說你以前曾多次偷入我們鬼王府，究竟想偷甚麼東西？」

范良極乾咳一聲道：「沒甚麼，只是想來看看月兒生得如何標致吧！」

虛夜月橫他一眼嗔道：「死大哥！騙人家！」范良極骨頭都酥軟起來，迷糊間，踏進月榭裏去。

鬼王含笑請各人入座。女兒女婿分坐左右，范良極坐在對面的客方主位，虛夜月那邊依次坐著鐵青衣和荊城冷，韓柏下方則是白芳華和碧天雁。除了七夫人外，鬼王府的重要人物都來了。白芳華回復了往日的風情，巧笑盈盈和韓范兩人打招呼。范良極一向對白芳華沒有好感，但現在眞相大白，印象大爲改觀，兼之心情暢快，亦和她大爲投契起來。精美的齋菜流水般奉上。

賓主盡歡中，虛若無向范良極笑道：「范兄吞雲吐霧的是否醉草？那怎及得上武夷的天香，范兄爲何退而求其次？」

范良極立時像鬥敗了的公雞般，頹然道：「唉！上次偷得太少了，又爲了韓小子無暇分身，唯有找醉草頂癮。」

虛若無呵呵一笑，向白芳華使了個眼色。白芳華笑著站了起來，到廳的一角取了個密封的檀木盒出來，盈盈來至范良極旁，笑道：「這是乾爹以秘法珍藏的十斤天香草，請范大哥笑納。」

韓柏聽她學虛夜月般喚他作范大哥，心中一動，向兩眼發光，毫不客氣一手接過天香草的范良極道：「不准在這裏抽煙！」

范良極瞪他一眼，怪叫一聲，翻身躍起，仰身穿窗，沒入園林去了，不用說他是迫不及待去享受新得的天香草。

他的反應比甚麼道謝方式都更有力，虛若無嘆道：「這老賊的輕功已突破了人類體能的極限，難怪偷了這麼多東西，從沒有一次給人逮著。」

這時有府衛進來，到鐵青衣身後說了一句話，雙手奉上一封書信似的東西，才退出去。

鐵青衣把信遞給韓柏，道：「是青霜小姐遣人送來的。」眾人都露出會心微笑。

韓柏大喜，接過書信，正拆開時，眼尾瞥見虛夜月嘟起了小嘴，一臉不高興，忙把抽出的香箋遞給隔了鬼王的虛夜月，笑道：「月兒先看！」

虛夜月化嗔為喜，甜甜一笑道：「好夫君自己看吧！你這樣尊重我，月兒的心已甜死了。」

韓柏打開香箋，見白芳華拿眼偷偷瞟來，心中一蕩，挨了過去，把帶著清幽香氣的書箋送到白芳華眼前道：「芳華代月兒看吧！」白芳華俏臉飛紅，嬌嗔著推開了他，跺腳不依，看得虛若無哈哈大笑。

韓柏這時目光落在箋上，只見莊青霜以秀氣而充滿書法味道的小楷寫著：「聖旨喜臨，身已屬君，望郎早來，深閨苦盼。青霜書。」韓柏看得心顫神搖。莊青霜的愛是熾烈坦誠，沒有半點畏怯和矜持，真恨不得能脅生雙翼，立即飛到她的香閨去。

虛夜月忍不住醋意道：「要不要飯都不吃立即趕去會你的莊青霜？」

韓柏心道這就最好，嘴裏卻唯有道：「待會我帶月兒一起去。」虛夜月連忙點頭，一點都不客氣，看得各人為之莞爾。

韓柏轉向白芳華道：「芳華去不去？」

白芳華玉臉霞飛，「啐」道：「芳華去幹甚麼？」說完才知那「幹」字出了語病，羞得垂下頭去。

韓柏色心大起，幾乎要伸手過去在檯下摸她大腿，不過記起要駕馭魔種，忙收攝心神。

這時范良極渾身舒泰走回月榭，坐入位內時若無其事道：「老虛我服了，決定再也不偷月兒練功的紫玉寒石。」鬼府眾人聽得一起瞪大眼睛。紫玉寒石乃曠世之寶，是虛若無爲了虛夜月千辛萬苦求來，讓她練功時啣在小嘴裏，清神靜慮，轉化體質，想不到竟被這大賊知道了。

虛夜月大嗔道：「我要殺了你這壞蛋大哥。」

虛若無苦笑道：「這算是感激嗎？」與范良極對望一眼後齊聲大笑起來。

笑罷虛若無道：「昨晚朱元璋遇刺後，京師展開了史無先例最大規模的調查和搜索行動，所有知道朱元璋行動的人，都受到盤問，交代這幾天碰過的人和事，燕王亦列入被懷疑的對象，弄得人心惶惶，滿城風雨。」

范良極挨在椅裏，舒適地道：「老虛你認爲他是否有關係呢？雖說那人用的是東洋刀，武功又臻宗師級的境界，說不定燕王手下裏有人扮成這樣子呢。」

虛若無苦笑道：「你問我，我又去問誰？燕王確有此心，卻爲我所反對。朱元璋終是我虛若無的朋友，我絕不容別人在虛某眼前行刺他。」

鐵青衣插入道：「四天後就是朱元璋大壽，連續三天皇城和民間都有慶典，但重頭戲卻在最後那天的孝陵祭天、憐秀秀那台戲和皇城晚宴，因爲都是朱元璋會參與的盛會，要發生事，必然會在那一天。」

一直沉默不語的碧天雁道：「由現在開始，每一天都會有事發生，只不過發生在旁人身上，爲最後的陰謀鋪路。」

虛若無冷笑道：「現在形勢實在複雜無比，敵我難分，最大股的勢力，有方夜羽爲首的外族聯軍，以及藍玉、胡惟庸、八派聯盟、我們鬼王府和賢婿……」

韓柏失聲道：「我也算得上一份嗎？」

虛若無雙目神光一閃，瞪著他道：「你雖看似獨來獨往，只得范老頭在旁扶持，其實後有黑榜無敵高手『覆雨劍』浪翻雲和兩大聖地三百年來最超卓的仙子劍客秦夢瑤在你背後撐腰，只要想想怒蛟幫和兩大聖地，便知你的實力如何強橫，否則朱元璋爲何求你去殺連寬。」再微微一笑道：「那晚樹幹無故自折，累得我的寶貝月兒給你又摟又親，而月兒竟全未察覺有人暗中做了手腳。如此高明的手段，怕只有浪翻雲和秦夢瑤可以不動聲色地做到。我看還是浪翻雲居多，只有他那不拘俗禮的心胸，才會這樣助你戲弄月兒。」

虛夜月「啊」一聲叫了起來，一臉嬌嗔狠盯著韓柏，一副算賬鬧事的樣子。韓柏老臉一紅，乾咳一聲，岔開話題道：「岳父眞厲害。小婿即將動手對付連寬，不知藍玉方面尙有甚麼高手？」

鐵青衣代答道：「這可是各方勢力都想保存的秘密，不過經我們多年刺探，藍玉手下各類人才都有，很多是從塞外較少的民族中招聘回來，燕王的領地與邊塞靠鄰，情況亦應大致如此。」韓柏想起今晚燕王答應了給他的金髮美女，心都癢了起來。

鐵青衣續道：「就我們所知，藍玉除連寬外，尙有三個厲害人物，就是『金猴』常野望、『布衣侯』戰甲、『妖媚女』蘭翠晶。常野望乃第一流的戰將，形如猴精，非常易認；戰甲善追蹤偵察；蘭翠晶則是潛蹤匿跡的高手，精於刺殺之道。這三人不像連寬般時常露面，行蹤詭秘，想找他們眞是難比登天。

但最厲害的還是藍玉，此人十八般武器件件皆能，幾可與赤尊信比擬，否則朱元璋也不會那麼忌憚他。」韓柏暗吐涼氣，原來藍玉這麼麻煩，自己還糊裏糊塗答應了朱元璋。

碧天雁接入道：「不要看胡惟庸不懂武功，可是這人極懂權謀之術，否則也不能把所有開國功臣逐一排斥推倒，坐到一人之下的位置。他表面看來很好應付，其實只是個騙人的偽裝，東瀛高手十有九成是由他穿針引線搭回來的，卻巧妙地推到藍玉身上去。」

虛若無忽向范良極道：「范兄有沒有聽過『天命教』？」

范良極一震道：「當然聽過，據說是由當年魔門陰癸派第一高手血手厲工的師妹符瑤紅所創，姦淫邪惡，專講男女交媾採補之術，可是近三十年已銷聲匿跡，再聽不到他們的消息。」

虛若無冷哼道：「若虛某法眼無差，天命教只是由地上轉入了地下，免招白道各派圍剿，而根據蛛絲馬跡，胡惟庸就是該派核心的軍師級大員，故意不習武功，以掩藏身分，否則他何能明陷暗害，弄垮了這麼多不可一世的開國功臣？」韓柏和范良極面面相覷，至此才知道京師形勢之複雜，實遠超乎他們的想像。

很少說話的碧天雁道：「這事我們也是兩年前因一件看似無關的事件，追查後得到了一些線索，才推斷了出來，密報朱元璋後，始令他改變了對胡惟庸的寵信，決心重整六部，架空胡惟庸的權力，希望不會太遲。」

韓柏頭皮發麻道：「天命教有甚麼厲害的人呢？」

虛若無道：「若沒有變動的話，天命教共分五個階層，就是法后、軍師、艷女、媚男和散士，他們極講階級，三十年前的法后乃符遙紅的嫡傳徒孫『翠袖環』單玉如，若她未死，怕有六、七十歲了，不過保證她只像個三十來歲的艷婦，她的採補術已達登峰造極的至境，武功應大致與虛某相當，只缺了我的經驗火候。」

范良極道：「不知他們因何事漏出底子？」

鐵青衣望了虛夜月一眼後，猶有餘悸地道：「可能由於胡惟庸心切對付我們，派出媚男來想以厲害春藥對付月兒，哪知月兒被府主培養得百毒不侵，又有我們日夜在旁保護，當場人贓並獲，那人呑毒自殺，而府主則憑春藥的成分，看穿天命教仍然存在，再根據那媚男的衣著、飾物、生前行藏各方面入手調查，不但發覺此人長居京師，還有揮霍不盡的財富，最後發現了他和胡惟庸有著千絲萬縷的關係，才勘破了這個大秘密。」

范良極嘆道：「難怪胡惟庸這麼得朱元璋寵信，我敢打賭他妃嬪宮女中必有很多是由胡惟庸獻上的艷女。」

碧天雁道：「實情確是如此，胡惟庸獻上的美女並不多，只有三個，都是可迷死男人的美女。朱元璋得知此事後，藉故處死了其中兩人，第三個投井自盡，可是事後我們卻鑑定這撞得面目模糊的女子只是個替身，至此朱元璋亦深信不疑我們的判斷。」

鬼王嘆道：「朱元璋這叫打草驚蛇，我看就是從那時開始，胡惟庸已知道事敗，於是勾結各方勢力，密謀造反。」

韓柏聽得頭都痛了起來，心掛莊青霜，站起身來告罪請辭，逗白芳華道：「芳華不陪我們一道去嗎？」

白芳華嫵媚一笑道：「今晚的晚宴不是又可見到芳華嗎？快去吧！不要教美人兒久等了。」

韓柏的心隱隱作痛，知她下了決心跟定燕王，所以才回復平時風流的俏模樣，意興索然下，再不理她，領著虛夜月出榭去了。

趁虛夜月找人取馬時，范良極低聲道：「老虛是想藉我們的口，把有關藍玉和胡惟庸的眞正實力轉告浪翻雲和秦夢瑤，你看他一句都不提燕王方面的事，便知道這老小子手段高明。」

韓柏道：「你去不去西寧道場？」

范良極哂道：「雲清又不是在那裏，去那悶死人的地方幹嘛？我還要爲我們今夜的刺殺行動安排一下，你放心去找莊青霜吧，記得要把她就地正法，好提高魔功，否則說不定反被連寬把你宰掉。」

韓柏笑道：「這還要你提醒嗎？我包管霜兒的處子之身保留不過今天的黃昏。」

這時虛夜月神氣地領著灰兒等三匹馬回來，嬌呼道：「呆頭鵝的在幹甚麼，快來啊！」兩人對視一笑，迎了上去。

第二章

終身幸福

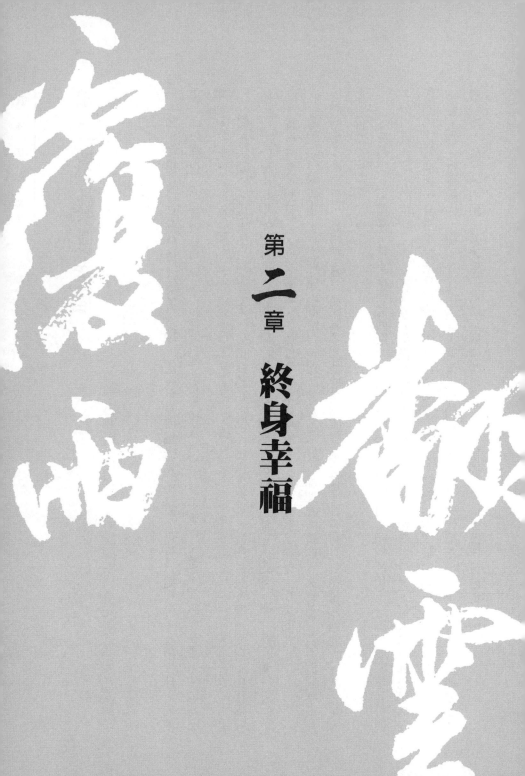

第二章 終身幸福

韓柏和虛夜月並騎緩緩馳往西寧道場。虛夜月見韓柏去見莊青霜，仍肯帶她在旁，心情大佳，向他道：「韓郎會不會覺得給月兒纏得很痛苦呢？可是現在月兒若見不到你，眞不知該做甚麼事才能打發哩！」

韓柏笑道：「天下所有正常男人，包括我韓柏，都不怕被你纏著，我的月兒多麼可愛啊！由小嘴開始，沒有一處不是精采絕倫的，挨挨碰碰已使人神魂顚倒，情動時更能把人逗死，到了床上嘛……」

虛夜月俏臉飛紅，又喜又羞道：「韓郎啊！求你檢點一下口舌好嗎？這是大街來的。」

韓柏環目掃視街上行人熙攘的鬧烘烘情況，笑道：「好！那便說正經的，來京前，我常聽說楞嚴和他的廠衛多麼厲害，爲何整天只見葉素冬和他的禁衛軍橫衝直撞，卻少有見到楞嚴和他的人，究竟是怎麼一回事？」

虛夜月道：「廠衛分爲東南西北四廠，各由一名指揮使統率，對大明朝的領土分區偵察，專責針對各地方官和藩王的情報工作，大部分人都被派往外地工作。其中以東廠勢力最大，原因是京師也包括在他們的情報網裏，身爲東廠指揮使的乃少林派俗家第一高手，與無想僧同輩的『夜梟』嚴無懼，這是個神秘人物，行蹤詭秘，從不在江湖露面，是朱元璋的親信，直接受朱元璋指揮。不像其他三廠般要聽楞嚴吩咐，故又名內廠，爹說他的武功可與無想僧媲美呢！當然聲名則遠遠落後於他。」

韓柏暗呼厲害，朱元璋眞的從不相信任何人，利用手下互相牽制，不教一人獨大。不免誇獎了虛夜月幾句。虛夜月一顆芳心全繫在他身上，聽他誇讚，喜翻了心兒，意氣飛揚。這時他們由一條橫巷切進了西寧街，朝著街端的西寧道場馳去。街上車馬眾多，人車爭路，兩旁店鋪都擠滿了人，一片熱鬧，比之韓柏以前長居的武昌，有小巫大巫之別。陽光漫天中，又有美女虛夜月伴在身側，韓柏差點要仰天大叫，告訴街上所有人他是如何幸福。就在這時，一股很不舒服的感覺狂湧心頭。韓柏知道是魔種的靈覺生出感應，駭然朝四周望去，一切人事全無異樣。虛夜月這時似在對他說話，但他已無暇理會，刹那間將魔功提升至極限。那種感覺更清晰強烈了。靈台倏地空明通透，使他感應到那不舒服的感覺來源，魔種比之以前厲害多了。

虛夜月見韓柏不睬他，嬌嗔道：「韓郎啊……」話尚未完，韓柏騎著灰兒超前而出，來到她馬前。金屬的激響，由前方左邊的屋瓦響起，一個大鐵輪旋轉著由高而下，斜斜往他們激旋而來。就在巨輪剛離開瓦面時，一個全身蒙在灰布裏的刺客，箭般掠下，單足以腳尖點在巨輪的正中處，像哪吒踏著風火輪般往他們飛掠過來，虛夜月還未來得及警告韓柏，人和輪已飛臨丈許外的上空，越過一架馬車之頂，以超乎人力的高速旋切過來。韓柏的魔功亦運轉不息，心神進入止水不波的道境，看著人和輪循著一道優美的弧線，來到眼前左方的上空。他因早有防備，此時固然可以翻身下馬，滾往一邊躲避，可是後面的虛夜月便陷入正面遇敵的危險裏，那旋轉著的巨鐵輪，加上旋轉的力道，怕只有覆雨劍才能硬擋。那踏輪而至的灰衣人，身材玲瓏浮凸，兩手各執一支水刺，兩眼射出森寒殺氣，罩定韓柏，專注得就像餓了多天的猛獸找到了可口的食物。眨眼都來不及的快速裏，那女刺客進入了一丈的近距離，一聲尖叱，纖足用力，那巨輪立即加速，鋒利的邊緣陀螺般轉著割向灰兒的馬頭。假設韓柏等全無反應，只是這無堅不摧的巨輪，已足可割開馬頸，並把韓柏攔腰切作兩半。

那人以腳尖催輪作出聲勢逼人的攻擊後，藉腳踏之力，俯身前撲，手中尖刺分取韓柏眉心和胸口，教他不能分神應付巨輪。虛夜月這時抽劍出來，離馬躍起，可是已趕不及援手。街上行人中目睹此情景者，仍來不及作出正常反應，只是基於本能瞠目結舌，思想遠趕不上事情發生的速度。身處險境的韓柏精確地把握到敵人的速度，略一仰身，右腳踢出，在巨輪割上灰兒時，正中巨輪的邊緣，同時兩指彈出，分別彈向對方刺尖處。巨輪被他巧妙的一腳，踢得偏離了原本的目標，往上斜飛，恰好向著飛臨韓柏頭頂的女刺客的雙腿切去。「噹噹」兩聲，尖刺微盪開去，而韓柏則兩隻手都被對方驚人的氣勁反震得幾乎麻痺了。女刺客還要變招再攻，見巨輪去勢被破，還向自己雙腿割來，一聲尖嘯，不知使了下甚麼腳法，竟又踏在巨輪上，被巨輪帶著斜飛而上，騰雲駕霧般往另一邊的屋頂迅速遠去，消沒不見。以虛夜月的身手，竟撲了一個空。街上的人這時才懂失聲驚叫。

韓柏驚魂甫定，一手把身尚凌空的虛夜月抄到馬背處，喝道：「不要追了，追也追不到。」

虛夜月轉身緊摟著他，哭道：「韓郎啊！月兒還以為你死定了，嚇死人哩！」

韓柏撫拍著她粉背，領著她的空騎加速馳往道場，猶有餘悸地忖道：若非魔種早一步感應到對方的殺氣，只怕現在自己已浴血長街，死狀還會非常悽慘恐怖。何人如此厲害？難道是藍玉手下那精於刺殺和潛蹤匿跡的「妖媚女」蘭翠晶？她的身材的確是曼妙誘人。

方夜羽愕然道：「藍玉和胡惟庸兩個都否認了派人行刺朱元璋？」

使者報告道：「此事看來不假，水月大宗今晚才可抵達京師，而且藍玉和胡惟庸兩人都正在頭痛朱元璋會藉這件事打擊他們。」

方夜羽揮手教使者退下後，向坐在一旁的里赤媚道：「朱元璋若在香醉舫被刺身死，何人會是最大的得益者？」

里赤媚沉吟片晌，緩緩道：「肯定不會是我們，因爲藍玉和胡惟庸再不用那麼倚賴我們了。雖然他們一日未得天下，仍未敢掉轉槍頭來對付我們。」

方夜羽輕嘆道：「朱元璋一死，允炆必成各方勢力爭奪的對象，挾天子以令諸侯，自古已然，胡惟庸一向以皇太孫派自居，看來應是他最有機會得到最大利益。」

里赤媚點頭道：「那時藍玉和胡惟庸的矛盾將會顯露出來，胡惟庸定要找朱元璋之死的代罪羔羊，而沒有人比把倭子勾來的藍玉更適合。」

方夜羽道：「里老師是否認爲這刺殺行動是胡惟庸策劃的，可是何人有能力扮水月大宗去行刺朱元璋呢？」

里赤媚苦笑道：「我也想不通這點。此人不但武功超群，還必須對香醉舫非常熟悉，才可以避過影子太監的截擊，除了鬼王虛若無外，一時間我眞想不起有甚麼人厲害至此。」

方夜羽皺眉苦思，忽地眼睛亮了起來，望向里赤媚。里赤媚立知這智慧過人的龐斑愛徒，已智珠在握，想到了答案。

韓柏摟著虛夜月直進道場，道場外西寧派的暗哨早飛報回去，報告了韓柏在西寧街遇刺的事。莊節這麼有修養的人，亦禁不住勃然色變。現在韓柏既是他女婿，刺客又在西寧街動手，擺明不將他西寧派放在眼裏，暗下決心，才趕出門外接韓柏。韓柏和兩眼仍紅的虛夜月正被西寧弟子引進來，這對敵友難分的岳父女婿，在正門處碰個正著。兩人同時泛起「眞誠」的笑容。

韓柏跪了下去，叫道：「岳父大人，請受小婿拜禮。」

莊節雖老奸巨猾，仍想不到他有此一著，又好氣又好笑，忙扶起他道：「待正式拜堂時才和霜兒一起行禮，大人請起。」擺明不讓他這色鬼那麼輕易成了莊青霜的夫婿。

跟在韓柏後的虛月夜心中發笑，忖道莊老頭都不知我二哥的手段，月兒敢擔保你乖女兒的完璧之身保留不過今晚。

韓柏笑嘻嘻站了起來，道：「原來皇上是騙我的，他說貴國的風俗是只要皇上開了金口，霜兒即成了我的嬌妻，連擺酒的錢也可以省回來，想不到皇上的話並不靈驗，累我拜早了。」

莊節亦是非常人物，啞然失笑道：「賢婿的詞鋒爲何忽然變得這麼厲害。」

韓柏恭敬地道：「岳父切莫見怪，我有時糊塗起來，便亂說話。」

莊節自知落在了下風，唯有微笑道：「賢婿請進內廳，霜兒正爲你坐立不安呢！」又親切地招呼虛夜月一起走向內宅去。

韓柏留心打量沿途看到的人，見到的都是西寧派的人，一個其他派系的人都沒有。路尚未盡，喜色四射，穿一身雪也似白勁裝的莊青霜由林蔭彎路處奔了出來，見到韓柏嬌呼一聲，加速奔來。當韓柏還在想著：霜兒你不是想當著你爹的眼前撲入我懷裏吧？莊青霜已如一團香風，衝入他懷裏去，身體火般灼熱。

韓柏伸手想摟她時，她又離開了他的懷抱，走過去拉起莊節的手笑道：「對不起，女兒在爹前失態了，因爲霜兒太快樂了。」

莊節怒氣全消，愛憐地摸了她的臉蛋，點頭道：「爹終於明白了，隨你的夫婿去吧！明天清早你們得一起回來向我和你娘叩頭行禮。」轉向韓柏道：「今晚小心應付燕王棣，他可能比皇上更厲害。」

韓柏領著二女，直抵莫愁湖，帶入寬廣的臥房裏。現在是申時中，還有個多時辰太陽便下山，可說時間無多，必須速戰速決，藉兩女提升魔功。兩女當然知道這風流的夫君打她們甚麼主意，尚未進房心兒忐忑狂跳，來到房內後更是呼吸急促，面紅耳赤，不勞韓柏挑逗已情動非常。他拉著兩女並肩坐到床沿，故意奇怪地向虛夜月瞧了幾眼。

虛夜月不依道：「你眞壞，月兒知你心裏想甚麼。」

韓柏親了親她的臉蛋，嘻嘻笑道：「我在想甚麼？」莊青霜亦豎起耳朵探聽這「大敵」的心意。

虛夜月微嗔道：「你在笑月兒出爾反爾，既說過不會和你別的妻子陪你一起鬼混，現在爲何又肯隨你入房。」

韓柏兩手如翼之展，摟緊兩女香肩，向虛夜月道：「月兒眞冰雪聰明，那麼還不快告訴我原因。」

虛夜月瞪了莊青霜一眼，含羞道：「你的霜兒是唯一的例外，月兒要和她比比看，瞧誰更能討你歡心。」

韓柏大樂，別過頭來親了親莊青霜臉蛋，笑道：「霜兒怎麼說？」

莊青霜垂首含羞道：「比便比吧！難道我會怕她嗎？」

韓柏飄飄然嘆道：「能有如此動人的兩位美人兒向我爭寵，誰敢說我不是這世上最幸福的男人？來吧！顯示一下你們取悅男人的本領。」

虛夜月站了起來，笑吟吟道：「那首先要講公平了，霜兒她尚未經人道，應是絕鬥不過月兒，所以月兒先退讓一次，令她的第一次可以更能全心全意投入和享受。」

韓柏愕然把她拉著，道：「你不是認眞的吧？」

虛夜月湊過去，低頭拿臉蛋碰了莊青霜的俏臉，又親了她一下，促狹地道：「男人都是貪新鮮的，待霜妹不那麼新鮮時，月姊才和你鬥個勁的。」掙脫韓柏的手，笑嘻嘻走了，離房前還拋了韓柏一個媚眼。

韓柏想不到她有此一著，呆坐床沿。莊青霜卻是心中感激，知道虛夜月有意成全，讓她能心無旁騖地去初試雲雨情的滋味。

韓柏微笑地看著她道：「緊張嗎？」

莊青霜答道：「有一點點！」旋又搖頭道：「不！一點都不緊張，和韓郎一起時，霜兒只有興奮和快樂，由第一次見你時便那樣。」接著低聲道：「愛看霜兒的身體嗎？」

韓柏目光落到她高聳的胸脯上，「咕嘟」的吞了口饞涎，嘆道：「當然愛看，那天看得眼珠子都差點掉了出來，待會我要親自動手和你兩人洗澡。」

莊青霜盈盈站起，移到他身前，緩緩寬衣解帶。韓柏想不到她這麼大膽，眼也不眨，目瞪口呆看著。莊青霜的衣服逐件減少，只剩下褻衣時，韓柏還以爲她會停下來，由自己代勞，豈知她連最後的遮蔽物都解了下來，一絲不掛地站在遍佈衣物的地上，驕傲地向他展示著清白之軀，秀眸射出無盡深情，牢牢凝視著他。韓柏只覺全身火熱，魔種被眼前驚心動魄，似神蹟般的美景震撼得翻騰洶湧。她那令他神魂顛倒的玉體再次毫無保留暴露在他目光下，勝比行將盛放的花蕾。緊靠在一起的雙腿渾圓結實，修長優美。莊青霜俏臉神色恬靜，任由這已成了她夫婿的男人灼灼的目光飽餐她美妙嬌嫩的胴體。

韓柏這人最不受束縛，絕不會像道學家般視男女肉體的交接乃羞恥之事，或視爲放縱情慾好色之徒的行爲。對他來說，肉體的交接乃人之常情，愈放肆便愈能盡男女之歡，無話不可言，無事不可作。他溫柔地把這赤裸的絕色美女放到床上去，一邊自脫衣服，邊道：「快樂嗎？」莊青霜秀眸緊閉，微一點頭。韓柏命令道：「給我張開眼睛。」莊青霜無力地睜開眼來，看到他赤裸著站在床沿，嚇得想重閉雙目時，韓柏忽地變得威武懾人，每寸皮膚都閃著潤澤的光輝，每條肌肉都發揮著驚人的力量。她從未想過男人的裸體會如此好看和吸引人，一時瞳孔放大，艷芒四射，沒法把眼合攏。

莊青霜自懂事以來，她便認識到自己的美麗，爲自己日漸豐滿的胴體驕傲。她是絕不會把身體隨便交給人的，可是在這要遵從父母之命的時代，她卻完全沒法控制自己的命運，所以當她遇上韓柏，發覺不能自拔地愛上了他時，便不顧一切去爭取終身的幸福。在這一刻，她終於知道幸福降臨到自己身上。在肉體的親密接觸中，她清晰感到韓柏的體貼、溫柔和真誠的愛。她知道對方會疼她寵她，而且他會是最懂得討好她的男人。得夫如此，還有何求。歡樂一波一波湧向高峰，在熾烈的男女愛戀中，莊青霜徹底迷失在肉體的歡娛，迷失在精神的交融裏。她感到精氣由體內流往對方，又由對方流回體內，循環不休，生生不息，那種刺激和強烈的快感，絕不能用任何言語形容其萬一。生命從未這麼美好過。當韓柏離開後，在極度滿足和神舒意暢裏，她沉沉睡去，以補償這些天來徹夜難眠的相思之苦。

韓柏站在床旁，閉目調息，把魔功運行遍十二周天後，衣服都不穿就那樣走出房去。這時的他充滿了信心去應付今晚艱巨的任務。

虛夜月正坐在小廳裏，手肘放在窗框處，支著下頷，百無聊賴地看著窗外莫愁湖黃昏前的美景。聽到開門聲，大喜轉過身來，吃了一驚道：「你想幹甚麼？」

韓柏赤裸的雄軀往她逼去道：「你說呢？」

虛夜月俏臉飛紅，挺起胸膛咬牙道：「難道月兒會怕你嗎？」

「篤篤篤！」范良極的聲音由房外傳來道：「死色鬼快起身，陳小子和謝奸鬼都到了，我還有要事和你說。」

韓柏和兩女同時醒來，外面天色全黑。韓柏把兩女按回被內，伸個懶腰道：「你們兩人好好睡一會，醒來喚人弄東西給你們吃，我要去赴燕王的宴會。」

兩女都想跟他去，可是韓柏剛才故意加重了手腳，累得她們的身體都不聽指揮，當韓柏匆匆穿好衣服時，都早睡了過去。韓柏爲兩女蓋好被子，走出房外。范良極正吞雲吐霧，享受著今天才得到的天香草。

韓柏坐到他旁道：「有甚麼要事？」

范良極出奇爽快地道：「浪翻雲說那刺客並不是水月大宗，因爲太少人見紅了。他指出東洋刀法最是狠辣，不是你死就是我亡，我想想也很有道理。」

韓柏想道：自己爲何會一直認定那人是水月大宗呢？自然因爲那是出於朱元璋的龍口，靈光一現，劇震道：「我知那刺客是誰了。定是燕王棣，因爲當時朱元璋望向那人的眼光非常奇怪。」

范良極亦一震道：「甚麼？」

韓柏吁出一口涼氣道：「一定是這樣，朱元璋最善看人的眼睛，自己兒子的眼睛他怎會認不出來？」

范良極收起煙管，點頭道：「若是如此，燕王棣這人大不簡單，連鬼王的話都可以不聽。」

韓柏頭皮發麻，駭然道：「現在我才明白爲何人人都說燕王是另一個朱元璋，他爹敢把小明王淹死，這小子更厲害，連老爹都敢親手去殺。」接著再震道：「我明白了，這就是朱元璋今早爲何要我傳話給燕王，著他不可造反的背後原因。這對父子眞厲害。」

兩人再商量一下今晚行動的細節後，才出去與陳謝兩人會合，赴宴去了。

當韓柏等乘艇登上香醉舫時，燕王棣和媚娘及十多名隨員倒屣相迎。媚娘並不知道來者是韓柏，只知是燕王的貴賓，見到韓柏時，艷眸掠過動人心魄的驚喜，有點迫不及待地迎了上去，大喜道：「原來是專使大人，媚娘今晚眞是幸運。」

燕王呵呵大笑道：「差點忘了你們昨晚見過了。」

韓柏踏足這煙花勝地，立顯風流浪子本色，哈哈笑道：「何止老相識，還是老相好呢！」聽得旁邊的范良極搖頭嘆息。媚娘橫他一眼，神情喜不自勝。連燕王亦感愕然，難道這飽歷滄桑的美婦，竟古井生波，愛上了韓柏。

這時謝廷石和陳令方乘另一小船至，要叩拜時，被燕王有風度地阻止道：「今晚我們平等論交，如此才可盡興。」一番寒暄客氣話後，眾人一起登上三樓的大廳。艙頂的破洞早已修好，若不留心，絕看不出來。

筵開一席，昨晚曾見過六女中的四女都在場，還多了另外四位姿色較次的年輕姑娘，卻已是中上之姿，獨見不到紅蝶兒和綠蝶兒。四女見來的是韓柏，都喜動顏色，不時眉目逢迎，一時鶯聲燕語，好不熱鬧。韓柏自是左右逢源，來者不拒。這時盛裝的白芳華由內室走出來，站到燕王旁，含笑向韓柏施禮問好，半點異樣或不自然的神色都沒有。美妓奉上美酒，各人就在偎紅綺翠的喧鬧氣氛中對酒言歡，說的當然也是風月之事。

看見白芳華小鳥依人般傍著燕王，韓柏大感不舒服，覷了個空檔，把媚娘拉到一側道：「兩隻蝶兒哪裏去了？」

媚娘白他一眼道：「都是你害人，她們知道今晚花舫給燕王包了，以為見不到你，齊託病不來。小冤家明晚再來行嗎？奴家和她們都想見你哩！莫忘了還有艷芳正等著你為她闢地開天呢。」

韓柏大樂，可是想起明晚要和秦夢瑤去見朱元璋，忙道：「明晚不行！白天可以找到你們嗎？」媚娘毫不猶豫說了個地址，還指示了路途走法。燕王回過頭來道：「要罰大人三杯了，怎可私自尋媚娘開心。」

韓柏待要答話，小燕王朱高熾和刻意打扮過的盈散花翩然而至。韓柏更不舒服，白芳華如此，盈散花亦如是，不過想起自己已有秦夢瑤、虛夜月、莊青霜和三位美姊姊，亦應感滿足，不作他求。但想雖這麼想，始終有點不能釋懷。小燕王像忘記了曾發生在他們間的所有不愉快事件，親切地向他殷勤勸酒。反是盈散花笑臉迎人的外表背後，有些微悽然無奈。韓柏心中大訝，因為朱高熾絕非心胸廣闊的人，為何會表現得如此大方，難道內中另有別情。

忽然一陣鬨笑傳來，原來幾位小姐圍著口沫橫飛的范良極，看這老小子表演小把戲。這時筵席上無形中分成三組人；一組是范良極和三數艷女，一組是陳令方，謝廷石、媚娘和另兩位姑娘；另一組則是燕王棣、小燕王、白芳華、盈散花和韓柏。韓柏愈看燕王棣，愈覺得他像朱元璋，只是外表溫和多了，但總有種城府甚深，密藏不露的感覺。旋又想到盈散花，秀色若不跟在她旁，那她豈非要自己去獻身給朱高熾，想到這裏，滿肚子不是滋味。燕王棣還是首次見到盈散花，不時和她說話，顯是爲她美色所誘，生出興趣，反把白芳華冷落一旁。總之男男女女，各有心事，分懷鬼胎。

朱高熾向韓柏道：「那晚小王年少氣盛，專使不可放在心上。」韓柏忙反責自己不對，心知對方亦是言不由衷。

燕王棣此時向盈散花道：「盈小姐認識小兒多久了？」

盈散花向他拋了個媚眼道：「才只四天！」

小燕王插入道：「甚麼『才只』，足有四輩子才對。」

燕王棣閃過不悅之色，轉向韓柏道：「朴專使！可否讓我們兩人到外面露台吸兩口秦淮河的新鮮空氣？」韓柏知道好戲來了，和他並肩走出廳外的畫廊處。

燕王棣兩手按著欄干，俯瞰著對岸的景色，嘆道：「韓兄看我大明江山，是多麼繁華美麗。」

韓柏見他道明自己身分，亦不掩飾，學他般倚欄外望，嘆道：「可是若燕王你一子差錯，如此大好江山，將變成滿目瘡痍的殺戮戰場。」

燕王棣冷然道：「韓兄這話怎說？」

韓柏知道此人乃雄才大略的梟雄心性，一般言詞，絕不能打動他，只會教他看不起自己，決意奇兵突出，微笑道：「想不到燕王的東洋刀使得這麼好，差點要了韓某的小命。」

燕王棣虎軀一震，向他望來，雙目神光電射，肅容道：「禍從口出，韓兄最好小心說話。」

韓柏分毫不讓地和他對視著，從容道：「認出燕王來的並非在下，而是皇上，所以他教我帶來口信，燕王要聽嗎？」

燕王棣顯然方寸大亂，深吸一口氣後道：「何礙說來聽聽！」

韓柏道：「皇上說，假若燕王答應他不再謀反，那他在有生之年都不會削你的權力。」

燕王棣呆了一呆，把眼光放回去岸旁燈火處，好半晌後才道：「我可以相信他嗎？」

韓柏苦笑道：「我怎麼知道？」

燕王棣聽他答得有趣，笑了起來道：「現在本王有點明白父皇為何喜歡你了，鬼王說得不錯，你眞是福大命大。」

韓柏心中一動，捕捉到一絲靈感。燕王棣沉聲道：「韓兄在想甚麼？」

韓柏迅速將得到的靈感和事實組織了一遍，再無疑問，微笑道：「燕王不知應否相信皇上，但定會信得過我，是嗎？」

燕王不知他葫蘆裏賣的是甚麼藥，點頭道：「可以這麼說，若非韓兄肝膽照人，芳華不會對你傾心，鬼王亦不肯把月兒許配與你。」

韓柏早知自己和白芳華的事瞞他不過，坦然受之，淡淡道：「我想和燕王達成一項交易，就是假若燕王不對付鬼王和皇上，亦不派人來殺在下，我便助燕王去對付藍玉和胡惟庸等人。」

燕王棣心頭一震，像首次認識韓柏般重新打量起他來。韓柏這句話走的是險著。之前小燕王對他故示大方，顯然是另有對付他的手段，才暫時不和他計較。剛才燕王棣又指他福大命大，自是有感而發。

這引發了他一連串的聯想。首先，藍玉等已和方夜羽聯成一氣，密謀推翻明室。而他們的棋子就是陳貴妃，可以想像以方夜羽等人深思熟慮想出來的妙計，必是天衣無縫，說不定可把罪名推在最大障礙的鬼王和燕王身上。那藍玉和胡惟庸反可變成勤王之師，挾允炆而號令天下。在這種情況下，燕王扮水月大宗行刺朱元璋之舉，是使他們陣腳大亂，再沒有理由在這時刻來對付他。而燕王卻偏找人來殺他，假若他不幸身死，鬼王和朱元璋必然震怒非常，但卻怎也不會懷疑到與鬼王關係親密的燕王身上。更且在表面上，因著謝廷石的關係，燕王和他韓柏應是同一陣線的人，所以就算朱元璋沉得住氣，鬼王必會對藍玉和胡惟庸展開報復。無形中逼得鬼王與燕王的關係更是緊密，如此一石數鳥之計，眞虧他想得出來。莊節說得不錯，燕王可能比他老子更狠辣和奸狡！這些念頭電光石火般閃過心頭，使他得到了對策，並以之震懾燕王。

兩人目光交擊。燕王棣點頭道：「假若本王全盤否認，韓兄會怎樣看我？」

韓柏淡淡道：「那在下會看不起你，因爲你根本沒有當皇帝的資格。」

燕王棣仰天一哂道：「說得好，無論本王承認與否，韓兄仍只會堅持自己的信念，然而即使本王承認，韓兄仍然缺乏眞憑實據來指證本王，父王亦不能入我以罪。」頓了一頓，雙目厲芒再現道：「但你爲何要助我呢？你要我答應的條件是輕而易舉，本王可暫時按兵不動，而你卻要冒生命之險，去招惹藍玉等人，這樣做對你有甚麼好處？」

韓柏嘆了一口氣道：「對我一點好處都沒有，可是眼前既成的事實就是明室的皇權必須保存。這或者對功臣百官是天大慘事，但對百姓卻是好事。而我肯助你的原因，就是因爲只有你這種但求利益、雄才大略的梟雄才會坐得穩皇帝的寶座，而你也不會蠢得去動搖國家的根本，弄壞人民的生計。因爲你就是年輕的朱元璋，他做得到的事，你也可以做得到。」

燕王臉上先是泛起怒容，接著平復下來，點頭道：「和你說話的確很痛快，到此刻我才知道所有人都低估了你，以爲你只是個好色之徒，只有泡妞的本事。」又沉聲道：「可是你手上有甚麼籌碼和本王交易？憑一個范良極並不足夠吧？即使你是鬼王女婿，但他並不會聽你主意行事。」

韓柏從容一笑道：「我背後有兩大聖地和怒蛟幫，這兩只籌碼是否令小弟夠得上資格呢？」

燕王定了定神，冷然道：「這種事總不能空口說白話吧！」

韓柏哈哈一笑道：「過了明天，燕王若耳目仍像昨晚對皇上行蹤般瞭如指掌，自會知韓某所言非虛。」深吸一口氣後笑道：「看！秦淮河的景色多麼美麗，可惜這船卻停留不動，白白錯過了無限美景。」

燕王微笑道：「這個容易，我們也出來很久了，正好返廳痛飲，待本王吩咐媚娘立即啓棹開航，暢遊秦淮河。」

弦管聲中，樂師們專心地吹奏著，早先陪酒的美妓們則翩翩起舞，並輪流獻唱，都是些情致纏綿的小調。氣氛輕鬆熱鬧。這時眾人均已入座，韓柏左邊的是燕王，再下是范良極、謝廷石、陳令方，右邊是白芳華、小燕王朱高熾和盈散花。廳子四周均有燕王近身侍衛站立，負起保安之責。韓柏想不到燕王會把白芳華安排到他身旁，望前則是和朱高熾態度親暱的盈散花，立時如坐針氈，恨不得快點回家睡覺。直到此刻，他仍摸不清盈散花對燕王父子的圖謀，又不能把她身分揭穿，因爲那定會爲她招來殺身之禍。看她一貫慵懶嬌俏的風流模樣，輕顰淺語，一皺眉、一蹙額，立時把白芳華比了下去，眾妓更是遠遠不及。燕王棣顯然對她極感興趣，目光不時在她俏臉酥胸間逡巡，而盈散花有意無意間一對剪水雙瞳亦滴溜溜地不住往燕王飄去，瞧得韓柏更是心中暗恨，又為白芳華對他的忠心不值！像燕王棣這種帝王之子，怎會把白芳華的誠意當作一回事，充其量將她看作一只聯繫鬼王的棋子而已。他接觸朱元璋多了，更了解這類人的心態，就是你對他盡忠是應該的，而他只會關心自己的權位，所有人都是為了鞏固他權位而存在的工具。

眾妓逐一唱罷，燕王笑道：「芳華！本王很久沒有聽到你甜美的歌聲了。」

白芳華幽怨地瞅了他一眼，再偷看了韓柏，才大方地走到廳心。她才開腔，立時像轉了另一個人般，表情變化多姿，無論聲色技巧，均遠勝眾妓，聽得眾人如痴如醉時，她已回到席內。眾人鼓掌叫好。陳令方讚不絕口時，船身一震，香醉舫終啓碇開航。媚娘返回廳內，著樂師和眾妓退下，又作出指示，佳餚美酒立時流水般奉上來。

韓柏幾次想與白芳華說話，都給她故作冷淡的態度嚇退，這時聽到范良極對燕王說及清溪流泉，一笑插入道：「早知燕王對這酒有興趣，今晚我們便捧一罈來，喝個痛快。」

燕王哈哈笑道：「不若我們再訂後會，便可一嚐貴夫人天下無雙的釀酒絕技。」

盈散花向燕王拋了一記媚眼，甜甜一笑道：「那可要算妾身一份兒，讓妾身為燕王斟酒助興。」以燕王城府之深，仍禁不住她的公然挑逗，色授魂與，開懷笑道：「既有絕世美酒，又有當今艷色，正是求之不得。」小燕王眉頭大皺，顯是不滿兩人眉來眼去，當眾調情，可是懾於乃父威權，哪敢露出不快之色。

韓柏和范陳兩人交換了一個眼色，都想到盈散花的目標其實是燕王。韓柏暗忖若盈散花要迷惑燕王，勢不能以秀色魚目混珠，那不是要親自獻上肉體嗎？旋即拋開此事，決意不再想她，藉敬酒湊到白芳華耳邊去，輕輕道：「值得嗎？」指的當然是燕王並不値得她全心全意的對待。

白芳華亦湊到他耳旁，當他還以爲她回心轉意時，豈知她道：「我的事不用你管！」

韓柏怒火攻心，恰好這時穿得花枝招展的媚娘親來爲各人斟酒，遂向燕王笑道：「若主人家不反對，小使想請媚娘坐到身旁，談談心事兒。」

媚娘「啊」一聲驚喜道：「大人青睞，折煞媚娘了。」

燕王欣然道：「只要客人盡歡，何事不可爲。」

立時有人搬來椅子，安插她在白芳華和韓柏之間。白芳華神色一黯，知道韓柏藉此表現出對她的決絕，幾乎要痛哭一場，只是強忍著不表現出來，心情之矛盾，說也說不出來。媚娘欣然坐下後，韓柏立時殷勤相待，不住把飯菜夾到她碗裏，哄得她意亂情迷，芳心欲醉，任誰都看出她愛煞了這俊郎君。韓柏故意眼尾都不望向盈散花和白芳華，一時和燕王、范良極等對酒，一時和媚娘調情，還灌了她兩大杯酒。范良極這時亦藉敬酒作爲掩護，向他使了個眼色，暗示照著現在的船速，不到半個時辰便會和連寬所在的忘憂舫擦身而過，教他想辦法溜出去。韓柏用眼射了射身旁的媚娘，表示可藉她遁往上房，裝作借酒尋歡，實則溜出去殺人。范良極一想這也是沒辦法中的辦法，點頭表示同意。他們兩人拍檔已久，雖眉來眼去，旁人哪能察破。

燕王又和盈散花調笑起來，互相對酒，看得小燕王更是心頭不快。這時盈散花對燕王越發露骨，發揮著她驚人的誘惑力，當她捧胸撫心時，燕王的目光便肆無忌憚地落在她的酥胸處，視小燕王若無物。皇室的倫常關係，確大異於平常人家。

謝廷石忽道：「燕王！是時候了。」燕王依依不捨地收回與盈散花糾纏的目光，拍了兩下手掌。燈火倏地熄滅，只剩下四周零星的亮光，比之前暗了很多，平添神秘的氣氛。韓柏乘機伸手下去，摸上媚娘的大腿。媚娘一顫挨身過來，咬了一下他的耳珠，昵聲道：「冤家啊！媚娘希望以後都是你的人呢。」

韓柏大樂，待要說話，側門開處，一個全身罩在黑色斗篷裏的人跳躍飛舞地奔了出來，臉龐雖藏在斗篷的暗影裏，但誰都可從她優美修長的體態分辨出是個身材動人的女性。眾人看得屏息靜氣，連盈散花等三女都給那神秘的感覺吸引著。

燕王湊過來低聲向韓柏道：「這是外興安嶺柔夷族部酋獻給本王的大禮，韓兄留意了。」

在暗淡的光影裏，這柔夷族的女子利用寬大的斗篷，做出各種充滿勁力的動作和舞姿，卻始終不露出廬山眞貌，教人更增一睹玉容的好奇心。

范良極傳音過來道：「快到秦淮橋了，還不想辦法？」

韓柏不慌不忙，湊到媚娘耳邊道：「乖乖親寶貝，立即給我在二樓預備一間上房，我要享受燕王的大禮，明天才來找你，知道嗎？」媚娘雖是心中失望，但卻願意爲這男人做任何事，再給韓柏在檯下一輪使壞後，匆匆去了。燕王奇怪地望了媚娘一眼，並沒有出言相詢。

這時那柔夷美女踏著充滿火和熱的舞步，以最狂野的姿態，忽進忽退地往酒席靠近過來，充滿了誘惑性。驀地她用力往後一仰，腰肢像彈簧般有力的把身體一拋，斗篷掉到背後，金黃的秀髮瀑布垂流般散下，眼看得她站直嬌軀時即可看到她的玉容，柔夷女偏仰臉一個轉身，背著了他們。連盈白二女都給引得心癢難熬，更不用說其他男人了。這柔夷女昨天才送抵京師，燕王也是首次見到她，這時不由有點後悔說要把她送給韓柏。哼！這小子眞好艷福。披風緩緩落下，首先露出是閃亮的裸肩，膩滑雪白的皮膚，接著是抹胸在背後結的蝴蝶扣，然後是汗巾形的緊身褻褲，和比得上莊青霜的修長渾圓玉腿。披風落到地上去。眾人呼吸都停了，不能置信地看著那誇張的寬肩蜂腰和隆臀美腿。燕王強壓下心中的悔意，拍了一下手掌。燈火亮起，金髮柔夷女緩緩轉身過來。不論男女，一時無不讚嘆。她雖比不上盈散花，甚或白芳華的美貌，可是陽光般的金黃秀髮，白雪般的皮膚，澄藍的大眼睛，高挺的鼻子，稜角分明的紅唇，似要隨時由抹胸彈跳出來的驕人豪乳，卻組成了充滿異國風情的強大誘惑，足可使她比之兩女，仍是各擅勝場。更誘人的是她的眼睛大膽狂野，充滿了挑逗性、別具冶蕩的風姿。如此艷麗的金髮異族美女，哪個男人能不動心。

燕王咬牙叫道：「美人兒還不過來拜見新主人。」

韓柏知道時間無多，哈哈一笑長身而起，往金髮美人走去。盈白二女亦不由起了妒忌之心，眞想衝出去把韓柏抓回來。

金髮美女只知出來表演艷舞後，會被轉贈予人，正擔心得要命不知被送給甚麼醜老男人時，見到竟是個比自己族內所有男子更好看、更充滿魅力、身軀壯得像匹駿馬的年輕男子時，「啊」一聲喜呼出來，金黃長睫毛下的藍眼睛爆起動人的亮光，心甘情願跪在地上，以她剛學會的漢語下拜道：「主人！夷姬以後全聽你的吩咐！」

連大義凜然曾嚴斥韓柏的范良極也嫉妒得悶哼一聲，陳令方更不用說了，只希望送給自己的貨色不會差得太遠。

韓柏仰天長笑，扶她起來，然後攔腰把她抱起，大步走出廳去，在眾人瞠目結舌中大嚷道：「多謝燕王大禮，小使必有回報。」就那樣去了。

韓柏抱著金髮美人兒，在門旁和媚娘來了個慰勞式的長吻後，推門入內，迅快俐落地爲夷姬脫得身無寸縷，壓到床上去，口手並施，藉她把魔功提升到極盡時，輕輕點了她的睡穴，站了起來，眼神回復冷靜清澈。韓柏脫掉外衣，爲橫陳床上的撩人玉體蓋好被子，推開窗戶。燈色輝煌，兩層高灰紅間雜的忘憂舫赫然入目。韓柏取出范良極預備好給他行事的索鉤，運勁拋出，包了布絨的鉤尖無聲無息地，掛在忘憂舫的艙頂。韓柏提氣輕身，穿窗而出，橫過兩船間七丈許的距離，迅若鬼魅般到了忘憂舫上。韓柏找到圖示地方，伏在艙頂，把耳貼在頂壁上。各種人聲、樂器聲立時盡收耳內。他注意的是下面房內的呻吟和喘息聲。心中大喜，這傢伙眞的來了。管他有多少鐵衛，只要自己一擊成功，人死了他們都不會知道。

時間無多，他必須立即行動，否則當香醉舫到達半里外的秦淮橋，因船高過不了橋底，便會折回來了。忙掏出范良極給他的鋒利匕首，運起陰勁，如破豆腐般切入頂層的木板裏，小心翼翼地畫了個只可容一指穿過的小圓圈，再運功把木屑吸入掌心，燈光立由破洞透出來。呻吟喘息聲更強烈了。韓柏心道原來連寬這小子喜歡點著燈幹女人，藉小洞往下看去。一個背上紋了兩條交纏著青蛇的男體，正伏在粉嫩豐滿的艷女身上劇烈地聳動著。那艷女雙眸緊閉，不斷地抓揑著他背上的雙纏蛇，看她的浪相狂態，正是雙方在抵達高潮前的刹那。韓柏哪敢遲疑，知道像連寬這種高手，若讓他高潮一過，耳目將立時恢復平時的靈敏，勢將察覺出他的存在，忙取出老賊頭給他的七寸長鐵針，用三指揑著一端，伸入小洞裏。女子猛地狂嘶亂叫。連寬抽搐了一下。這時香醉舫出現在十丈許外。韓柏運勁一彈，鐵針閃電下射。連寬不愧高手，在這種情況下仍能生出感應，扭頭往上望來，還未看得清楚，鐵針貫眉心而入，一聲不吭，立斃當場。一股奇異不舒服的感覺湧上心頭，韓柏嚇得把那感覺強壓下去。那女人還不知發生何事時，給韓柏的指風制著了穴道。

香醉舫由側旁六丈處駛過，韓柏連索勾都省了，覷準位置，神不知鬼不覺穿窗回到房裏。立即脫衣上床，鑽入被裏，把金髮美人兒弄醒。夷姬還以爲自己只是一時迷糊打盹，立時又熱情如火地摟著這年輕俊偉的新主人，剛送上香唇，已給對方狂暴地破入體內，在痛若與快樂難分的狂喊和熱淚中，獻出處子清白之軀。韓柏離開上房時，金髮美人兒夷姬連抬起一個小指頭的力量都失去了。這是韓柏生平第一次正式殺人，那種刺激，使他魔種裏傾向殺戮死亡的本質猶如脫韁野馬，闖了出來。幸好他福至心靈，藉夷姬那比任何中原女子都要皙白的肉體誘發愛念，壓下凶殘的徵兆。所以起始時他全不講溫柔，恣意蹂躪，到了中段，才由狂暴轉爲熱愛，使夷姬苦盡甘來，享受到雲雨溫柔的甜頭。最動人處，無論他如何狂暴，夷姬都是那麼婉轉承歡，而且她顯然曾受過男女性事的訓練，否則一個未經人道的少女，如何可抵受他開始時無情的撻伐。兩旁均是廂房的長廊空無他人，只有媚娘滿臉通紅，挨在門旁的牆上，嬌柔無力地看著他。

韓柏來到她面前，奇道：「你一直站在這裏？好不好聽？」

媚娘赧然道：「人家才不會偷聽，只是見快靠岸了，所以才來看你，聽到……唔……人家不說了。」

韓柏放下心來，知道她沒有發現自己的秘密。

媚娘道：「小冤家啊！明天記得來找人家，媚娘想得你很苦，人家從未如此下作的。」

韓柏輕吻她臉蛋，誠懇地道：「我不敢說明天定能來，但這幾天總會設法找你，爲我找套合適的衣衫，給夷姬穿上吧！我要上去了。」

媚娘呻吟道：「算人家求你吧，明天來媚娘這裏好嗎？」

韓柏點頭道：「盡量設法吧！」上樓去了。

眾人在席上談笑風生，見他回來，男的均現出羡慕之色，只有小燕王臉色陰沉，顯然在盈散花和燕王間繼續發生了令他不快的事。陳令方旁多了個外族的中上之姿的美女，秀髮烏黑，但高鼻深目，也有對藍眼珠，喜得他意興昂揚，神魂顛倒。

韓柏先走向正吞雲吐霧的范良極背後，大力拍了他肩頭一下，笑道：「侍衛長的美人兒在哪裏？」

燕王笑道：「侍衛長練的竟是童子功，眞是可惜。」所有男人均大笑起來，盈散花乘機嬌羞不勝地白了燕王一眼，弄得他更是酥癢難熬。

韓柏坐回位裏，故意不看狠狠盯著他的白芳華和盈散花，湊過燕王處若無其事地低聲道：「我替燕王殺了連寬，這報答夠分量了嗎？」

以燕王的城府，亦渾身一震，雙目爆起精芒，不能置信地朝他望來。他也像朱元璋那樣，恨不得置藍玉這倚之爲左右臂的謀士高手於死地，只是苦無方法。眾人都靜了下來，奇怪地瞧著他和燕王，不明白韓柏在燕王耳旁說了些甚麼驚人之語。

韓柏含笑向燕王伸出右手。燕王哈哈一笑，和他兩手緊握，道：「本王服了，再有一個夷姬本王也捨得送你。」兩人對視大笑起來。就在這一刻，他們建立了築基於利害上的盟友關係。

韓柏載美而回，范良極則溜了去找雲清。下車時韓柏對夷姬已有深入的了解和更親密的感情關係。他吩咐了侍女安排這金髮美人沐浴住宿諸事，才悄悄往自己的居室走去。到了門處，虛夜月和莊青霜的說話聲隱約傳來。韓柏這才想起把這對充滿敵意的美女無意放到了一起，好奇心大盛，她們會談些甚麼呢？忙躲在門外運功竊聽。

這時虛夜月嗔道：「韓郎眞壞，原來早約了你。」

莊青霜天眞地道：「他當然壞透了，明知人家在洗澡，就那樣進來看個飽親個飽，人家擺明甚麼都給他了，他還那麼急色。」

虛夜月笑道：「月兒才更不服氣，連浪翻雲都助他來調戲人。」

莊青霜嘆道：「我們都是鬥不過他的了。」

虛夜月急道：「不准你那麼沒用！」

韓柏大奇，為何兩女一個晚上便變得這麼融洽，挺身而出笑道：「誰敢反抗為夫。」兩女齊聲歡呼，由椅上跳了起來，衝入他懷裏。

韓柏關心鬼王府搶鷹刀的事，問虛夜月道：「你爹方面的情況如何了？」

虛夜月緊擠著他道：「不要提了，剛有人來向月兒報告，一個小賊都沒有，眞不好玩。」

韓柏失聲道：「甚麼？」

莊青霜笑道：「甚麼甚麼的，不信你的月兒嗎？唔！為何你一身香氣，搞過多少女人？」

韓柏左擁右抱，以削弱她們的鬥志，笑道：「我找了個金髮美人兒來作你們的貼身侍女，該如何感激我？」

兩女一起嘩然，不依地撒嬌，卻沒有眞的反對，在京師內，有權有勢者誰不嬌妻美妾成群，她們早見怪不怪了。一番調笑後，侍女領著沐浴後的夷姬來到。夷姬看到兩女，秀目一亮，顯然為兩女驚人的美色震懾。兩女看到這奇異品種的美女也目瞪口呆。

夷姬跪伏地上，馴服地道：「夷姬參見兩位美麗的夫人。」

虛夜月最好事，過去把她拉了起來，湊過去嗅了一下，道：「他是否搞過你？」

夷姬的華語只是勉強可應付一般對答，惶怯道：「夷姬不明白夫人的話。」兩女笑了起來，都覺有趣。莊青霜也走到她身旁，伸手摸上她的金髮，又細看她的金睫毛，驚嘆不已。

韓柏想起左詩的吩咐，道：「夷姬你好好給我去睡覺，其他事遲些再說。」夷姬身心均繫在這主人身上，跪拜後依依不捨隨侍女去了。

韓柏爲兩人蓋上禦寒的披風後，正要出門，忽然有人高呼道：「聖旨到！」三人慌忙跪下接旨。頒旨的是聶慶童，宣讀了聖諭封他爲忠勤伯，使他擁有了爵位。韓柏心知肚明朱元璋得到了連寬被殺的消息，但封他爲爵，卻是不安好心，硬逼他走上了公然與藍玉對抗之路，因爲像藍玉這樣的人很快便會知道發生了甚麼事。勉強謝恩後，接受聶慶童的祝賀。

聶慶童走向前道：「皇上著忠勤伯明天早朝前去參見。」

韓柏失聲道：「又要一早起來？我有多天未好好睡過覺了。」

聶慶童當然毫無辦法改變朱元璋的聖旨，安慰了他幾句後告辭去了。

兩女分左右挽著他，虛夜月笑道：「還不快點到詩姊她們那裏去？」

韓柏心道若非自己身具魔種，這樣下去，不出三天，必然一命嗚呼，苦笑去了。

第三章

誤中副車

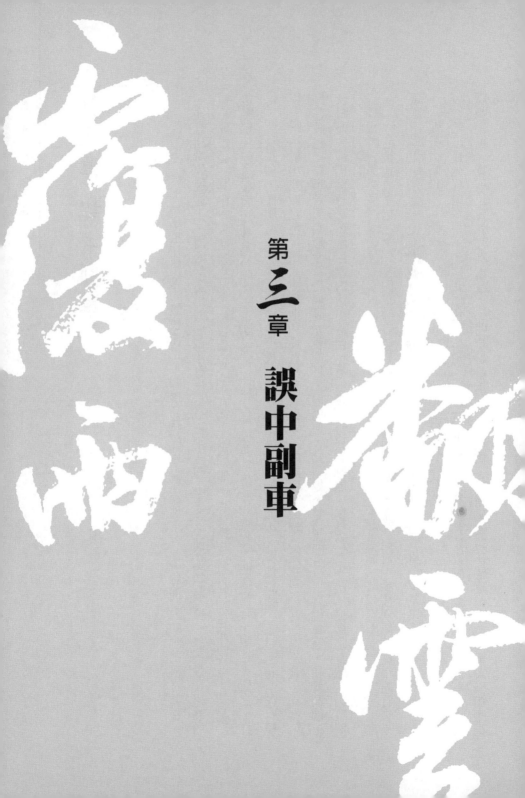

第三章 誤中副車

「砰！」藍玉一掌拍在堅實的酸枝檯上，圓檯立時碎裂，撒滿地上。他凶光四射的眼睛落在躺在廳心連寬冰冷的屍體上，眉心仍露出的一截小針尾。分佈兩旁的二十多名高手噤若寒蟬，無人敢在盛怒的藍玉前說話。其中一人狀若猴子，臉帶紫金，年在四十之間的，正是鐵青衣曾特別提起的高手「金猴」常野望。但這猴頭卻身量高頎，手足特別長，給人一種非常靈活的感覺。他身旁有一中年人作文士打扮，背負長劍，額頭處紮著條玉帶，帶上最大那粒白玉晶剛好嵌在額中，英俊魁梧，正是「布衣侯」戰甲，眼中射出悲戚之色，眾人中以他和連寬相交最深。「妖媚女」蘭翠晶雜在另一邊的高手裏，秀髮帶點棕黃色，雖不若夷姬般金黃得像陽光般耀目，但仍使人知道她不是中原女子。唇厚鼻高，顴骨高圓，身材高大卻仍保持著玲瓏浮凸的優美線條，有種獨特奇異的艷麗，雖是默然不語，但眉眼身體，仍有著說不出的風情。

一向被連寬壓居在第二位的軍師方發是個五十來歲的小胖子，頭頂高冠，手搖羽扇，扁平的五官不敢露出喜色，見藍玉怒氣稍減，兩眼一瞇出言道：「鄙人如若猜得不錯，朱元璋在先發制人了。」

藍玉大喝道：「閉嘴！」方發嚇了一跳，不敢說話，垂下頭去。

藍玉目光掃過眾手下，疾言厲色下令道：「由今天開始，所有人都不准踏足煙花場所，連寬這混賬聰明一世，竟就是要死在女人身上，明知這是朱元璋的地盤，計畫又成功在望時，唉！」眾人都知連寬之死，對他的打擊實在非常嚴重，尤其在這關鍵時刻。

藍玉轉向方發沉聲道：「若此事乃朱元璋所為，那當晚是何人行刺他來嫁禍於我，又是何人假扮翠晶在西寧街偷襲那色鬼韓柏？」

方發胸有成竹地道：「有兩方面的人都有資格和動機去做這件事。但又要把兩件事分開來說。刺殺朱元璋的十成就是燕王棣，怕朱元璋削他之權，所以不顧一切先下手為強。」

藍玉容色稍緩，點頭道：「這話不無道理，你可散發謠言，說燕王弒父，製造點對燕王不利的氣氛。另一件事又如何呢？」

方發忍著因藍玉開始倚重他而來的喜意，故作從容道：「燕王和西寧派均有殺死韓柏的理由，燕王是要逼鬼王出來對付我們，而西寧派則是不想韓柏得到那美艷妖冶的大美人莊青霜。」

蘭翠晶嬌笑道：「眞想知道那是誰，扮得那麼像奴家。」

藍玉沒好氣地瞪她一眼，正要說話時，有人來報韓柏被封為忠勤伯的事。眾人愕然，因為時間上和連寬之死太吻合了。

「金猴」常野望皺眉道：「韓柏的功夫雖是不賴，但有沒有這麼了得呢？既瞞過了我們的鐵衛，又能由一個指頭大點的小洞運勁射針，貫穿了連老師的頭骨？」

藍玉沉聲道：「事發時韓柏在哪裏？」

另一專責情報的高手「通天耳」李天權踏前一步稟告道：「報告大將軍，韓柏應是到了香醉舫赴燕王的宴會。」

藍玉這時不由有點後悔把保護連寬的二十四名鐵衛全斬了首，冷喝道：「天權你立即派人找到香醉舫的媚娘，嚴刑拷問，要她說實話，哼！若我得到有力人證，便到朱元璋處告他一狀，看朱賊如何應付。」

「布衣侯」戰甲悠然道：「大將軍切不可輕舉妄動，因爲刺殺朱元璋一事，東廠的大頭子『夜梟』嚴無懼已派出東廠高手，日夜不停保護香醉舫和媚娘等人，葉素冬亦有佈置，若媚娘出事，又給查到是我們幹的，那時我們除了立即逃亡外，甚麼事都做不成了。」

「妖媚女」蘭翠晶昵聲道：「這事交翠晶去辦吧！擔保沒有人可發覺奴家，待奴家以鎖魂術教那媚娘盡吐所知後，她只會當是作了個噩夢哩！」花枝招展般笑了起來，看得在場的男人都心頭發癢，不過她乃藍玉的禁臠，所以誰都不敢打她主意。

藍玉像忘記了連寬的死亡，也笑了起來道：「聽說那媚娘騷得很有味道，便留她下來待我他日得了天下後，再好好享受。」眾人齊笑了起來，男人說起這種事，總會興奮莫名。

負責情報的「通天耳」李天權見藍玉心情轉佳，乘機道：「剛接到消息，負責追殺宋家兄妹的弟兄在來京師路上全體失蹤，情況不妙，恐已遭遇毒手，但仍未知是何人所爲。」

藍玉臉色沉了下來，怒道：「立即通知隱於京師外的『毒蠍』崔山武，教他封鎖入京所有水陸道路，若他讓人來到京師，他便提頭來見我。」旋又獰笑道：「害死連寬的那婆娘帶來了沒有，我若不把她幹死，怎對得住連寬。」

風行烈睜開眼來時，在他懷裏蜷縮著裸軀的小玲瓏，正欣然看著這剛佔有了自己的男人的俊臉，嚇得忙閉起雙目，裝作睡著了。

風行烈正要吻去，敲門聲響，谷姿仙的聲音傳來道：「行烈！爹有事想和你談。」風行烈忙穿衣出房，到了小艙廳，不捨夫婦坐在一旁，谷姿仙陪他在對面坐下。

不捨道：「剛才我遇到一艘來調查的水師船，那指揮是一個尊敬我的俗家弟子，以前曾見過我一兩面，告訴了我關於京師一些珍貴的訊息。」

風行烈精神一振，恭敬聆聽。不捨大師講出了京師劍拔弩張的形勢，又提到韓柏行蹤和鬼王府公然讓人去搶奪鷹刀的事後，道：「八派把會議延至三日後舉行，因爲小半道人受傷的事帶來了很大震撼，現在小半已被送往京師去，待他多養幾天傷，好出席自朱元璋登基以來影響最深遠的元老會議，各派掌門均會出席。」隨著嘆了一口氣道：「我決定去參加會議。」

風行烈和谷姿仙齊齊吃驚。谷姿仙駭然道：「爹這次還俗，又成了我們被視爲邪魔外道的雙修府的領袖，他們已視你爲叛徒，恨不得殺了你來保持聲譽，你怎可送上門去呢？」

不捨道：「那只是他們不明雙修大法，實是源自天竺的玄門正宗先天修行之法。我眞不明白爲何那些人一提起男女之事，便視爲邪魔外道。男女交合乃天經地義的事，否則人類早絕種了。我和凝清每晚都享盡男女之歡，我不但不覺沉淪，靈台反達至前所未有的澄明境界，可知天道應不是只有禁慾一途。」

風行烈嘆道：「岳父的話，行烈絕對同意，那些人大多做的是一套，說的又是另一套。以前行烈常以爲敝師厲若海乃邪惡之徒，現在見識廣了，才知道先師只是不肯屈從於強權之下，故自行其是罷了！唉！只看八派對蒙人袖手旁觀，行烈便心生鄙厭。」

不捨臉上現出堅決的神情。谷姿仙轉向親娘求道：「娘啊！勸勸爹吧！既知八派那些道貌岸然的人是些甚麼樣的人物，爹怎麼還要去理他們呢？」
谷凝清微笑道：「王兒放心，元老會議有夢瑤小姐在，你爹怎會有事？」
風行烈道：「韓柏眞的能治好夢瑤小姐？」
不捨搖頭道：「看來仍有點問題，否則她不會那麼低調。」
谷姿仙又擔心起來，激動地道：「爹啊！」
不捨憐愛道：「放心吧！若他們敢動手，我不捨絕不會束手待斃，要攔著我可並不容易哩！」
谷姿仙嘆了一口氣，瞪了風行烈一眼，怪他不站在她那邊勸不捨。
風行烈微笑道：「非常人自有非常事，你爹如此，韓柏亦是如此。」搖頭失笑道：「這小子到哪裏便搞得那裏天翻地覆，眞有一手。」
谷姿仙忍不住抿嘴笑道：「可惜戚長征沒有來，否則再加上你們兩人，姿仙眞不敢想像會發生甚麼事呢。」

小風帆順江而下。乾羅代替了戚長征的舵手之責，讓他入船篷裏和宋楠挑燈對弈，宋媚則在旁興趣盎然地觀戰，大多數時間都是幫情郎動腦筋，因爲一向自負棋藝高超的戚長征已連續慘敗了兩局，這局開始時他雖打醒了精神，捨中宮炮主攻之局，改採守勢，仍被對方步步進逼，落在下風。其中一個篷窗支了起來，晚風徐徐吹入，帶來江上清新的空氣。
這時宋楠單車雙馬一炮兵臨城下，戚長征展盡渾身解數，仍給對方吃掉了僅餘的雙車，給對方大了一馬單卒，唯有俯首稱臣，嘆道：「老戚還未遇過棋道比大舅更厲害的人，看來連雨時都比不上你。」

宋楠哈哈一笑，很是歡喜，正謙讓時，乾羅的聲音傳來道：「前面有五艘快艇攔在江心，我們還是棄舟登岸穩妥點。」

宋家兄妹吃了一驚。戚長征走出篷外，朝前望去。下游處有五艘中型風帆，正全速駛來，只看其聲勢，便知來者不善。除非有急事，沒有人會冒險黑夜行舟，所以只是這刻相遇江心，便知大家都有點問題。

快艇往岸旁靠去。乾羅跳了起來，一把扯著宋楠，叫道：「來不及靠岸了，我們跳上去。」話尚未完，已提著宋楠往岸上躍去。來艇上傳來叱喝之聲。戚長征和宋媚關係大是不同，攔腰抱起了她，追著乾羅去了，迅速沒入岸旁的野林裏去，逃之夭夭。

韓柏帶著兩女踏出賓館大門，只見二十多名全副武裝的錦衣衛士恭迎在外，其中一名頭目上前施禮道：「卑職東廠副指揮使陳成，拜見忠勤伯。」

韓柏愕然道：「不是要立即入宮吧！看來我要皇上改封忠懶伯才成。」

陳成亦覺好笑，莞爾道：「忠勤伯放心，小人等只是奉指揮使嚴無懼之命，專誠來作開道的小嘍囉。尤其因鷹刀一事，副統領怕有人會對夜月小姐起不軌之心，以之要脅威武王。請忠勤伯不要介意。卑職另有人手加強莫愁湖和左家老巷的保安。」

韓柏見這些東廠的錦衣衛人人太陽穴高高鼓起，個個氣定神閒，均非等閒之輩，這陳成又相當乖巧，哈哈一笑道：「好！那就麻煩各位大哥了。」

陳成連忙謙讓，恭請他們坐上備好的馬車，同時道：「我們每次都會採不同路線，又會派人沿途監察，忠勤伯儘可安心。」

韓柏知道自己真的成了朱元璋的紅人。若他有任何損傷，朱元璋亦大失面子，欣然登車。經過西寧街事件後，他有點怕騎灰兒，恐危急時顧不了牠，那就要悔恨終身了。看來暫時只可以騎著灰兒在鬼王府內走幾個小圈兒算了。到了車上，兩女緊擠兩旁，誰都不肯坐到另外的座位裏。車馬緩緩向另一出口駛出。

調笑間，早到了左家老巷。左家老巷的保安明顯加強了，屋頂伏有暗哨，不過對里赤媚那類高手來說，再多幾倍人都起不了作用，那天的鬼王府便讓他如入無人之境了。不過像方夜羽這類有身分的英雄人物，絕不會低下得來對付左詩諸女。藍玉和胡惟庸就不敢保證了。江湖人物實在比朝廷中人更有骨氣和風度。韓柏暗忖若他們來了，發現坐鎮的竟是「覆雨劍」浪翻雲，不知會是何種感受呢？進入內宅，赫然發覺浪翻雲居中而坐，兩旁分別坐了左詩三女和范良極雲清這對冤家。虛夜月和莊青霜見到這有著不可一世的氣概和灑然不滯於物的雄偉男子，以及他舉杯暢飲的閒逸意態，都俏目一亮，「啊」一聲叫了出來，認出是這天下無雙的劍手。

浪翻雲似醉還醒的目光落在兩女身上，上下巡視了一遍，哈哈笑道：「虛空夜月、解凍寒霜，韓小弟真是艷福齊天。天下第一獵艷高手之名，韓小弟你當之無愧。」兩女俏臉齊紅，輕移玉步，上前行過大禮，眼中均射出崇慕之色。浪翻雲嘴角含笑，坦然受禮。

左詩等把莊青霜喚到他們這邊，好認識這新來的姊妹，天不怕地不怕的虛夜月和容光煥發、眉目含春的雲清招呼過後，自行坐到浪翻雲旁的椅裏，撒嬌道：「浪大俠啊！月兒可不依啦！你竟幫大壞人來欺負月兒，怎麼賠償人家呢？」

浪翻雲失笑道：「賠了個大壞人給你還不行嗎？」

虛夜月大發嬌嗔，使出看家本領，一時間纏得浪翻雲也要步上鬼王後塵，無計可施。

韓柏看得心中溫馨，坐到雲清旁，尚未說話，雲清已杏目圓瞪，盯著他道：「我也要找你算賬，竟和老猴頭一起來害我。」

韓柏失笑道：「哈！老猴頭，眞的貼切極了。」就想憑插科打諢，扯混過去。

雲清自己亦忍俊不住，「噗哧」一笑道：「月兒說得不錯，眞是大壞人。」

韓柏狠狠瞪了范良極一眼。范良極兩手按上雲清香肩，嘻皮笑臉道：「我決意甚麼都不瞞清妹，所以不要怪我把你這小子供了出來，以後亦免了你藉此要脅我。」

雲清給他抓著香肩，大窘下一掙，責道：「還不放手！」

范良極慌忙縮手，惶恐道：「我忘了清妹說有人在時不可碰你。」雲清立時粉臉燒紅，一腳狠狠踏在范良極腳背處。范良極齜牙咧嘴時，韓柏捧腹笑得彎了下去。廳內盈溢著歡樂和熱鬧的氣氛。

又談了一會，雲清告辭離去，范良極自然要負起送護伊人回家之責。左詩等五女則興高采烈回前堂去了。韓柏坐到浪翻雲之旁，報告了與燕王相見和幹掉連寬的經過。

浪翻雲皺眉道：「盈散花爲何要勾引燕王呢？其中定有不可告人的陰謀，自古以來，女色累事實屢應不爽，英雄難過美人關，想不到燕王棣亦是如此。」

韓柏道：「可恨我又不敢揭破她的身分，不過這仍不算頭痛，朱元璋要我去試探陳貴妃，才眞是頭痛。」

浪翻雲嘆道：「你雖身具魔種，但依我看要在短短幾日征服陳貴妃，仍屬異想天開的事。我看朱元璋尙未相信你的話。而且這陳貴妃是我所見過女人中最厲害的，怕你偷雞不成反會蝕把米呢。」

韓柏駭然道：「那怎麼辦？」

浪翻雲沉吟半晌後道：「現在最大的問題，是我們根本不知陳貴妃有甚麼本領，只知可能是與色目人的混毒有關，可是若陳貴妃只是想毒死朱元璋，那甚麼時候都可以進行，何用等到他大壽時才下手，可知其中必有更大的陰謀，若是成功，大明朝立即崩潰，所以你縱使不願，也須在這幾天內揭破陳貴妃的陰謀。」

韓柏大感苦惱，點頭道：「我也見過那陳貴妃，眞是女人中的女人，難怪朱元璋如此著迷，假若我被她反咬一口，陳令方會是第一個遭殃的人。」

浪翻雲道：「你找夢瑤商量一下，若我猜得不錯，她應是唯一可左右朱元璋的人。」

韓柏搔頭道：「這是我另一件要擔心的事，朱元璋對夢瑤存有不軌之心，她又傷勢未癒，我卻是雙拳難敵四掌，鬼才知道朱元璋身旁還有甚麼高手哩。嘿！不如你來暗中保護我們好嗎？」

浪翻雲哂道：「你太小看夢瑤了，除了你外，誰能破她的劍心通明？影子太監又會維護她，放心吧！只要朱元璋給她那對仙眼一瞥，包管邪慾全消。」

韓柏點頭道：「這倒是眞的，今早我見到她時，她的修爲又深進了一層，我怎也無法動手，還是她主動來親我……」

浪翻雲打斷他笑道：「你不是打算把細節都詳述出來吧！」

韓柏尷尬道：「不知爲何對著大俠你，甚麼都想說了出來才舒服。」

浪翻雲道：「你要小心藍玉，此人心胸狹窄，倘知道是你殺死連寬，必然會不擇手段來報復，看來最好把你所有妻子都集中到這裏來，那我才可安心點。」

韓柏道：「放心吧！朱元璋早想到這點，派出了廠衛來加強保安，而我現在對自己頗有點信心，除非是里赤媚出手，其他人我總逃得了。」

浪翻雲道：「我對小弟也很有信心。剛才接到消息，乾羅、長征、行烈等都正在來京途中。」

韓柏大喜道：「長征、風行烈也來了嗎？哈！眞好！不知行烈有沒有帶著那小靈精呢？」

浪翻雲忽想起一事道：「假設你是藍玉，既知道你在這時被封了爵位，又知道你昨晚曾到香醉舫赴宴，會怎麼做呢？」

韓柏搔頭道：「當然是去查證我是否有離開香醉舫去刺殺連寬哩，噢！」色變叫道：「不好！」一陣旋風般去了。浪翻雲想了想，追著去了。

韓柏展開身法，離開左家老巷，在夜色的掩護下，依著媚娘指示，朝城東掠去。想起他是不能以眞面目給藍玉方面的人看到的，順手取出薛明玉那精巧的面具戴上，立時搖身一變，成了這天下最負惡名的採花大盜。還嫌改變不夠徹底，索性拋掉外袍，才繼續往媚娘的居所奔去。愈走愈是氣爽神清，想起能再次與媚娘相會，說不定可順道一箭三鵰，連兩隻美蝶兒都一併動了，心情更是興奮莫名。一盞熱茶的工夫後，逢簷過簷，遇壁跨壁，玄母廟巨大的瓦頂出現在半里許外。依媚娘的指示，到了玄母廟折北三里，便是她的香居香醉居了。就在這時，心中湧起一種被人窺看著的感覺。韓柏環目四顧，靜悄悄的，全無動靜。還以為自己疑心生暗鬼，躍下一條橫巷去，把速度提升至極限，左轉右折，奔出了里許外，才兜轉回來，躍上一處瓦頂。大感駭然，被人跟蹤的感覺竟有增無減。可是仍發現不到敵人的潛伏位置。韓柏出了一身冷汗，明明有敵人在追蹤著他，可是如此依足范老賊的教導，尚不能把敵人甩掉，那豈非跟蹤者輕功遠勝過自己。何人如此厲害？不會是里赤媚吧？是可就糟糕透了。

「砰！」在後方的天空一道紅芒直衝上高空，爆開一朵鮮紅的煙花，在漆黑的夜空分外怵目驚心。韓柏呆了一呆時，另一朵綠色的煙火訊號炮，又在右方的高空上爆響。韓柏大感不妥，難道這兩支訊號火箭竟是衝著自己而來的？想到這裏，頭皮發麻，現在他可說是仇家遍地，藍玉、方夜羽、胡惟庸等均恨不得置他於死地，若給對方高手盯上，那就危險至極，倏地把魔功發揮盡致，飛簷越壁，亡命朝煙花發出的相反方向掠去。狂奔了三里許外，才折轉回來，再往玄母廟奔去。被人監視跟蹤的感覺至此消失。韓柏鬆了一口氣，自誇自讚了一番後，再躍上瓦背，騰空而起，越過玄母廟外圍的高牆，投往玄母廟那像極一個斜傾大廣場般的瓦面去。

才踏足瓦頂邊緣，一聲佛號由高高在上的屋脊傳下來，有人誦道：「佛說一切法，為度一切心，若無一切心，何用一切法？」韓柏立時魂飛魄散。剛才感到有人在旁窺伺，還可推說是疑心生暗鬼，現在明明有人攔在前路，他卻一點「前面有人」的感覺都沒有，那就更是駭人了。何方高人，竟能「瞞過」他的魔種呢？他立穩瓦背，心情惴惴地往上望去，只見一道頎長人影，背著星空卓立廟脊上，說不出的神秘飄逸。韓柏功聚雙目，雖看到對方的禿頭和灰色的僧衣，可是對方的廬山眞貌卻隱在暗影裏，沒法看得眞切。後方高空再爆開了一朵煙花。韓柏暗暗叫苦，他並非不想掉頭便走，而是對方雖和他隔了足有十多丈，但氣勢卻隱隱地罩著了自己，假若他溜走，對方在氣機牽引下，必能後發先至，把自己截在當場。這想法看似毫無道理，可是韓柏卻清晰無誤地感覺到必會如此。若非對方是個和尚，他甚至會猜測攔路者是龐斑、里赤媚之輩，否則為何如此厲害？自己的仇家裏似乎並沒有這般的一個人。

那人柔和好聽的聲音又唸道：「體即法身，相即般若，用即解脫，若止觀則成定慧，定慧以明心，德相圓矣。」

韓柏慘叫道：「無想僧！」他並非認出對方來，只是認出對方唸的正是無想十式內開宗明義的幾句話。他自然地摸上自己戴著薛明玉面具的臉頰，心中叫苦，難道對方以為自己是薛明玉，那就苦不堪言了。遠方傳來眞氣充沛的尖哨聲，不住逼近。韓柏猛一咬牙，提聚功力，朝上掠去，一拳擊出，只要無想僧稍有退讓，他便可破去對方氣勢，亡命逃遁。無想僧立在屋脊處，不動如山，口宣佛號悠然道：「此心本眞如，妄想始蔽覆，顚倒無明，長淪生死，猶盲人獨行於黑夜，永不見日。薛施主還要妄執到何時。」淡然自若一掌拍出，掌才推到一半，忽化為數十隻手掌。韓柏一時間竟看不出那一掌是虛，那一掌是實，嚇得猛地後退，又回復剛才對峙之局。

韓柏大感駭然，這是甚麼掌法，為何每一隻手掌都像眞的那樣？先運功改變聲道，叫屈道：「聖僧你弄錯了，我並不是薛明玉。」

無想僧哈哈一笑道：「善哉！善哉！如是，如是。」

韓柏愕然道：「聖僧在說甚麼？我眞的不明白。究竟……嘿！」

無想僧微微一笑道：「薛施主中了愚癡之毒，當然不能明白何為貪嗔愚癡！」

韓柏見他認定自己是薛明玉，暗忖你老人家才眞的中了愚癡之毒。大感苦惱，可恨對方強凝的氣勢遙遙制著自己，怎樣才可脫身呢？風聲從左右後三方同時響起。韓柏立時冷汗直冒，知道自己這無辜的「薛明玉」，陷進了八派聯盟組成的捕玉軍團的重圍裏。遠近屋頂現出二、三十道人影，組成了令他插翼難飛的包圍網。韓柏環目一掃，男女老少、和尚道姑，應有盡有，暗叫我命苦也。現在即使他表露眞正的身分，亦於事無補。人家只要指他是假扮薛明玉去採花，這罪名已可使他跳下長江都洗不清。更河況他的好色天下聞名，比任何人更沒有爲自己辯護的能力。眼前唯有硬著頭皮，看看如何脫身才是上策。

忽然有女人尖叫道：「眞的是他，化了灰我顏煙如都可把他認出來。」

韓柏當然不知道這顏煙如曾失身於眞正的薛明玉，又曾扮船娘去騙假扮薛明玉的浪翻雲到她的小艇去。故作訝然道：「姑娘是否認錯人了，我怎會是薛明玉？」

顏煙如怒叱道：「你以爲改變聲音的鬼伎倆就可瞞過我嗎？我曾……哼！定要把你碎屍萬段！」

韓柏運足眼力向左側廟牆外另一所房子的屋頂望去。只見那顏煙如和其他六個人立在屋頂。她生得體態動人，貌美如花，心知要糟，此女如此語氣，定是曾被薛明玉採了，所以才認得自己現在這張俊臉。這回眞是自作孽，不可活。其他人一言不發，默默盯著他，看得他心慌意亂。怎辦才好呢？

背後一個悅耳而蒼勁的聲音道：「老夫書香世家向蒼松，薛兄現在插翼難飛，究竟是束手就擒，還是要動手見個眞章？」

韓柏心叫我的媽呀，往後望去。那書香世家的家主向蒼松，卓立後方屋背處，一身華服隨風飄拂，寫意透逸，留著五柳長鬚，一看便知是有道之士。

左方一陣嬌笑響起道：「向老對這個淫賊何須客氣？亦不用講甚麼江湖規矩，大夥兒把他像過街老鼠般痛揍一頓，廢去武功，再交給官府處置，不是天大快事嗎？」

韓柏往顏煙如旁的屋頂望去，立時兩眼放光，原來說話的是個風韻楚楚的女人，修長入鬢的雙目，透著懾人的風神光采，目如點漆，體態均勻，背插長劍，姿色尤勝顏煙如一籌，比之左詩朝霞等，又是另一番動人的韻味。

那美女見韓柏目不轉睛盯著她，怒叱道：「大膽狂徒，大限臨頭還不知死活。」

韓柏知她動手在即，駭然道：「且慢……嘿！此事怕有點誤會了。」同時瞥見她身旁尚有冷鐵心和駱武修、冷鳳等一眾他曾見過的古劍池弟子，心想這美女難道就是古劍池的著名高手「慧劍」薄昭如？

無想僧寬大的僧袍在夜色裏隨風飄拂，淡然自若的聲音傳下來道：「薛施主說得好，生生死死，恰是一場誤會，再無其餘。」

韓柏對佛理禪機一無所曉。明知他在打機鋒，點醒他這個「罪人」，卻答不上來，張口結舌地道：「但你對我那種誤會是眞的誤會，不是大師說的那一種。」

無想僧柔聲道：「施主總是不覺，故顚倒於生死海中，莫能自拔。然妄心眞心，本爲一體，前者譬之海水，後者猶如波浪，海本平靜，因風成浪。我輩凡夫，病在迷眞逐妄，施主若能看破此理，背妄歸眞，哪還會執著於孰這孰那？」

韓柏忍不住搔起頭來，苦惱道：「大師眞是有道高僧，無論怎樣，怕也說不過你。只不知大師能否亦破妄識眞，看出我是無辜的。唉！實不相瞞，我其實只是薛明玉的孿生兄弟，此次前來京師，就是想勸『小孿』他背妄歸眞，自動自覺到官府處自首，不要執著。」

無想僧尙未有機會回應，一陣狂笑由右方傳來，一名又黑又瘦，滿臉皺紋的老人家捧腹大笑道：「我還當薛明玉是個人物，原來竟是胡言狂語，膽小如鼠之徒。唉！這麼好笑的言詞虧你說得出來，不怕笑掉老夫的牙嗎？」四周冷哼和嘲弄聲此起彼落。

韓柏委屈地道：「這位老人家是誰？」心想你還有多少隻牙呢？

黑瘦老者笑聲倏止，冷哼道：「聽著了！老夫就是武當派的田桐，你到了地府後，切勿忘了。」

韓柏心中叫苦，早在韓府時，便聽過這人大名，他的「無量劍」在武當中排行第三，僅次於武當掌門純陽眞子和飛白道長，是俗家高手裏最出類拔萃的一個，生平嫉惡如仇，出手非常狠辣。只是對方報出名號來的人，便無一不是八派中的高人，這場仗如何能打？混了這一陣子，四周最少增加了十多人，使對方達至近五十人之眾，看來整團捕玉軍全來湊熱鬧了，這些人自是八派的領袖和精銳。韓柏暗自叫苦不迭，對方肯和他隔著屋頂閒聊，原來只是教其他人亦能分享參與圍捕他這無辜的採花淫棍之樂。

忽地一個尖銳幼細的聲音由遠而近，道：「無想兄爲何還不動手，是否想讓不老來活動一下筋骨？」

韓柏眼前一花，上面的老和尙旁多了個肥胖老叟，童顏鶴髮，雙眉純白如雪，長垂拂塵，有若神仙中人。韓柏這次眞的魂飛魄散，想不到八派最厲害的兩個人，少林的無想僧和長白的不老神仙全給他遇上了。風聲再響，右方武當派「無量劍」旁多了莊節和沙天放兩大高手出來。

無想僧向不老神仙微微一笑道：「我們老了，讓年輕的乘機歷練一下吧！」他終於放棄了對這孽障渡化的壯舉。

莊節哈哈笑道：「哪位年輕俊彥想打第一陣？」四周八派年輕一輩，齊聲轟然起鬨，躍躍欲試。誰都知道若能把這條網中之魚擒下，不但可得八派這些宗師讚揚賞識，還可名揚江湖，冒起頭來。

韓柏又好氣又好笑又是淒涼，大喝道：「且慢！我可拿出證據，證明本人不是薛明玉。」八派高手均感愕然，這種事如何可以證明？

無想僧和不老神仙對望一眼，同時看到對方的疑惑，他們均爲八派頂尖人物，兼有近百年的經驗閱歷，這時齊感到韓柏有種特異的氣質，絕不類奸淫之徒。

一個慈和而上了年紀，略帶沉啞的女聲在後方響起道：「貧尼入雲庵主持忘情，很想知道施主有何方法證明自己並非薛明玉。」

顏煙如狂怒道：「不要聽他胡謅！」

韓柏轉過身來，立時全身一震，看著入雲庵掌門忘情師太身旁年華雙十的一個年輕女尼。他從沒有想過尼姑可以美麗動人至此。她比面目樸實無華、身材在女人中已算高大的忘情師太還高了大半個頭，白衣麻布的僧袍飄揚中可見一對玉腿修長健美，使她站在道骨仙風的向蒼松旁仍有鶴立雞群的風姿，其他男女更給她全比了下去。在呼呼夜風中，寬闊的尼姑袍被颳得緊貼身上，肩如刀削，胸前現出豐滿美好的線條，更襯托得像荷花在清水中挺立，教人魂爲之奪。她的玉臉俏秀無倫，既嬌柔甜美，又是天眞純潔。白嫩的雙頰，隱隱透出健康的天然紅暈，比之任何塗脂抹粉更能令人動心，頸項因著她那可愛的小光頭，顯得特別修長優美，更使她像小天鵝般可愛，並予人潔白滑膩的感覺。但最使人魂銷還是她那雙顧盼生輝的鳳目，媚細而長，在自然彎曲的眉毛下，點漆般的美眸比任何寶石更清亮炫人。尤其是腮間那雙小酒窩，誰敢說這小尼姑不誘死男人。到這時韓柏才明白范良極爲何對她的美麗如此推崇，她不入選十美，誰才有資格入選？縱使隔了十多丈的距離，韓柏似已嗅到她馥郁香潔之氣，既清艷又素淡，糅合而成一種無人可抗拒的特異氣質。若她肯讓烏黑的秀髮長出來，恐怕可與虛夜月一爭長短。但現在的她亦已有不太遜色的風華。天啊！如此美人兒，怎可浪費來作尼姑，我韓柏定要替天行道，不讓老天爺暴殄了這可人兒。秦夢瑤的美和這小尼姑的美是同樣地不染一絲纖塵，超乎凡俗。只是前者多了幾分仙氣，教人不敢平視，而這小尼姑卻有種山林的野逸之氣，是平淡中見眞淳的天然美和樸素美。她只應隱身於濃郁芳香的蘭叢，徘徊在秀石嶙峋的山峪。神情多麼優雅，體態何等輕盈！倏忽間，他膽怯之心盡去，魔種再提升至極限。

小尼姑見他目不轉睛地盯著自己，本是芳心不悅，可是和他清澈的眼神一觸，竟湧起一種前所未有的奇怪感覺，心中一震，忙潛思其故，沒有出言叱責。她自幼出家修行，心如止水，所以不像一般女兒家，易生出對男人無禮注視的反應。四周八派上下見此人死到臨頭，還夠膽呆盯著女人，又氣又怒，齊聲出言喝罵，連無想僧都心中嘆息，此人眞是天生的色鬼，不克自持至此等地步。

右方最外圍一位風神俊朗，體格魁梧的青年抱拳道：「小子菩提園杜明心，請各位宗師前輩允許出戰此萬惡淫徒！」

韓柏仰天一陣長笑道：「好一些正派人物，連我辯白的機會都不肯給予，只憑一面之詞，比之官府黑獄還厲害！莫忘記韓柏就是被你們這些所謂名門大派送到了牢獄去，若非他福大命大，早就一命嗚呼了！」想起舊恨，他不由怒憤塡膺。

杜明心一聲怒喝，一振手上長鐵棍，凌空撲來。他乃十八種子高手裏，除雲清的美麗小師妹雲素尼外，最年輕的一個。爲人心高氣傲，哪受得對方奚落，竟未得允許，便先行出手。

當他落足瓦背，鐵棍搗出時，前面人影一閃，韓柏竟變成了無想僧寬厚的背脊，嚇得他駭然抽棍後退，不滿地驚呼道：「聖僧！」

無想僧頭也不回，打出個阻止他說話的手勢，再向韓柏合什道：「施主既有方法證明自己不是薛明玉，請拿出證據來。」

韓柏心中直冒涼氣，無想僧攔阻杜明心的身法，眞是快似閃電，連他都幾乎看不清楚，只這一手，已足以說明他爲何有挑戰龐斑的資格。他終於看到無想僧的模樣。那是張充滿奇異魅力的面容，發揮著懾人的神光，臉膚嫩滑如嬰孩，可是那對精芒內斂的眼珠卻藏著深不可測的智慧和看破了世情的襟懷。他卓立瓦面，悠然自若，但自有一股莫可抵禦的氣勢和風度，泛凝著無可言喻的大家風範。他語氣平和，可是任何人都會對他生出順從的心意。

韓柏景仰之情，油然湧起，喜道：「本人想請聖僧到一旁說兩句話，便可證實本人只是薛明玉純潔無瑕的孿生兄弟。」

無想僧冷然看著他的眼睛，一語不發。其他人的目光全落到無想僧臉上，奇怪這淫賊爲何會挑上他來做保人，更奇怪他如何可憑幾句話便足證明他不是薛明玉。

無想僧平靜地道：「若換了你不是被懷疑作薛明玉，貧僧說不定會答應你的要求。可是薛明玉能長期避過仇家的追捕，正因他詭變百出。現在證諸施主身上，正有這種迷惑人心的本領。可知施主的武功另走蹊徑，竟可變化自己的氣質，眞是非同等閒。但事無不可對人言，施主請當眾拿出證據，若所言屬實，我們八派絕不留難。」雖拒絕了他的提議，卻又是合情合理。

韓柏苦笑道：「我這證據只能說給你一個人聽，若連聖僧都不能包涵，我唯有拚掉老命，硬闖突圍了。」

無想僧一聲佛號，合什道：「施主縱在如此絕境，仍見色起心，知否今所見色，不過內而眼根，外而色塵，因緣湊合而成。薛施主何時才可看破？念念遷流，了無實在，畢竟空寂。」

韓柏喜道：「既然如此，不如我們握手言和，各自回家睡覺不是更好嗎？」

眾人見他冥頑不靈至此，無不愕然氣結。無想僧面容靜若止水，湛然空寂，盯著他的眼睛，忽然閃過驚異之色。

「無量劍」田桐大笑道：「聖僧雖有渡人之心，可惜此人善根早泯，還是省點工夫好了。」

無想僧悠然一笑，淡淡向韓柏道：「魔由心生，一心不亂，則魔不能擾。惡事固能亂人心，美事亦使人貪癡失定。致念念虛妄，了無著所。為善為惡，全在寸心得失。拋下屠刀，立地成佛。薛施主好自為之了。」一閃間，回到脊頂原處，就像從沒有移動過。他費了這麼多唇舌，自是因為感應到韓柏有種不似奸惡之徒的特質。只是其他人並不明白，還以為他婆媽得想渡化這萬惡淫徒。

無想僧一去，剩下韓柏和那杜明心在對峙的局面之中。韓柏長笑起來，一挺腰背，變得威猛無儔，往美麗若天仙的雲素尼死命盯了一眼後，才移回杜明心處，喝道：「小子！動手吧！」

獵獵聲中，四周遠近燃起了十多個火把。杜明心乃名家之後，不為他嘲弄的說話動氣，收攝心神，雙眉盡軒，一棍搗出。這杜明心一向潛修於菩提園，這次到京可說是初入江湖，眾人雖知他能入選為種子高手，應該不會是平庸之輩，但對他仍沒有多大信心，待見到這一棍，表面看去雖平平無奇，卻有種凌厲無匹的潛勁，任誰身當其鋒，決不敢稍動硬架之念，年輕一輩不由齊聲喝采。古劍池池主之女冷鳳更鼓起掌來，顯然對這俊朗男兒，生出崇慕之心。事實上年輕一輩裏誰都知道薛明玉不好惹，雖想出手，總是心怯，這杜明心敢挺身挑戰，已使他在一眾年輕好手裏嶄露頭角。雲素是年輕輩裏沒有喝采的一個，她寧靜的心扉沒法把眼前這個「薛明玉」和採花淫賊拉到一塊兒，這純粹是一種直覺。由此亦可見她極有慧根，且修為頗有點道行了。

這時有人想到薛明玉一向劍不離身，為何這人卻是兩手空空，如何卻敵？韓柏亦給他凌厲的棍法嚇了一跳，提聚魔功，一掌劈出，正中棍端。「霍」的響起一聲氣勁交擊之音。杜明心悶哼一聲，竟給他硬是震退半步。四周旁觀者無不駭然失色，連無想僧等亦為之動容，薛明玉為何會比傳聞的他厲害了這麼多呢？杜明心的鐵棍乃菩提園三寶之一，叫分光棍，非常沉重，竟也被對方的掌勁衝退半步，可見對方內勁修爲是如何駭人，手法如何高明。怎知韓柏乃魔門繼龐斑後，第二個練成種魔大法的人。杜明心退而不亂，分光棍化作無數棍影，狂潮般往韓柏捲去。無想僧等眼力高明者，自然知道他改沉穩爲詭變，是想避免和對方硬拚內功，反暗叫可惜，因爲菩提園的菩提心法，暗合佛理，以穩守淨意爲精妙，詭變反背其要旨。果然韓柏精神大振，毫不遲疑，呼呼一連打出幾拳，立時勁氣漫天，把杜明心連人帶棍，罩在驚人的拳勁中，還大笑道：「各位八派賢達，這小子便是你們的代表，若輸了的話，便要放我這無辜的薛明玉孿生兄弟走。」眾人聽得瞠目結舌，江湖上竟有這麼不要臉的賴皮。

杜明心被攻得左支右絀，不論菩提棍法如何變化，總給對方拳打掌掃，著著封死，嚇得改攻爲守，極力固守，以待反擊之機。一時棍風拳影，看得人人驚心動魄。韓柏打得興起，哈哈大笑，把杜明心裏在狹小的空間裏，任由他的拳掌捉弄。八派上下各人都代杜明心擔心，這樣下去，杜明心遲早會給對方殺掉。「颯！」的一聲，一把匕首化作白光，偷襲韓柏。韓柏看也不看，飛起一腳，踢掉匕首，大喝道：「何人偷襲？」心中暗懍對方的勁道。有人喝道：「老子就是京城總捕頭宋鯤。」言罷凌空掠至，落在韓柏後方。韓柏暗忖原來你就是宋鯤，一掌劈在杜明心棍頭，硬把對方震得踉蹌跌退十步之外，轉身往宋鯤望去。

風聲四起，七道人影掠入戰圈，把韓柏圍個水洩不通。其中兩個認得的一是冷鐵心，一是美婦顏煙如，另外的人有老有嫩，還有一個是道姑。宋鯤年約五十，面黃睛突，身材瘦削，兩鬢太陽穴高高鼓起，左手持著小盾牌，右手提刀，氣派不凡，難怪能成爲京師捕快的大頭兒。他見韓柏向他望來，大喝道：「淫賊還不俯首就擒。」盾牌一揚，長刀照面劈來。第二個動手的是顏煙如，手中劍毒蛇般往他腰脅刺來，毫不留情。沒有人比她更知「薛明玉」的厲害了，連吃了閩南玉家製造的毒丸，仍像個沒事人似的。其他冷鐵心等人見有人動手，氣機牽引下，自然而然亦一齊合擊韓柏。韓柏哈哈一笑，旋了一個圈，掌腳齊施，一腳正中宋鯤的盾牌，另一腳把道姑掃開，右掌硬架了冷鐵心的劍，左手伸指彈在另一名老叟的短鉤處，聳肩硬捱了一拳，同時把顏煙如的劍挾在脅下，那種詭異無邊的應變之法，看得無想僧等亦暗暗稱奇。魔種有個特性，愈受壓力便愈能發揮，兼之赤尊信那融入了他身體的元神，深悉天下武器的特性，這兩個元素加起來，怎能不教人看得目瞪口呆。最驚惶的是顏煙如，連她自己都不知道對方如何可以把她的劍挾著，想用力抽劍時，一股大力由劍身傳來，一聲嬌哼，震得甩手退去。韓柏魔性大發，猛往顏煙如撞去。宋鯤等大驚失色，怕他傷害顏煙如，各施絕技，強攻硬截，務要韓柏難以得逞。

驀地千道劍芒，由韓柏懷中陽光般激射四方，原來顏煙如的長劍到了他手裏。劍芒迸射，大有橫掃千軍之概，攻者無不窒步。韓柏眼看撞入顏煙如懷裏，那時既可乘機佔點便宜，又可以拿她作人質，一舉而兩得，忽地肩撞處空蕩無物，換了個不老神仙來。當想到是對方以絕世身法，趕上來拉開了顏煙如時，不老神仙嘻嘻一笑，髮眉長髯同時揚起，拂塵收在背後，大掌輕按到他肩上。他自恃身分，不屑群毆，這一掌只用了三成力道，但自信足可使韓柏失去抗力，任由餘人把他生擒活捉。頂尖高手，出手果是不同凡響，八派之人立時歡聲雷動，窩囊之氣，一掃而空。韓柏在這生死關頭，狂喝一聲，運起捱打神功。「砰！」氣勁交擊。韓柏若斷線風箏，應掌拋飛。第一個感到不妥的是不老神仙，他掌按韓柏右肩時，觸處不但覺不到勁氣反撞，還虛若無物，心中駭然，這是甚麼護體神功？七件兵器同時往拋飛半空的韓柏招呼過去。韓柏手中劍化作一層劍網，刺蝟般護著全身，硬往總捕頭宋鯤撞去。宋鯤猛一咬牙，知道若可擋他一擋，便可使他陷進重圍裏，左盾右刀，正要全力迎上，豈知韓柏張口一吹，氣箭刺目而來，若給刺中，保證那雙「招子」不保，駭然下，橫移一旁，終露出了空隙。這種打法，他還是首次遇上。韓柏忽地加速，投向外圍的瓦背處。風聲四起，四周圍觀的八派高手，哪還按捺得住，紛紛躍往場內，決意全力圍攻。「轟！」韓柏像霹靂般落在瓦面上，碎瓦橫飛激濺中，硬生生撞破瓦面，落入玄母廟的大殿內去。

乾羅等逃離長江，為了避開敵人，乾羅肩起了宋楠，戚長征則背著宋媚，提氣朝京師的方向狂奔。直跑出三十里許外，才放緩腳步，辨認地勢方向。乾羅功力畢竟比戚長征深厚得多，又故意快走兩步，好讓這對男女卿卿我我。乾羅專揀荒僻之處走，路上雜草蔓生，顯然長期沒有人經過。

戚長征遠遠追在他背後，向後面的宋媚道：「剛才害怕嗎？」

宋媚俏臉湊前，嬌笑道：「有你保護人家，媚媚當然不怕。」

戚長征湧起護花救美的氣概，頭往側稍移貼上她的臉蛋道：「有件事我想和媚媚你打個商量。」

宋媚舒服的嬌吟一聲後，訝道：「說吧！對人家說話何必吞吞吐吐，還不知媚兒全聽你的話嗎？」

戚長征歉然道：「正因我怕你會曲意來遷就我，所以才讓你可以拒絕我。」

宋媚大嗔道：「眞不知人家心意嗎？只要你喜歡，媚媚便依從了。」

戚長征大喜道：「那就好極了，不知是否我性慾特別強，這樣背著你弄得我慾火如焚，很想和你歡好交合。」

宋媚哪想得到此子原來滿腦是壞東西，立時俏臉緋紅，大窘嗔道：「戚郎啊！乾爹和大哥就在前面，我們怎可以……唔……你說吧！」

戚長征笑道：「只要你合作，跑著也可以，不過這樣似乎對你不尊重，尤其這是你的第一次，老戚才不想你回憶起來都心驚膽跳呢！」

宋媚又羞又窘，但對他的體貼仍是心存感激，若他一邊走一邊行事，給人看到，她哪還有面目見人，赧然道：「原來對你乖是這麼吃虧的！」

戚長征失聲笑道：「我雖愛男女之歡，卻非常有自制力，只是隨口和你說有這樣的可能性，已大感香艷刺激了。」

宋媚雖生於官宦之家，但自幼隨乃父往來各地，所以絕無一般閨女的畏怯，給他逗起了春心，忍不住狠狠在他肩上咬了一口，痛得戚長征「唉唷！」叫起來，她才道：「你這人對女人這麼有辦法，既大膽又風流，究竟搞過多少女人？」

戚長征偏愛和美女調情，宋媚的大膽直接，最合他脾胃，笑道：「我哪有甚麼手段，只是宋小姐可憐我、垂青於我老戚而已！」

宋媚嗔道：「竟把責任推到人家身上，明明是你主動侵犯人家，累得人家除了你外甚麼人都不嫁了。」

戚長征大樂，親了親她臉蛋，後面抽著她腿彎的手上下游移撫捏著，嘆道：「小媚的大腿眞結實，摸上手的感覺動人極了。」

宋媚顫聲道：「人家走路走得腿都粗了，已不知多麼擔心，還這麼取笑人家。」

戚長征忙道：「現在是恰到好處，我可用曾詳細檢驗過媚媚玉腿的專家身分給予如此品評，嘻！」

宋媚給他言語逗得羞喜交集，偏又愛聽他這些風流言語，由後摟緊了他，正要說話，戚長征忽地停了下來，原來到了乾羅和大哥宋楠旁。她本以爲戚長征會放她下來，豈知對方卻毫無這意思，自己又捨不得離開他強壯的背腰，唯有仍含羞伏貼他身上，心兒霍霍急跳。他們站在一個山頭上，山下曠野處隱有幾點燈火。

乾羅道：「下面應該就是秣陵關。」指著遠方一座雄峻的大山，和隱見反光映照的長河道：「那座就是應天府東南面最高的方山，繞山而過的是由應天府流出來的秦淮水。」

宋媚湊到戚長征耳旁輕聲道：「好夫君！求你放人家下來吧！人家快羞死了。」戚長征嘻嘻一笑，放了她到地上，怕她雙腿不習慣，仍體貼地攙扶著。

宋楠暗忖像戚長征這種江湖人物，最不守俗禮，亦不以爲意。心神轉往如何混進應天府去，道：「秣陵關是京師東南重鎮，關防嚴密，但又是往京師的必經之路，不如由我向把關將領表露身分，由他們報上京師，藍玉的勢力應該伸展不到這裏來吧？」

乾羅嘿然道：「宋世姪太天眞了，我也相信守關將領必然是朱元璋信任的人，可是只怕你人未見到，早給宰了。你那些書信關係到藍玉的生死，他怎會疏忽了這麼重要的必經關口？」

宋楠焦慮道：「那怎辦才好呢？」

戚長征哈哈一笑，看看殘星欲墜，天將破曉的夜空，道：「趁天還未亮，我們便打他媽的一場硬仗，爬牆過關，好趕上明晚和大叔等吃餐晚飯。」

乾羅失笑道：「這小子想到動刀動槍便興奮。」由包袱裏取出一條布帶，拋給宋媚道：「還不請你的夫婿把你綁起來？」

宋媚先是一愣，才把握到乾羅的意思，紅著俏臉推了戚長征一把，那含情的模樣誘人至極。

宋楠尷尬道：「不用綁我吧！眞悔恨早年沒有學功夫。」

乾羅嘆道：「若宋兄是媚媚的姊姊就好了。」

韓柏隨著漫天碎瓦，落到玄母廟內廣闊的神殿裏，雙掌上推，一方面把碎瓦送回上面的破洞，阻擋追兵，亦加速落往地上。四周神像林立，正中是尊高及殿頂的玄母娘娘的金身巨形塑像，在供奉兩旁的長明燈映照下，一片莊嚴肅穆的神秘氣氛。韓柏眼光來到神態各異，代表東南西北四大天王手持著的兵器上，大喜過望，撲了過去，說了聲對不起，隨手取了把大關刀，「砰」一聲硬以魔功撞破側牆，來到廟外圍牆內的空地裏。頭頂上風聲響起，古劍池的美麗女高手「慧劍」薄昭如由牆上撲下，手中寶刃當頭砍來，動作疾若電光石火，兼之劍鋒生寒，凌厲異常。韓柏暗忖自己又沒有採過你，爲何如此賣力，一晃雙肩，行雲流水錯開兩丈。薄昭如一聲嬌叱，劍尖點地，凌空改變方向，如影隨形，追擊而至。韓柏眼見四周人影幢幢，暗喚了聲娘後，頭也不回，大關刀往後揮去，硬架敵劍。兵器交擊，發出震耳欲聾的金鐵交鳴聲。薄昭如的長劍差點脫手，心中駭然。在十二種子高手裏，她排名僅次於不捨和謝峰，功力深厚，雖吃了對方重兵器的虧，仍禁不住爲對方的勁道駭然懍佩。韓柏亦是心中暗懍，想不到這弱質纖纖的女流之輩，竟可硬擋自己一招，使自己想趁勢後退，拿她作人質的好夢亦化作泡影。就在這稍一延遲裏，頭上前方全是刀光劍影，狂喝一聲，他再撞破右側高牆，跌到廟牆和民房間的長街處。還未站穩，再次陷進重圍裏。

韓柏魔性大發，若寒星的虎目射出森冷電光，大關刀旋舞一圈，擋開了兩劍一刀，再持大關刀挺立原地，氣勢堅凝，強猛無儔。忽然有人叫道：「讓開！」韓柏的心靜了下來，冷然轉身。只見書香世家之主向蒼松腳不沾地，人劍合一，朝他擊至。其他人見這一派宗主親自出手，都放心地往外退去。人未至，韓柏已感到對方寶劍生出森寒肅殺的劍氣，破空潮湧逼來，令人呼吸頓止。韓柏怡然不懼，吐氣揚聲，大關刀全力振臂由下而上，直戳對方咽喉，勢若雷霆，快如電閃，竟是同歸於盡的招式。向蒼松心中暗讚，知道對方看出自己氣勢蓄滿，鋒芒難擋，才以這種不顧自身的打法應變。他當然不會和這淫賊同歸於盡，化攻爲守，手中劍猛劈在大關刀處。「噹！」的一聲脆響，遠近可聞。向蒼松藉力飄起，挽起劍芒，再化作千萬道劍影，往下方的韓柏攻去。韓柏被他長劍劈得兩手發麻，暗呼厲害，又見對方毫不停滯，連消帶打，招式奇奧玄妙，不敢逞強，竟就地滾向一旁。幾名攔在那方的八派弟子早嚴陣以待，卻想不到對方用的是這種不顧儀態身分的招式，錯愕間大關刀由地面聲勢洶洶橫掃而至，哪敢硬擋，退往兩旁。向蒼松這時落到地上，他乃一派宗主身分，連續兩招仍師老無功，不好意思再追，立定不動。韓柏破開重圍，哪敢遲疑，再滾幾步，彈了起來，掠進一條橫巷去。直到這刻，對方宗師級的人物裏，除了向蒼松出過兩招外，其他無想僧等全袖手旁觀，可是假若韓柏真的沒有人可以攔阻，又或已出手傷人，他們自然不會任他橫行。

倏地田桐現身橫巷盡端，手持無量劍，邁步直逼上來，氣勢堅凝，殺氣罩身。韓柏暗叫厲害，若化解不了對方氣勢，必會陷進至死方休的挨打之局。但又知道若連田桐都收拾不了自己，自然輪到更高一級的沙天放、莊節和忘情師太等人出手，那種勝不得，敗不可的矛盾，使得他幾乎要叫出「媽呀！」轉念之間，手中關刀砸掃過去，竟用硬拚硬的打法，逼田桐決戰。要知在這橫巷之內，根本沒有閃躲的餘地，故對善於埋身搏擊的田桐絕對有利。韓柏的關刀反不易發揮出重型兵器的威力，所以在兩旁屋頂觀戰的人都以為韓柏會設法躍離小巷，引田桐在空曠的瓦面比鬥，哪想得到他竟不作此圖。身在局中的田桐卻是另一番感受，韓柏關刀未至，可是關刀帶起的森寒殺氣，潮湧浪翻般捲來，隱有一去無回的氣勢。尤可懼者，是對方的大關刀竟毫不受窄巷的狹小空間影響，既威猛剛強，但又靈動巧妙，把兩種截然不同的特性，發揮得淋漓盡致，頗有點不捨「兩極合一」的味道，哪知韓柏也是受到來自秦夢瑤雙修心法的影響。此刻給數十對眼睛盯著，田桐欲退不能，唯有硬著頭皮，使出無量劍法的精萃，封架敵刀。大關刀倏地升起，避過敵劍，在田桐眼前上空，化作無數刀影。乍看韓柏空門大露，可是田桐卻感到自己剛才連關刀的影子都碰不到，已使自己辛苦蓄聚的氣勢土崩瓦解，現在關刀又緊緊把自己籠罩著，不要說進攻，連退走都有問題，心神一顫下不自覺地退了一步。觀者無不嘩然，誰都想不到薛明玉厲害至可逼退田桐的地步。韓柏一聲暴喝，關刀疾劈而下。田桐亦狂喝一聲，無量劍閃電挑出，身形步法，均暗含無數變化和後著。「噹！」的一聲，田桐竟被韓柏連人帶劍震退三步，後著變化一點都派不上用場。田桐終是一流高手，退而不亂，挽起劍花，守得周詳嚴密。眾人均屏息靜氣，注視著巷內惡鬥的發展。韓柏遇強愈強，殺得興起，拋開一切，奮起神威，踏步進擊，大關刀湧起千重光浪，狂風般往陣腳剛穩的田桐捲去。到這時八派上下人等，才眞正認識到韓柏蓋世的豪勇和可怕的實力。

風聲響起，沙天放撲入巷中，凌空一拳向韓柏背心擊去，大喝道：「萬惡淫徒，人人得而誅之！」竟不顧身分，要與田桐夾擊韓柏。田桐正心膽俱寒，見有西寧三老之一的沙天放助拳，大喜下改退守為強攻，出劍疾刺對方面門，教對方不能前後兼顧。這時連眼力高明如無想僧、不老神仙之輩，均認為韓柏要避過這燃眉之急的險境，捨往上拔起躲避，實再無他途。如此田桐和沙天放兩大高手便可趁著優勢追擊，把陷於絕對下風的韓柏收拾。八派年輕一輩采聲四起，只有雲素心想，雖說擒拿惡人，不須講究武林規矩，但以田桐和沙天放兩人的身分地位，聯手夾擊對方一人，而沙天放又是乘人之危出手，終有點不公平。可是恩師在旁，哪輪得到她一個小尼姑發言。眼看沙天放勁氣似狂飆般的一拳要擊中韓柏背心，韓柏倏地前衝，大關刀不顧一切往田桐電閃砍去。這次輪到田桐大驚失色，他雖一向出手狠辣，但並非說他不貪生怕死，只不過是不愛惜別人的生命罷了。而且對方此著，實大大出乎他意料之外，並沒有留下後著，若以攻對攻，十有九成是自己老命不保，那時縱使沙天放把對方一拳轟斃，亦於事無補，自己怎犯得著作這淫賊的陪葬品，一聲長嘯，翻身躍離窄巷。「蓬！」沙天放拳風擊中韓柏背心。韓柏慘哼一聲，踉蹌前仆。沙天放大喜，加速撲去，拳化爲爪，抓著韓柏的右肩胛，意圖捏碎他的肩骨，廢掉對方半邊身子，好生擒活捉。韓柏噴出一口鮮血，心頭一鬆，回復了神功。這是他從與年憐丹劇戰領悟得來的法門，把對方摧肝碎脈的氣勁藉噴血度出體外，實是他捱打功更深一層發揮。此時見沙天放魔爪已至，猛一矮身，頭都不回，大關刀反劈過去，疾斬對方手腕。在場諸人無不色變。他怎能挨了以功力深厚著稱的沙天放一拳仍能如此豪勇？沙天放一聲怪叫，無奈縮手時，韓柏倏地後退，帶得關刀當胸往他搗來。沙天放失了勢子，勉力一掌拍在刀鋒處，藉力往後飄出了十多丈。

韓柏並不追趕，正要逃走。忘情師太一聲佛號，領著嬌滴滴的雲素躍入巷裏，攔著去路。沙天放雖暴怒如狂，可是自己師老無功，唯有把擒賊之責，交到忘情師太手中。韓柏深吸一口氣，挺關刀而立，擺開門戶。忘情師太和雲素見他陷身險境，但說停便停，意態自若，屹立不動若淵渟嶽峙，亦不由心中暗讚，如此人才，卻走上歧途，變成人人得而誅之的淫徒。韓柏在近處看雲素，更是心神皆醉，高度可與他平頭的美女還是初次遇上，特別是那對長腿，若可和她上床，那種快樂感眞是想起來便興奮。

忘情師太見他死盯著愛徒，饒是她如此修養，仍心中震怒，冷冷道：「雲素，出手領教高明吧！」

圍觀的人都大感訝異，這薛明玉如此厲害，忘情師太怎還放心讓這麼纖美柔弱的年輕尼姑出戰？雲素清脆地嬌應一聲，「錚」的一響，拔出劍來。

韓柏大吃一驚，搖手道：「在下不想和小師父打，不如……噢……」猛見劍光暴漲，迎面刺到。誰都想不到這文文靜靜的小尼姑，劍法如此凌厲，由離鞘至攻出，找不出絲毫間隙，不讓人喘半口氣。韓柏怕傷了她，舞起關刀，化作光網，護著前方。「叮叮叮！」三聲輕響，韓柏差點被她刺破護網，大聲喝采，閃退兩步，在窄小的空間裏發揮出關刀橫掃千軍的威勢，硬架了對方七劍。兵刃交擊聲不絕於耳。雲素仍是那優閒模樣，無論怎樣直刺橫劈，都像輕飄飄沒有用力的樣子，敵勢強時，便飛花落絮般隨關刀飄移，敵勢稍斂，又加強攻擊，姿態美至難以復加，看得八派采聲雷動，想不到她比杜明心和老一輩的薄昭如這兩個種子高手更厲害，連田桐都似遜了她一籌。韓柏卻是暗暗叫苦，若連忘情師太的徒弟都打不過，今晚哪有機會繼續做人？大喝一聲，揮刀逼退了雲素，兩手一拗，硬生生把關刀的木桿分中折斷，變成左桿右刀，然後桿刀齊施，怒濤拍岸般向雲素攻去。眾人看得瞠目結舌，忘了為雲素打氣，哪有人會這樣折斷兵器來用的呢？雲素連擋了對方迅雷疾電的七招後，大感吃不消，對方忽攻勢一歛，氣機牽引下，劍芒暴漲，攻了過去。「鏘！」的一聲，竟被對方把劍以桿刀挾個正著，「薛明玉」湊了過來，深情地道：「我眞是被冤枉的！」

雲素呆了一呆，抽劍飄退，在眾人的一陣茫然裏，回到忘情師太旁，垂首道：「徒兒不是他對手啊！」不知如何，她竟深信韓柏這句話，當然不明白是感應到他的魔種。她雖不能像秦夢瑤般結下道胎，可是自幼修行，心無雜念，兼之韓柏的魔種對女性又特別有吸引和懾服力，所以雲素才有此直覺。

忘情師太奇怪地看了她一眼，眼中寒芒亮起，望向韓柏，正要出手，上方傳來無想僧的聲音道：

「薛兄武功詭變百出，大出本人意料之外，所以決定親自出手，把你生擒，薛兄準備好了。」

韓柏仰天長笑，說不盡的英雄豪氣，道：「來吧！本人何須準備甚麼呢？」

無想僧叫了聲好，倏忽間已站在忘情師太、雲素和韓柏中間。四周靜了下來，屏息靜氣看著這曾兩戰龐斑，雖敗猶榮的頂尖高手，如何生擒這潛力無窮的採花淫賊。就在這千鈞一髮的時刻，「咿呀」一聲，韓柏左方的民房本來緊閉著的木門打了開來，一個高大人影悠然走了出來。韓柏一見大喜，幾乎要跳將過去把他抱著親吻，原來竟是「覆雨劍」浪翻雲。無想僧兩眼閃起前所未有的光芒，緊盯著浪翻雲每一個動作。

浪翻雲來到韓柏身旁，和他並肩立著，微微一笑道：「聞大師之名久矣，想不到今天才得睹大師神采，足慰平生。」

無想僧沉聲道：「『覆雨劍』浪翻雲。」此句一出，全場四十多人無不動容。更沒有人明白為何這天下無雙的劍手，竟與淫賊薛明玉像至交好友般站在一塊兒。

沙天放在後方大喝道：「浪翻雲你是否想維護這採花淫賊？」

浪翻雲瀟灑一笑道：「沙公說得好，正是如此。」

忘情師太移前一步，來到無想僧之旁，冷然道：「浪兄不怕有損清譽嗎？」

浪翻雲目光落在背後的雲素身上，暗讚一聲，才慢條斯理的道：「別人怎麼想，浪某哪有餘暇理會。」

不老神仙閃落兩人後方，喝道：「浪兄這樣不是公然與我八派為敵嗎？」

浪翻雲仰天一陣長笑道：「這不是廢話是甚麼？浪某乃黑道中人，從來與八派是敵非友，亦不會費心力去改變這情勢，怎樣？你們一是退卻，一是浪某和這無辜的仁兄硬闖突圍，任君選擇。」

「無辜？」顏煙如尖叫著落到無想僧和忘情師太前方，眼中淚花滾動叫道：「枉我還一直崇拜你浪翻雲，今天竟然爲這姦淫了我這眞正無辜的女子的淫賊出頭，我恨死你了。」

浪翻雲柔聲道：「姑娘請勿激動，殺錯了人才眞是恨海難塡。」

顏煙如和他雙目一觸，認出他那對黃睛來，再往「薛明玉」瞧去，才看清楚對方眼神清澈通明，立時發起呆來，就在此時，耳旁響起浪翻雲的傳音道：「薛明玉早死了，那天船上的薛明玉是我扮的，現在的薛明玉則是我的好友扮的，還望姑娘看在我的面上，不要揭破。」

顏煙如像給人當胸打了一拳般，跌退兩步，全賴搶前來的雲素扶著，才不致跌到地上。一直支持著她的力量就是報仇雪恨，現在知道薛明玉死了，立時六神無主，一片空虛。浪翻雲用的是腹語傳音術，高明如無想僧，亦不知道他曾向顏煙如說過話，只見兩人對望了一陣子，顏煙如像變了另外一個人般，再無半分鬥志。眾人對此都大惑不解。

後方的不老神仙見浪翻雲頭也不回，公然對他搶白，心正狂怒，嘿然道：「好！就讓我們見識一下名動天下的覆雨劍。」「鏘鏘」之聲不絕於耳，過半人拔出兵器，準備大戰。

韓柏心中大定，乘機欣賞扶著顏煙如的雲素，飽餐秀色。雲素一直好奇地看著浪翻雲，感應到韓柏的目光，朝他瞧來，目光交觸下，芳心升起難以形容的感覺，竟嚇得垂下目光，暗唸降魔經。幸好所有人的注意力都集中到浪翻雲身上，沒有留神她的情態。韓柏心中一蕩，暗忖雖然她是出家人，但看來自己並非全無機會。美色當前，這小子甚麼顧忌都拋開了。

莊節的聲音傳下來道：「浪兄語氣暗示薛明玉無辜，不知可否拿出證據來呢？」眾人都點頭稱是，若可不動手，誰想對著浪翻雲的覆雨劍呢？

浪翻雲微微一笑，伸手搭上韓柏的寬肩，啞然失笑道：「眞正的薛明玉當然不是無辜，假扮薛明玉的如年憐丹之輩，也不是無辜的。浪某便親手宰了一個來自東瀛的假貨。」接著用力摟了韓柏一下，忍著笑看著韓柏道：「可是這個薛明玉的孿生兄弟，卻絕對是無辜的。只是你們這些所謂白道正義之士，連一個說話的機會都不給他，才致誤會重重。」接著冷哼道：「若他眞是薛明玉，鮮血早染滿長街，我敢誇口說一句，即使你們全體出動，要殺死他仍要付出慘痛代價。」四周靜至落針可聞。浪翻雲說出來的話，誰敢不信。事實上自浪翻雲現身後，他的舉動言語便一直把八派之人壓得喘不過氣來，震懾全場。

大喝聲中，京城總捕頭宋鯤躍到不老神仙旁，豪氣地道：「一個是採花淫賊，一個是朝庭欽犯，今晚幸有各位賢達高人在……啊！」浪翻雲反手一揚，啪的一聲清響，宋鯤踉蹌後退，臉上已多了個掌印，連旁邊的不老神仙也護他不著。不老神仙兩眼殺氣大盛，卻始終不敢搶先出手攻擊。氣氛立時緊張起來。浪翻雲冷冷道：「再聽到宋鯤你半句話，立即取你狗命，絕不容情。」宋鯤嚇得再退五步，捧著臉不敢出言。

向蒼松長嘆道：「雖說黑白兩道水火不相容，可是我們八派一直對浪兄非常尊重，何苦要逼我們出手，徒使奸徒竊笑？」

浪翻雲啞然笑道：「那你們就可和朱元璋坐看我們和奸徒相鬥了，是嗎？」八派上下爲之語塞。

忘情師太柔聲道：「浪翻雲豈可如此便下斷語，我們這次的元老會議，正是要決定此事。」

浪翻雲有點不耐煩地道：「不必多言，你們一是退走，一是動手，爽快點給我一個答案。」

雲素忍不住再抬起頭來打量浪翻雲，她還是首次接觸這黑道的眞正高手。心中奇怪，爲何他比諸位師叔伯更坦誠直接，更有英雄氣概呢？連這採花賊的孿生兄弟，都那麼有扣人心弦的豪情俠氣，只有那對眼似壞了點。一直沒有做聲的無想僧忽然笑了起來，踏前兩步，伸出手來，遞向浪翻雲。浪翻雲在他手剛動時，手亦伸了出來。兩手握個正著，同時大笑起來。

無想僧搖頭嘆道：「現在連貧僧都相信這是薛明玉的孿生兄弟了，不信的便是笨蛋傻瓜。」接著轉頭向顏煙如道：「顏姑娘，貧僧說得對嗎？」

顏煙如花容慘淡，微一點頭，掙開雲素，向忘情師太雙膝下跪，悽然道：「師太在上，顏煙如現在萬念俱灰，望師太能破例開恩，讓我皈依佛門，以洗刷污孽。」

這幾下變化，教眾人都有點茫然不解，但無想僧既說了這樣的話，這場全無把握之仗看來是打不成了。眾人都鬆了一口氣，也有點失落。不老神仙一向和少林有嫌隙，心中暗怒，卻又無可奈何，沒有了無想僧，別人刀劍加頸，他也不會去招惹浪翻雲，就像他不敢挑戰龐斑那樣。浪翻雲和無想僧兩手分開，對視而笑，充滿肝膽相照的味道。

無想僧喟然道：「誰不知眞正英雄是上官飛，然亦奈何！」一聲佛號，原地拔起，倏忽沒在屋宇後，竟是說走便走。不老神仙冷哼一聲，往後飛退，亦走個無影無蹤。

忘情師太深深望了浪翻雲一眼，嘆了一口氣，把顏煙如拉了起來，正要說話，浪翻雲向顏煙如笑道：「顏姑娘，有沒有興趣陪浪某去喝杯酒？」

顏煙如「啊」一聲叫了起來，手足無措地望著這天下無雙的劍手。眾人一聽下全呆了起來，人家姑娘正悲戚淒涼，哀求忘情師太爲她剃渡，這邊廂的浪翻雲卻約她去喝酒談心。

浪翻雲來到忘情師太、顏煙如和雲素身前，向韓柏打了個手勢道：「薛小彎，還不去幹你的要緊事？」韓柏正在看著雲素，如夢初醒，拔身而起，到了高空一個轉折，揚長去了。

忘情師太微微一笑，無論甚麼話出自此人之口，都有種理所當然的氣概，教人不能狠心怪他，轉向顏煙如道：「貧尼給顏施主三天時間，假若仍未改變主意，可到西寧道場找貧尼。」向浪翻雲合什宣了聲佛號，領著雲素去了。

莊節等亦紛紛客氣地向浪翻雲告辭，轉眼走個一乾二淨，剩下顏煙如一人立在巷裏，芳心忐忑狂跳，不知是何滋味。浪翻雲擦肩而過，柔聲道：「來！我帶你去一間通宵營業的酒鋪，可順道欣賞秦淮河的夜景。」顏煙如俏臉一紅，身不由主追著這神話般的人物去了，忽然間，她又感到天地間充盈著生機和朝氣。

第四章 遊龍戲鳳

第四章 遊龍戲鳳

乾羅和戚長征兩人，分別背著縛緊背上的宋楠宋媚兄妹，俯伏在秣陵關最外圍的一所房子的瓦面上，凝視著半里許外綿延的城牆和城樓，兩邊則是不能攀越的峻峭石山，成一險要的關隘入口。

乾羅沉聲道：「城牆高達十餘丈，就算我們可以登上牆頭，跳下去時亦難以保得無事，何況還背了兩個人。」

戚長征道：「這總有方法解決，只是由這裏到城牆，全是曠野，毫無掩蔽之物，定會給守城兵卒發覺，也逃不過藍玉的人的眼底，哼！不過老子正覺手癢，大幹一場也好。」背後的宋媚嚇得緊摟著他，呼吸急促起來，令他感到極大的挑逗性和刺激。

乾羅自非善男信女，聞言嘿然一笑，湊過去在戚長征耳旁說了幾句話後，向背上的宋楠道：「世姪若害怕的話，便閉上眼睛，甚或睡上一覺，保證醒來時已在京城之內。」宋楠打了個哆嗦，含糊應了一聲，倏覺騰雲駕霧般，隨著乾羅飛離屋頂，落到曠野處。這時戚長征的腳亦點在地上，一個縱躍，朝高起的城牆奔去。背上的宋媚早閉上美目，死命摟緊這成了自己夫郎的男子，感受著他強壯的背肌，毫無道理地感到刺激和心動，不由暗罵自己淫蕩，竟在這等生死關頭的時刻，想起男女間的事來。

四個人分作兩起，鬼魅般越過了城牆和房舍間的中線，城樓才傳出鐘鳴鑼響的警報聲。十多道人影手持兵器，由城樓處撲了出來，往他們奔去。乾羅和戚長征使個眼色，心裏明白定是藍玉方面的高手，在那裏守株待兔等著他們。忙加速迎去。戚長征待離對方只有丈許遠近時，鏘的掣出天兵寶刀，叱聲如雷，刀光如電，使出封寒傳的左手刀法，風捲浪翻般往最接近的持劍敵人攻去，整個人變得猛若獅虎，流露出堅強莫匹的鬥志。拿矛在手的乾羅亦看得不住點頭，這心愛的義子真的愈來愈有進步了，尤其他仍那麼年輕和有朝氣，前途真是不可限量。在戚長征背上的宋媚感受更深，張開眼來，看到三名武裝大漢如狼似虎的撲過來，嚇得又閉上眼睛，接著感到情郎身體不住閃躍急移，耳邊慘叫連連，勉強睜眼時，早有兩人濺血倒地，另一人被戚長征劈得離地飛跌，忙又閉目不敢再看。她終於看到戰場上戚長征的豪勇。那邊的乾羅更是所向披靡，長矛到處，敵人紛紛倒斃，竟無一人可擋他一招。這時戚長征一刀劈入另一攔路者的心臟要害，順腳把他踢飛時，已破開了重圍，後方和兩側雖仍有敵人，但見他們如此厲害，都只虛張聲勢，不敢眞的上來動手。他對這戰果毫不驚異，以他和乾羅兩人的實力，除非藍玉親來，誰可攔得住他們。而且到京師之水陸路不止一條，對方若要封死所有路途，實力必然分散，更沒有攔截他們的能力。試問他們怎會想到保護宋家兄妹的人竟是他和乾羅呢？

兩人提氣急掠，轉眼拋下敵人，來到另一邊城牆下。守城兵彎弓搭箭，朝他們射來。戚長征和乾羅對視一笑，沿牆急奔，來至城牆沒有守兵的空檔，戚長征躍了起來。乾羅一聲大喝，兩掌一托他足底，戚長征化作了炮彈般，射向牆頭去。乾羅同時拔身而起，追在他背後。戚長征立足牆上時，兩旁的守兵氣急敗壞趕了過來。他忙飛出手上預備好的長索，往乾羅揮去，後者早升至近十丈的高空，眞氣已盡，眼看便要回落，索端及時揮至，給他一把抓著，藉力再升五丈，來到戚長征旁。兩人躍過寬廣的城牆，在守兵趕至前，一起跳下城牆去。眾守兵瞠目結舌，連箭都忘了發射，從這種高度躍下去，不是找死是甚麼？下降了近十丈後乾羅跌勢加速，反掌托在戚長征腳底，戚長征立時背著宋媚，騰升了丈許，這時乾羅已離地不及三丈。倏地兩人手握縮短至丈許的繩索蹬個筆直，乾羅藉那上扯之勢，提氣輕身，拔升了數尺，才放開繩索，輕輕落到地上。戚長征凌空一個觔斗，無驚無險落到他旁。

戚長征回望了牆上目瞪口呆的守城兵們一眼，笑道：「媚媚可以張眼了！」大笑聲中，兩人往京師奔去。

韓柏提氣疾躍，越過高牆，落到媚娘的香醉居的屋頂上。這座別院頗具規模，共分前、中、後三進，每進都是四合院落，自成一體，由花園小徑相連，四周圍都是高牆。韓柏跟了范良極這賊友這麼久，對窺探房舍之事早有點門道，仔細觀察了香醉居的環境，立即猜到了媚娘的香閨，應是最後一進朝南的閣樓，那裏既清幽，外面花園景物最美，又不虞受北風或西斜日曬之苦，自然應留給媚娘這老闆娘自己享用。此時前院隱有人聲傳來，韓柏細聽了一會後，知道是護院打手一類人物，談的自是風月之事。眞不明白這些人爲何這麼晚還不上床睡覺。韓柏不敢遲疑，亦想趁天亮之前好好和這騷媚入骨的艷婦溫存，迅快來到媚娘閨房的屋簷處，一個倒掛金鉤，朝內望去。房內雖沒有點起燈火，可是怎能瞞過韓柏的夜眼，只見繡榻帳幔低垂至地，隱見床上有人擁被而眠，烏亮的秀髮散在枕上。韓柏大喜，正要穿窗而入，心中忽然泛起極不妥當的感覺，心中大訝，忙思其故。一切看來都和平寧靜，沒有半點異常之處，床上傳來媚娘均勻輕柔的呼吸聲。韓柏收攝心神，無聲無息潛入房內，來到帳前。帳內女子面牆而臥，縱使蓋著被子，仍可看到腰與臀間那誇張的線條。爲何自己會覺得不妥當呢？驀地心中一震，終於明白了不妥當的地方，因爲床前並沒有繡花鞋一類應有的東西。同一時間他明白了前院的人爲何還未睡覺，因爲媚娘根本尚未回家，帳內的女子則是藏在這裏等媚娘回來的藍玉手下，覺察到自己的來臨，於是連鞋鑽入了被窩裏，扮作媚娘來佈下對付他的香艷陷阱。只從對方能察知自己的來臨，便可知對方是一流高手，說不定就是藍玉倚重的「妖媚女」蘭翠貞。

這些念頭電光石火般劃過他的腦際，他已想好應付之法，先脫下面具，收入懷裏，嘻嘻笑道：「媚娘我的乖乖寶貝，你的專使大人依約來與你幽會了。唉！今晚眞對不起，在你的花舫上不是要應付燕王那傢伙，便是給他送的金髮美人纏著，連上廁所的時間都沒有。你們的皇帝老子又因吃了我的仙參弄得那陳貴妃死去活來，竟無端端封了我作忠勤伯，害得我趕不及回花舫去，剛剛才問清楚路途到這裏找你，乖乖寶貝千萬不要生氣。」一邊說，一邊脫下上衣，擺出一副迫不及待的急色樣子，同時亦教對方知道他沒有武器。在床上假扮媚娘的自是「妖媚女」蘭翠貞，聽到來的是韓柏，大喜過望，哪理得是不是他殺死連寬，暗忖若能神不知鬼不覺一舉將他暗算掉，這功勞眞是非同小可，那時眞是求藍玉要甚麼便有甚麼。誰不想殺死這阻手礙腳的韓柏，只是怕給人知道，立即招致朱元璋和鬼王的報復罷了，假若現在能殺掉他，誰能猜到她身上來。

芳心竊喜時，韓柏伸手來撥帳幔。蘭翠貞「咿唔」一聲，含糊不清道：「唔！放下窗幔子好嗎？」

韓柏心中暗笑，知她怕自己看出她不是媚娘，嘻嘻一笑道：「媚娘你眞夠道行，黑暗裏幹又是另一番滋味了。哈……」輕鬆地把四個小窗全掩上了布幔。

房間陷入暗黑裏。蘭翠貞欺他看不到，小心翼翼轉過身來，摸出插在大腿間見血封喉的毒匕首，藏在掌心裏，靜待著這色鬼跨上繡榻來。韓柏移到房心，卻全無動靜。

蘭翠貞等了一會，忍不住道：「你幹甚麼哩！還不快來。」

韓柏訝道：「小乖乖是否著了涼，爲何聲音又沙又啞？」

蘭翠貞吃了一驚，應道：「唉！可能眞的受了點風寒。」

韓柏喜道：「沙沙啞啞的，更夠味道，叫幾聲給我聽聽，就像剛才那麼的乖。」

蘭翠貞氣得幾乎立即把刀射向他，卻是半點把握都沒有，心中暗咒他的十八代祖宗，無奈下咿唔地做出淫聲。

聽著她的呻吟和喘叫，韓柏差點笑破了肚皮，嚷道：「好了！夠了！被你叫得我慾火焚身，現在你快脫光衣服，半片布都不准留在身上。」

蘭翠貞幾乎給他玩死，不過床都叫了，總不能半途而廢。猛咬銀牙，窸窸窣窣在帳內脫起衣服來。

韓柏叫道：「逐件衣服拋出來給我，嘻！我最愛嗅乖乖的小褻衣。」

蘭翠貞本想留下內衣褲，聞言大嘆晦氣，不過想起可以把他殺死，吃虧點也難以計較，不一會所有衣服全丟到帳外去，赤條條躺在床上，幾乎恨得咬碎了美麗整齊的玉齒。

韓柏道：「乖乖寶貝！我來了。」

蘭翠貞裝作呼吸急速，啞聲叫道：「快來吧！我忍不住了。」

韓柏來到帳前，忽停了下來，道：「乖乖寶貝，快叫聲夫君來聽聽。」

蘭翠貞被他捉弄得快要氣瘋了，不過小不忍則亂大謀，嗲叫道：「夫君！啊！夫君！快上來吧！」

韓柏道：「我來了！」拉開了帳幔，一腳跨到榻上。

蘭翠貞等的就是這一刻，纖手一揮，掌心小匕首電射往只隔了尺許的韓柏小腹處，這個角度，即使想仰身避過也絕無可能，不愧精於刺殺的高手。韓柏一聲慘叫，整個人彈了開去，砰一聲掉在地上，呻吟了兩聲後，便寂然無聲。蘭翠貞欣喜若狂，一聲嬌笑，由床上跳了起來，一絲不掛站在房心，打著了火摺子，只見韓柏仆在一角的檯底下，上身赤裸，一動不動，一隻手還抓著自己的衣服，剛好遮著小腹的部位，看不到有沒有流出鮮血來。她對自己的劍術極有信心，一點沒有懷疑，低罵道：「你這短命鬼，竟敢來佔奴家的便宜，眞的活得不耐煩了。」移了過去，伸腳一挑，要把他翻過來看看。豈知不但一腳挑空，纖足還到了韓柏手裏。

蘭翠貞魂飛魄散時，韓柏用力一拉，她立即失去平衡，往後翻跌，火摺子掉到地上。她本身武功高明至極，縱在這等惡劣時刻，另一足仍能點向轉過身來的韓柏面門，就在此時，一股奇異的內勁由腳底的湧泉穴攻入，連封她全身各大要穴，腳還未伸盡，已軟倒地上。韓柏笑嘻嘻站了起來，踏熄了火摺子，拉開了所有窗幔後，才來到她身旁蹲下，笑吟吟看著她道：「爲何不做聲了，你剛才叫床不是叫得滿好聽嗎？」藉著點窗外的星光，眼光在她完全暴露在空氣中的肉體上下巡視。這赤裸的艷女曲線玲瓏，膚色白皙，加上既有性格又騷媚入骨的容貌，確是非常引人。

蘭翠貞這時才醒悟對方一直在戲弄自己，不過悔之已晚，氣得幾乎掉下淚來，閉目倔強地道：「殺了我吧！」

韓柏搖頭道：「不！我不但不會殺你，還不會傷害你。」

蘭翠貞愕然張眼，盯了他好一會後，媚笑道：「我明白了！來吧！你喜歡怎樣玩都可以，唔！你長得眞好看，難怪這麼多女人對你情不自禁。」

韓柏輕輕在她身上拍了十多掌。蘭翠貞穴道盡解，坐了起來，嫣然一笑道：「好吧！我會盡心盡力伺候你，保證不會出手暗害你。」心中卻暗笑，若還殺不死你這色鬼，我蘭翠貞便改跟你的姓。

韓柏微微一笑道：「小姐誤會了，我是要放你走，只希望你答應我不會傷害媚娘，否則我會不擇手段把你殺死。」站了起來，順手取過衣服穿上，皺眉看著呆坐地上的她道：「還不快穿好衣服，媚娘快要回來了。」

蘭翠貞心亂如麻，完全沒法明白爲何韓柏如此善待她。前院傳來車馬之聲。韓柏逐件衣物拾起，塞到她手上。蘭翠貞有種作著夢的不眞實感覺。

韓柏到床上一陣摸索，弄好床鋪，把她的獨門兵器一對分水刺取了出來，送到她手裏，毫不提防地拍了拍她的臉蛋，關懷地道：「小心點！下次見著時，可能我們要被逼拚個生死，那時勿奢求我會手下留情。」

蘭翠貞終放棄了行刺韓柏的念頭，點頭道：「我會放過你一次後，才殺死你，蘭翠貞絕不會欠人任何恩情的。」深深看了他一眼後，穿窗而出，閃沒在暗黑裏。

韓柏大感得意，這叫欲擒先縱。他的魔種清楚地感到她的殺意不住減退，當她走時，甚至對他生出了少許情愫，只是她自己仍不知道，又或不肯承認罷了！若能收服此女，當然比殺了她有用百倍。不過自己也要提醒媚娘，教她找葉素冬派人來保護她，以免藍玉會派別的人，又或蘭翠貞再來對付她。腳步聲由遠而近。韓柏頑皮心大起，掀開了其中一個大衣櫃，藏了進去，決意給媚娘一個驚喜。足音更近了，是兩個人的腳步聲。韓柏心想，若跟著媚娘的是艷芳或其中一隻美蝶兒，那就更理想了。

門開。韓柏忽感不妥。他當然認得媚娘的呼吸聲，但另一人的呼吸聲卻不像女子。媚娘忽地「啊」一聲叫了起來，接著是衣服摩擦的聲音和男女的喘息和呻吟。韓柏呆在櫃裏，原來媚娘竟是和面首一起回來，還說如何愛自己。

喘息聲停止，媚娘推開了那人，嗔道：「廉先生，不要這樣好嗎？屬下有事要向你稟告哩！」

韓柏心神大震，心中亂成一片。廉先生的聲音在櫃外響起道：「你這騷貨愈來愈迷人了，怪不得法后如此寵信你，還升了你作四大勾魂女之一，我教的艷女中，除了迷情和嫵媚兩大護法外，就輪到你們四人了。」

韓柏立刻出了一身冷汗，暗叫好險。原來媚娘竟是天命教的人，身分還相當高，這姓廉的既被稱爲先生，當然是與胡惟庸同級的軍師，聽他說話隱含勁氣，便知他武功高明，不可小覷。難怪媚娘一碰面便把自己迷得暈頭轉向，原來有著如此駭人的背景，她的媚功也算厲害極矣，教人全看不破，以此推之，天命教實在非常可怕，殺了人都不會露出任何形跡。而最令人心寒的是，連藍玉都不知道媚娘是胡惟庸的人。

房中燈火亮起。媚娘再嬌吟一聲，接著是嘴舌交纏的聲音。韓柏由櫃門隙偷看出去。媚娘羅裳半解，正給一個相當英俊的中年男人大肆手足之慾，嘴兒當然給對方封著。韓柏心中大恨，幾乎要衝出去殺了這對狗男女。不用說綠蝶兒等諸女都是天命教的艷女，而朱元璋還將其中一女弄了回皇宮去，所以即使收拾了陳貴妃，仍有人執行陰謀，胡惟庸看似平庸無用，其實卻要數他最厲害。這廉先生的挑逗手法相當高明，不片刻媚娘已忍不住扭動呻吟，不克自持。

廉先生停了下來，離開她火紅的俏臉，淫笑道：「我比之韓柏那小子如何？」

媚娘聽到韓柏名字，嬌軀一震後，諂媚道：「那些後生小子怎能和先生相比。」

廉先生笑道：「騷貨這麼懂拍馬屁，可惜現在時間無多，我還要回去向法后交代。」

媚娘嬌笑道：「法后這麼寵你，遲點回去有甚麼關係。」

廉先生道：「不要逗我了，來！快告訴我事情進行得如何了。」

媚娘正容道：「韓柏這小子的魔種非常厲害，我雖誘他歡好，卻吸不到他半點精氣，而這小子還可潛出去把連寬幹掉。」

廉先生奸笑道：「我們眞要感謝他哩！不但削弱了藍玉的實力，若惹得藍玉與他拚個兩敗俱傷，就更理想了。」頓了一頓再道：「你緊記吩咐手下，切莫再對付他，以免打草驚蛇，讓我回去稟告法后，若有迷情和嫵媚兩位仙子任何一人出手，而這小子沒有防範之心，我才不信他受得了。哈！說不定法后一時技癢，親自對付他，那他眞是做鬼也風流了。」

媚娘道：「我約了他到這裏來找我，但卻不知他甚麼時候會來。」

廉先生點頭道：「你做得很好，由現在起，到朱元璋的大壽期間，乃最關鍵的時刻，你切不可主動和我們聯絡，清楚了嗎？」媚娘恭敬答應了。

廉先生道：「送我一程吧！」兩人出房去了。

韓柏心中一動，運足耳力，聽著兩人的足音到了樓下東南角處，傳來一陣輕微的門戶啓動聲。哼！果然是有秘道，難怪這廉先生可突然出現，又不怕人發覺。心中又氣又喜，氣的當然是被媚娘騙了他的感情，喜的是把握到天命教的線索。收攝心神後，悄悄溜走了。

藍玉在「布衣侯」戰甲和「金猴」常野望兩大高手陪伴下，來到他大將軍府的後花園裏，穿過一座竹林，一所磚屋出現眼前，裏面烏燈黑火，像一點生命都沒有。「噗噗」聲響，四條背著長刀的黑影，由磚屋旁的樹上跳了下來，單膝跪地，齊聲道：「風林火山參見大將！」三人給他們嚇了一跳，想不到水月大宗連在他們的府內，仍不肯稍懈戒備。這風、林、火、山四人乃水月大宗的隨身護衛，就叫風女、火侍、山侍和林侍，取的是流傳到東瀛的孫子兵法上「其疾如風，其徐如林，侵掠如火，不動如山」之意。四人年紀都不過三十，以火侍最年輕，只有十八歲，生得頗爲俊俏，高矮合度，一雙眼非常精靈，兩條特長的腿都縛有匕首，予人非常靈活的感覺，若非帶著一股說不出來的妖邪之氣，眞的是一表人才。山侍體形魁梧，背上的刀又重又長，還掛著一個看來非常沉重的黝黑鐵盾，手臂比常野望的大腿還要粗，面容古拙樸實，一看便知是不畏死的悍將。林侍年紀最大，生得短小精悍，典型的東瀛倭子，動作間總比別人慢了半拍似的，但卻有股陰鷙沉穩的氣度，教人不敢小覷，醜陋的臉上有道長達五寸的疤痕，由耳下橫落至下唇，包管看一次便忘不了，也不想再看下去。風女卻是完全另一回事，沒有男人肯把目光由她身上移開，而她亦是四侍中唯一的女性。此女生得嬌小俏美，烏黑的秀髮長垂肩後，身材玲瓏浮凸，雪膚冰肌，說話時，露出皓白如編貝的牙齒，極爲迷人。尤其動人的是她美眸顧盼時，自有一種風流意態，媚艷而不流於鄙俗，放射出無比的魅力。背上是一長一短兩把東洋刀。四人均一身黑衣夜行裝打扮，雖是神態恭謹，仍使人有殺氣瀰漫的感覺。藍玉的色眼落到風女的身上，暗忖此女狐媚過人，定要想個方法向水月大宗把她要來玩玩。

一個柔和聲音由屋內傳出道：「退下！」四侍一聲答應，倒退後飛，沒入磚屋兩旁黑暗的林內，動作迅若鬼魅。藍玉一時又驚又喜。驚的是只這四侍的身手便如此厲害，可見倭子實有無數能人，喜的是得他們之助，自己確如虎添翼。

正要走進屋內與尚未謀面的水月大宗相會，屋內那帶著外國口音的水月大宗平和地道：「大將軍止步，此刻乃本席日課時刻，不宜見客。」

藍玉愕然道：「如此藍某不敢打擾了。」

水月大宗淡淡道：「大將軍有話請說，現在貴府最接近的人亦在千步開外，保證不會傳入別入耳裏。」

藍玉和兩名得力手下交換了個眼色，均感駭然，這人藏身屋內，千步外遠距發生的事，竟仍瞞他不過。

藍玉深吸了一口氣道：「本人想請大宗出手殺死一個人。」

水月大宗道：「怎止是一個人？自踏足中土後，我的水月劍便不時響叫，渴求人血，在斬殺浪翻雲前，本席先要找幾個人來祭劍，大將軍務要替本席好好安排。」

藍玉等三人心中湧起寒意，交換了個眼色後，藍玉哈哈一笑道：「這就最好，第一個要殺的人叫韓柏，一有他的行蹤，我們便會通知大宗。」

水月大宗的聲音傳來道：「最好不要過今晚子時，否則便找第二個人來給我餵刀，大將軍請了。」

藍玉把還要說的話吞回肚裏去，告辭離去。這水月大宗便像一把兩邊鋒利的凶刃，一個不好，很容易連自己都會受傷流血。

韓柏不敢回左家老巷去，怕被虛夜月左詩等諸女責怪，逕自回到了莫愁湖。匆匆梳洗後，見金髮美人兒夷姬睡得又香又甜，不敢吵醒她，趕往皇宮去。守門的禁衛見到他都恭敬行禮，讓他通行無阻，直入內皇城。路上遇上了一個相熟的常伺候在朱元璋身旁的太監，把他領到一座守衛森嚴的庭院，見到了朱元璋。

朱元璋顯然一夜沒睡，兩眼紅絲密佈，見他到來，精神一振，揮退了從人後，著他隔几坐下道：

「好小子！說得到做得到，竟一天不到就把連寬宰了，眞有本領。」

韓柏嘻嘻一笑道：「都是託皇上的鴻福吧！」接著便將媚娘與天命教的關係說了出來。

以朱元璋的修養和深沉，聽了亦爲之色變，定神看了他好一會後，才吁出一口氣道：「若無兄眞的沒有騙我，沒有人比得上你這福將了，誤打誤撞竟給你拆穿了胡惟庸經營多年的陰謀，幸好朕尚未碰那艷女，否則不知會有甚麼後果。」

韓柏謙虛道：「現在應怎辦才好？」

朱元璋道：「當然不能打草驚蛇，你定要裝作情不自禁去赴媚娘之約，待她不再提防你時，說不定可找到那法后隱身之所，朕便盡起高手，將他們一網打盡，那時胡惟庸還不是任朕宰割嗎？哼！」兩眼射出驚人殺氣，顯是動了眞怒。

韓柏道：「這事可不能操之過急，若我沒有猜錯，胡惟庸必已成功地把他的人安插到朝內各重要的位置，又或派艷女巧妙地成爲各文官武將的寵妾……」

朱元璋道：「所以若你能設法偷得這樣一張天命教的名單出來，我們才可把胡惟庸的勢力連根拔掉。唉！又要借重你了，朕眞擔心你一個人怎可以應付這麼多的事。」

韓柏笑道：「別忘了小子有何人幫我的忙。」

朱元璋想起了范良極，亦爲之失笑，欣然道：「有沒有甚麼特別請求，若想要哪家閨女，朕立即把她許配給你。」沒有人比他更知道這小子不愛江山愛美人。

韓柏尷尬笑道：「女人大可免了，燕王才送了個金髮美人兒給小子，現在唯一的願望就是希望能晚點起床，小子也不知多少天沒有正式睡一覺好的了。」

朱元璋見他對自己的賞賜完全不放在心上，正對他的脾胃。啞然失笑道：「好吧！以後非必要就不用你早朝前來見朕。」接著正容道：「秦夢瑤甚麼時候來？」

韓柏爽快答道：「她說今晚子時來皇宮見皇上。」接著猶豫道：「但她有個條件呢！」

朱元璋想不到如此輕易，臉現喜色，道：「甚麼條件？」

韓柏心中暗嘆，硬著頭皮道：「她要小子屆時在旁聽著。」

朱元璋微一錯愕，龍目閃起電芒，目不轉睛盯著韓柏，聲音轉厲道：「你快從實招來，和秦夢瑤究竟是甚麼關係？」

韓柏給他嚇了一跳，正要如實道出，朱元璋拂袖道：「不用說了，今晚朕要親口問她。」

兩人沉默下來。好一會後，朱元璋道：「陳貴妃的事你有沒有甚麼計劃？」

韓柏苦笑道：「小子眞的一籌莫展，總不能貿然闖入內宮，向她展開挑情勾引的手段吧！」

朱元璋看到他苦著臉孔，反得意起來，微笑道：「不用那麼緊張，這事朕會安排妥當，定教你有試探的機會。唉！可能生活太沉悶了，眼前的重重危機，反使朕神舒意暢，充滿生氣。又有你這小子不時來給朕解悶。不過你要小心點，藍玉心胸狹窄，定不肯放過你。」

又談了一會，韓柏記起一事道：「這兩天小子有兩位好友會到京來助我對付方夜羽，其中一人，嘿……是怒蛟幫的高手，小子想……」

朱元璋打斷他道：「是否『快刀』戚長征？」

韓柏駭然道：「皇上怎會猜到？」

朱元璋照例不會解釋，微笑道：「另一個就是風行烈，他正乘船來京，唉！若不是朕有心放行，他怎能如此一帆風順？放心吧！我早通知了葉素冬，著他照應你的朋友，絕不過問他們的事。」接著又冷哼一聲道：「宋鯤這傢伙是胡惟庸的人，若非朕不想打草驚蛇，早抄了他的家，浪翻雲那一巴掌刮得很好，若他再惹你，隨便宰了他吧！」韓柏頭皮發麻，朱元璋的深藏不露才最可怕。難怪他能威壓群雄，成爲天下至尊。

早朝的時間到了，韓柏連忙告辭，趕回左家老巷去，到了街口，正籌謀如何應付刁蠻女虛夜月時，有個嬌甜的聲音在後面喚道：「專使大人！」

韓柏別過頭來，赫然是扮作書僮的秀色。大喜下，撲了過去，一把拖起她的小手，轉進了一條僻靜的小巷去。秀色馴服地任他拉著，神色複雜，眉眼間充滿了怨懟之意。

韓柏見左右無人，一把將她摟個結實，親了個長吻後，才放鬆了一點，道：「來找我嗎？」

秀色深情地看著他，赧然點了點頭，然後神色黯然道：「韓柏！秀色很害怕呢！」

韓柏愕然道：「誰敢欺負你，讓我爲你出頭。」

秀色摟緊他，悽然道：「沒有人欺負我，人家只是擔心花姊，她……」

「秀色！」兩人一震分了開來，只見盈散花立在十步外，鐵青著臉瞪著兩人。秀色一聲悲泣，由另一端逸去，消失不見，連韓柏叫她都不理睬了。

盈散花走了過來，不客氣道：「韓柏！你現在自身難保，最好不要多管閒事。」

韓柏想起她對燕王父子獻媚賣俏，無名火起，冷笑道：「誰要管你的事！不過莫說我沒言在先，若你爲了個人利害，害了秀色，我絕不會放過你。」

盈散花兩眼一紅，逼了上來，叫道：「我偏要害她，怎麼樣？要就殺了我吧！來！快下手，我也不想做人了。」

韓柏手足無措道：「誰有興趣殺你，哼！明知我不會下手殺你，才擺出這架式來，你若連死都不看重，就不用拿身體去便宜燕王父子。」

盈散花終掉下熱淚，粉拳雨點般擂上韓柏寬闊的胸膛，悲叫道：「殺了我吧！殺了我吧！」

韓柏心中一軟，伸手去解她的衣襟道：「不要哭了！讓我看看？」

盈散花吃了一驚，飄退開去，嗔道：「人家被你氣得這麼慘，還要耍弄人家。」

韓柏見她回復正常，又記起了舊恨，不屑道：「不看便不看，你當我眞的想看嗎？留給燕王看個飽吧！」轉身便走。

風聲響起，盈散花越過他頭頂，俏臉氣得發白，攔著去路道：「站著！弄清楚我們的事才准走。」

韓柏心頭大快，只覺愈能傷害她，愈是快意，淡然道：「你是你，我是我，哪來『我們』呢？」

盈散花挺起小蠻腰，俏目淚花滾動顫聲道：「好！你再說一次給我聽。」

韓柏最怕女人的眼淚，軟化下來。走前兩步，抓著她兩邊香肩，嘆道：「你既然那麼想做燕王的玩物，爲何又要表現得像對我餘情未了的樣子，不是徒使大家都難過嗎？」

盈散花垂下頭去，輕輕道：「韓柏！你是不會明白人家的，永遠都不會。」用力一掙，脫身開去，掩臉哭著走了。

韓柏失魂落魄呆站了一會，猛下決心，誓要找出盈散花要接近燕王的背後原因，才走回左家老巷去。踏入已裝修得差不多完成的酒鋪時，范豹迎了上來道：「大人！有貴客來了。」

韓柏奇道：「甚麼貴客。」范豹神秘一笑，賣了個關子，請他自己進內宅看看。

還未踏進內室，已聽到范良極大嚷道：「甚麼？雲清是可憐我年老無依，才藉嫁我來行好心做好事？這麼小覷我的男性魅力！」

接著是眾女的哄堂大笑，然後是一個俏生生的少女聲音不徐不疾地道：「男人最要不得就是以為自己很有魅力，倩蓮還以為老賊頭你老人家不是這種男人，唉！怎知又是如此。」

韓柏一聽大喜，撲了進去大叫道：「風行烈！」

風行烈和谷姿仙、小玲瓏、不捨夫婦正含笑看著范良極和谷倩蓮兩人胡鬧，聞聲齊往他望去。韓柏想不到來了這麼多人，大感錯愕時，風行烈已由椅子跳了起來，和他緊擁在一起，互拍著對方肩背，興奮得說不出話來。經歷了這麼多艱難的日子後，這對肝膽相照的青年高手，再次重逢。當下風行烈為韓柏引見了不捨夫婦。

韓柏看到美艷如花的雙修夫人谷凝清，雙目立時發亮，由衷讚道：「若有人還不明白不捨大師為何還俗，我定會打扁他的屁股。」

虛夜月、莊青霜、左詩等都聽得眉頭大皺，暗怪這夫君學足范良極的鄙言粗語，又口不擇言，連長輩都敢大吃豆腐。

谷凝清乃外族女子，不忌大膽直接的說話，且又是讚美自己，喜不自勝回應道：「若有人不明白韓柏為何能哄得這麼多美人兒嫁他，我谷凝清亦要賞他們耳光，好打醒他們。」

不捨欣然起立，拍著韓柏肩頭道：「賢姪眞是快人快語，連我也覺非常痛快，不過不捨並沒有還俗，反而感覺更出世，更接近天道，賢姪很快便會明白我的意思。」

韓柏想起了秦夢瑤恍然道：「說得好！多謝指教。」

范良極怪笑道：「小子不要扮聰明冒充明白了。」

韓柏瞪了他一眼道：「老賊頭最好對我說話客氣一點，團結一致，否則誰來助你應付眼前大敵。」說完瞟了巧笑倩兮的谷倩蓮一眼，然後忍不住狠狠看了含笑一旁的谷姿仙和小玲瓏幾眼。

谷倩蓮見矛頭忽然指向自己，不慌不忙嬌哼道：「你們團結有甚麼用，根本就不是倩蓮的對手，何況我還可隨時徵兵入伍，保證殺得你兩人落荒而逃。」

韓柏和范良極一起失聲道：「徵兵入伍？」

虛夜月忍著笑舉手道：「小兵虛夜月在此，願聽兵頭小蓮姊吩咐。」其他莊青霜、左詩、朝霞、柔柔等早笑彎了腰。

韓柏和范良極交換了個眼色，都感大事不好。有了這個小靈精在攪風攪雨，他們哪還能像從前般肆無忌憚。

風行烈笑道：「小蓮不要胡鬧了，姿仙和小玲瓏快來見過韓兄。」谷姿仙和小玲瓏盈盈立起，向韓柏襝衽施禮，嚇得韓柏慌忙回禮。

谷姿仙美目飄到他處，欣然道：「聞叔叔之名久矣，今日一見，才知行烈外竟還有叔叔這等英雄人物，姿仙眞的喜出望外呢！」

韓柏老臉一紅，尷尬地道：「我除了拈花惹……嘿！其他哪及得上行烈，若我有時忍不住口不擇言，得罪了美嫂嫂，美嫂嫂請勿見怪。」眾人都聽得目瞪口呆，哪有初見面便說明自己會對嫂子油嘴滑舌，還立即油腔滑調起來。

谷姿仙「噗哧」一笑，橫了韓柏一眼道：「姿仙現在才明白小蓮爲何一聲徵兵令下，便有這麼多美麗的小兵要入伍哩！」眾人都笑了起來，充滿了友情和歡欣。韓柏一到，便爲所有人帶來了愉悅和無拘無束的氣氛。

莊青霜趁韓柏望向她時，嬌嗔地盯了他一眼，像怪責他甚麼似的。韓柏怪叫一聲，向眾人道：「對不起！我忘了要和霜兒回去向岳父岳母叩頭斟茶，完事後立即回來，請大師夫人美嫂嫂風兄等恕罪。」最高興的當然是莊青霜，喜孜孜站了起來，來到韓柏身旁，準備離去。虛夜月則嘟長嘴兒，心中怨恨，還未審問他昨晚溜到哪裏去，這大壞人又要棄她不顧了。左詩等三女這幾天見他的時候加起來只有幾個時辰，更是愀然不樂。谷倩蓮亦大感失望，剛興高采烈，這好玩的小子又要走了。風行烈谷姿仙等才和他打了個照面，自亦捨不得他這就去了。范良極則有滿肚子事要和他商量研究，一時間人人都瞪著韓柏。韓柏這麼靈銳的人，怎會不知道，搔了幾下頭後，大喜道：「不如我帶大家到西寧街去逛逛，我和霜兒打個轉，不是又可以出來一起熱鬧嗎？」眾女齊聲叫好。

韓柏和莊青霜趕到西寧道場，拜見了莊節夫婦，擾攘一番後，給莊節拉到一旁道：「素冬和皇上說起，我們才知道昨晚那薛明玉是你假扮的，難怪浪翻雲會爲你出頭了。」韓柏大感尷尬。

莊節拍著他肩頭道：「不用解釋了，賢婿是天下間最不用扮薛明玉去採花的人。是了！明晚我會在這裏擺十來席齋菜，款待八派的人，聖僧等都想見你，你最好早點和霜兒來，多點時間說話。」

韓柏心中叫苦，又是應酬！自己哪還有時間到媚娘的花舫去，表面卻是欣然答應了。

風行烈心中好笑，想不到出來逛街原來也這麼大陣仗，不但范豹領著六名兄弟負責爲眾女捧東西，東廠的副指揮使陳成更率著十多名高手跟在一旁，負起保護之責。還有聞風而至的葉素冬和數名手下。先不說眾女的美麗，只是這陣仗便教人側目了。除了不捨夫婦外，所有人全來了。眾女興高采烈地在購物，范良極則和葉素冬站在鋪外的街上密商，風行烈本來也是他們那一組，卻硬給谷倩蓮拉了來這間綢緞鋪陪她們。

這時虛夜月看上了一幅花布，扯了開來蓋在身上，轉身對他嫣然一笑道：「行烈啊！看你的俊秀樣子應比韓柏更有眼光，你說這花布襯人家嗎？」

風行烈看到她嬌美無倫的嗲媚之態，偏又作男兒打扮，微笑道：「月兒想放棄易釵而弁嗎？」

虛夜月俏臉一紅，跺足道：「人家只是問你好不好看嘛。」

風行烈尚未有機會回答，谷倩蓮早把虛夜月扯了去看另一疋布帛。看著兩女相得的模樣兒，風行烈心中湧起無限溫柔，幾乎自見面開始，這兩個小妮子便特別投緣，因爲她們都是那麼俏皮和愛鬧事，這個結盟一成，恐怕他和韓柏都有難了。嚦嚦鶯聲由後傳至，原來谷姿仙、小玲瓏和左詩三女剛在隔鄰的鋪子買了胭脂水粉，此時才來湊熱鬧。

左詩喜道：「呀！眞好！我可以買些好布疋給小雯雯裁幾套新衣了。」

谷姿仙笑道：「最好預大一點，否則怕穿不下呢。」

虛夜月走了過來，先白了風行烈一眼，拉著谷姿仙道：「仙姊應比你的風郎有品味多了，快來給我意見。」

朝霞、柔柔等都知風行烈定是開罪了這刁蠻女，紛紛掩嘴偷笑，那種燕語鶯嗔的場面，風流巧俏的模樣，看得風行烈怦然心動。剛好小玲瓏經過身旁，忙拉著她的衣袖，問道：「乖玲瓏買了甚麼好東西？」小玲瓏對他仍是非常害羞，立時紅透耳根，竟想掙脫逃遁，又給風行烈扯了回來。無法可施下，小玲瓏含羞低頭道：「小姐幫人家選了幾件做內衣的絲羅哩！」猛地一掙，逃到正笑語不停，左挑右選的眾女間，躲了起來。

風行烈心情大佳，自素香和水柔晶慘死後，他還是首次有愁懷盡解的感覺，但忽地又想起了年憐丹，忙朝范葉兩人走去。剛踏足街上，范葉兩人竟不知去向，就在此刻，忽有所覺，朝長街另一端望去，一紫一黃兩個修美婀娜的身形，立即映入眼簾。

韓柏和莊青霜離開道場。莊青霜正式成了韓柏的嬌妻，歡喜得偎傍著他不住甜笑。

韓柏給偎得心癢難熬，只恨雙目功力仍未能看透她的衣服，問道：「開心嗎？」

莊青霜見他盯著自己，雖有三分羞意，歡喜卻佔了七分，欣然點頭，又拋了他一記媚眼。

韓柏這次全身都酥癢了起來，扯著她衣袖道：「今晚你和月兒一起陪我好嗎？」

莊青霜終究是初懂人事的少女，無論如何熱戀韓柏，也吃不消他的狂言浪語，跺足不依加快腳步，走出道場去。韓柏追著出去，剛好看到遠處街端紫黃二妃轉入了一間屋子裏，接著風行烈追了過去，消沒在門後。韓柏臉色立變。兩妃絕不會蠢得招搖過市，裝束還一點不變，豈非引人去對付她們，忙向莊青霜道：「快召人來幫忙。」不顧驚世駭俗，展開身法，全速趕去。

風行烈體內三氣匯聚，功力日進，又得谷姿仙以雙修大法輔引，比之當日雙修府一戰時已不可同日而語。才撲進那民居裏，已大感不妥，不但裏面空無一人，更因為心中現出警兆，忙取出丈二紅槍接上，提聚全身功力，疾步闖入內室去。危險的感覺更強烈了。紫紗妃的倩影在後門處一閃而沒。風行烈不是不知道裏面定有埋伏，但因爲埋伏者必是年憐丹，仇恨的火燄使他完全沒法把衝動壓下去，而年憐丹也是利用這點把他引來。風行烈倏地加速，穿出後門，落到外面寬敞的天井去，光暗的轉換，使他一時看不清楚，忙把眼瞼闔上一半，減少光線的輸入。

就在此時，兩聲叱喝，分由兩旁響起。年憐丹的玄鐵重劍和色目第一高手「荒狼」任璧的鐵拳分由左右兩方攻襲而至。紫黃兩妃俏立天井盡處，四隻眼睛射出憐惜之色，有點不忍看到這年輕俊俏的郎君在兩大高手的夾擊下慘死。年憐丹和任璧則是心中狂喜。自風行烈到京的消息傳來後，他們便命人密切監視著他們的動靜，知道他們竟然來逛街購物，忙暗中潛來，將這民居內的人制伏後，苦候良機，終於等到范良極和葉素冬兩人走進了一間飯店，忙派兩妃將風行烈引來，現在已成功在望。除非是浪翻雲、龐斑之輩，誰能全身而退？風行烈雖早有準備，仍想不到年憐丹無恥至此，連偷襲都在所不計了，且竟還和另一絕不比他遜色的高手一起夾擊。就在此刻，厲若海對他多年的嚴格訓練終顯露出成效，幾乎是未經過任何思慮，他自然而然便本能地使出最能應付這種惡劣形勢，燎原百式裏的「借勁反」。風行烈先往後移，丈二紅槍的槍尖「鏘」的一聲電射在年憐丹的重劍上。以年憐丹的功力，仍禁不住丈二紅槍傳來山洪暴發般的力道，向後移了半步。風行烈雖說大有進步，畢竟功力仍稍遜他一籌，踉蹌橫跌，眼看要被任璧能碎裂牆壁的鐵拳轟在左脅處，丈二紅槍由右方吐了回來，「啪」的一聲撥打在任璧的鐵拳底處。任璧一聲獰笑，運拳下壓，藉槍傳勁，硬要震碎對方臟腑時，一股糅合了風行烈自身力量和由年憐丹處借來勁力的強大力量，立和任璧的氣勁正面交鋒。任璧一聲悶哼，向後連退三步。

黃紫兩妃看得目射奇光，天呵！這是怎麼一回事？年憐丹和任璧兩人的全力一擊，竟殺他不死？年任兩人亦是大驚失色，知道夜長夢多，立即再組攻勢。風行烈卻是有苦自己知。年憐丹的功力豈是可輕易借到，雖說由紅槍傳遞，終是要以己身功力爲引，立時氣血翻騰，全身經脈像倒轉了過來，渾身乏力。若不是有堅強意志，早跪倒地上，眼看小命不保，後衣領給人抓個正著，騰雲駕霧般往後退去，接著是韓柏的大笑聲道：「原來是年淫賊，哈！」風行烈被韓柏提著往後擲去，滾到地上時，天井近門處傳來連串勁氣交擊的巨響，心中大急，韓柏怎是這兩大凶人的對手呢？偏又站不起來。接著聽到虛夜月眾女的嬌叱聲，才鬆了一口氣，盤膝坐起，調神養息。

年憐丹和任璧見風行烈腳步不穩，正要痛下殺手，豈知換了個韓柏來，已知不妙，此處四周都是禁衛廠衛，又有陳成、葉素冬和范良極等高手，纏鬧起來，絕難善罷，交換了個眼色，裝作狠攻的樣子，硬把韓柏逼回去屋子裏後，躍回天井，向兩妃打了個逃走的手勢時，韓柏已威武萬狀衝了出來，旁邊還有虛夜月、谷姿仙和莊青霜這三名絕世美女。谷姿仙一見年憐丹，正是仇人見面，分外眼紅，又以爲他傷了愛郎，不顧一切劍化長虹，直擊而去。虛夜月怕她有失，抽出腰間的鬼王鞭，後發先至，點向他下陰必救之處。莊青霜搶到谷姿仙旁，寶刀由下斜挑而上，取的是年憐丹握劍的手腕，教他難以全力運劍。三女雖是首次合作，竟配合得天衣無縫，使年憐丹亦嚇了一跳。他早領教過虛夜月的厲害，知此女得鬼王眞傳，就算單挑對打，要收拾她仍要費上很多力氣，哈哈一笑道：「虛小姐原來對本仙那裏這麼有興趣。」往後一移，伸指彈向鞭梢，右手重劍挽起護身劍網，封擋兩女攻勢。

韓柏就在這一瞬間和任璧硬拚了三拳，暗叫乖乖不得了，甚麼地方鑽了個這麼厲害的高手出來，對方一拳比一拳重，打得自己氣血翻騰，連退三步，而對方卻像個沒事人似的。而更駭人的是，無論自己招式如何精妙，對方總有方法逼他硬拚，如此功夫，還是初次遇上。豈知任璧亦是心中發毛，風行烈能擋他兩人全力一擊，已是大出意料之外，而眼前這年輕人卻連擋他三拳，血都不噴一口出來，使他更不是滋味，正要欺身而上，藉硬氣功捱他一拳半腳，搶機斃此小子，上方殺氣壓來，竟是陳成和葉素冬由屋頂上撲擊而至。

另一邊的年憐丹更是魂飛魄散，他雖擋著兩女的長劍，但在彈上虛夜月鞭梢前，對方的鬼王鞭竟靈蛇般改變了方向，繞到一側，點往他的耳鼓穴。同一時間范良極落在後方，旱煙管猛打他後枕要害。只是黑榜高手范良極已教他頭痛，何況還有三女在前方牽制，年憐丹狂喝道：「走！」玄鐵重劍護著全身要害，拔身而起。黃紫二妃本欲加入戰圈，眼前異變突起，正欲遁逃，哪知最可恨的韓柏溜到眼前，嘻嘻笑道：「留下一個來陪我吧！」左右開弓，竟是往兩女酥胸抹去。兩女雖不是第一次給他輕薄，仍是羞怒難當，又知打他不過，駭然下往後飄飛，希望可憑輕功逃出「魔掌」。任璧硬擋了陳成和葉素冬兩招後，至此才明白中原實是高手如雲，又見年憐丹逃命去也，哪敢久留，狂喝一聲，竟硬捱了陳成一刀，葉素冬一劍，衝天而起。兩人刀劍劈在他身上時，均覺刀劍滑開了少許，不能命中對方要害，駭然之下，任璧早掠往鄰屋屋頂，與剛殺出重圍的年憐丹會合在一起，加上黃紗妃，迅速遠去。四周雖響起手下們的呼叫追逐聲音，但任誰都知道追不上這兩個技藝驚人的大魔頭。

虛夜月忽尖叫道：「死韓柏，還是你會撿便宜。」眾人往天井盡處望去，只見笑嘻嘻的韓柏，攔腰抱著紫紗妃，滿懷芳香地由牆頭躍入天井裏。這時風行烈已回復功力，在小玲瓏和谷倩蓮兩女陪伴下來到天井，此刻左詩三女才慌張趕至，可見剛才交戰是如何急劇激烈。眾人都圍上韓柏，觀看他抱著全無放下意思的戰利品。紫紗妃面紗不翼而飛，露出清甜秀麗的俏臉，星眸緊閉，但面容卻出奇的平靜，教人心生怪異的感覺。

葉素冬猶有餘悸道：「剛才那人定是色目的任璧，只有他才可不懼刀槍。」

虛夜月來到韓柏身旁，狠狠在他背肌扭了一把，惡兮兮道：「未佔夠便宜嗎？還不放下她？」

陳成乘機道：「交給我們東廠處理吧，保證要她說甚麼就說甚麼。」

韓柏忍著背肌被扭處的痛楚，低頭細看紫紗妃，發覺她呼吸急促起來，顯是害怕落到以酷刑著稱的東廠手裏，大生憐意，笑道：「對付這小妞，山人自有妙計，副指揮使放心好了。我會好好處理她。」

在眾女抗議前，「咦」一聲道：「老賊頭到哪裏去了？」陳成知他乃目前朱元璋最寵信的人，哪敢堅持，閉口不語。

虛夜月恨得牙癢癢道：「不要岔開話題，鬼才信你看不到老賊頭溜了去跟蹤他們。」跺足道：「夫君啊！」

韓柏知不能太逆她意思，把紫紗妃交了給她，一手摟著風行烈肩頭，朝屋內走去道：「你比我還行，竟能擋他們兩人一擊，幸好如此，否則我們便慘了。」

眾人都聽得心頭一寒。風行烈若被殺死，那將會對他們造成無可彌補的打擊。眾人至此遊興全消，趕回左家老巷去。浪翻雲不知何故，尚未回來，各人商量後，亦因左家老巷住不下這麼多人，決定分兩處地方落腳。不捨夫婦坐鎮左家老巷，照拂左詩和她的酒業當然助手兼姊妹的朝霞和柔柔，范豹和十二名怒蛟幫兄弟則扮成了酒鋪的夥計。其他人全部移師到莫愁湖去。谷姿仙三女雀躍不已，誰不知莫愁湖乃金陵八景之首，能住進如此人間勝境，縱是短暫時光，也足可使人畢生回味了。

陳成召來了八輛馬車，既載人亦載著各女剛購買回來的物品。紫紗妃被制著了穴道，手腳雖回復氣力，卻不能提起內氣，變回一個普通的女人。當眾人走向街上乘車時，這俘虜自動自覺跟在韓柏背後，除了繃緊俏臉不說話外，就像是韓柏的女人那樣。谷姿仙三女對任何與年憐丹有關的人事都深惡痛絕，何況白素香之死亦間接和紫紗妃有關，恨不得一劍殺了她，可是卻基於她們對韓柏的好感，剛才又全賴他捨命救了風行烈，對他更是非常感激，所以任由韓柏以他的方式處置這美麗的俘虜。可是虛夜月就沒有那麼好對付了，指著紫紗妃喝道：「妖女！過來這裏。」紫紗妃一點反應都沒有，只是低頭咬著唇皮站在韓柏身後。氣氛有點尷尬。風行烈站在韓柏身旁，卻是不宜出言。

韓柏唯有嘻皮笑臉道：「月兒想把她怎麼樣？」

虛夜月橫了他一眼，道：「我要押她上囚車去，不行嗎？」

韓柏笑道：「爲夫正有此意，但卻要親自看管著她，以免給妖人劫走。」

虛夜月跺足道：「你若要和她同車，月兒便不陪你了。」

韓柏一呆道：「這樣也可以發脾氣的，不要胡鬧好嗎？」

虛夜月見所有人都看著她，下不了台，幸好谷倩蓮跑了過來，挽著她的細腰道：「月兒來，我和你共乘一車，說說心事兒。」

虛夜月也不敢過分開罪韓柏，惹得他不高興就糟了，但仍心中不服，向莊青霜道：「霜兒過來，坐我們的車子。」

莊青霜哪願離開韓柏，猶豫起來。虛夜月大嗔道：「霜兒你要不要和月兒站在同一陣線？」莊青霜向韓柏歉然一笑，無奈走了過去。

韓柏向風行烈苦笑一下，向紫紗妃道：「美人兒，到車上去吧！」紫紗妃一聲不響，坐到車上去。

這時范良極氣呼呼回來。韓柏、風行烈和陳成忙迎了上去。眾女均到了車上去，侍衛們則跨上了戰馬，只剩下他們四個人在鋪門處說話。

范良極問了他們到哪裏去後，猶有餘悸道：「我遠遠跟著年老鬼三人，本以爲定可查到他們落腳的地方，豈知竟遇上了里赤媚，這人妖眞的厲害，不到三招便幾乎給他打了一掌，幸好及時逃走，被他一口氣追了幾條街，才得脫身溜了回來。」

陳成問明了遇到里赤媚的地點後，大喜道：「這事包在我身上，只要他們的賊巢在那附近，我必有方法查出來，而又一點也不教他們知道。」韓風范三人都點頭同意，即使方夜羽亦休想可瞞過東廠密探的耳目，怕只怕他們立即遷巢。

范良極道：「你們先回莫愁湖去，我有葉素冬的口信，要說給不捨知道。」韓柏本想向他說出媚娘的事，唯有呑回肚內。

四人散去，風行烈回到谷姿仙和小玲瓏的車子去，韓柏自是登上載有紫紗妃的馬車。陳成則飛身上馬。馬車隊緩緩朝莫愁湖駛去。

第五章

龍虎匯聚

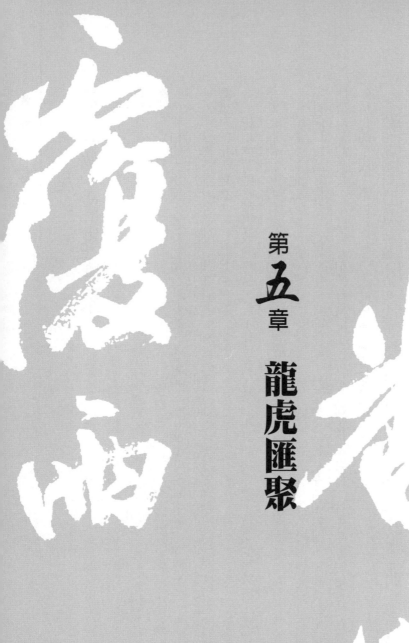

第五章 龍虎匯聚

韓柏的大手摸上紫紗妃嫩滑的臉蛋，柔聲道：「小乖乖！你叫甚麼名字？」

紫妙紀秀目現出舒服迷醉的神色，但朱唇卻緊閉，一點說話的意思都沒有。馬車緩緩而行。在這簾幕低垂的小天地裏，一切都是那麼寧洽怡然。

韓柏撫著她吹彈得破的粉臉，忍不住移到了她的小耳和後頸處，溫柔的摩挲著，柔聲道：「若你肯乖乖聽我的話，我保證不會薄待你。」

紫紗妃被他掌心傳來的奇異感覺，刺激得嬌軀微顫起來，忍不住一聲嬌吟，卻仍不肯望向韓柏，亦不肯開口說話。假若不是懾於年憐丹的淫威，只是那天給韓柏在街頭輕薄，她和黃紗妃這兩個慣於塞外開放風氣的美女，早就向韓柏俯首稱臣了。可是若她背叛年憐丹，首先受害的便是她在塞外的親族，以年憐丹的手段，不但親族無一人能活命，還會死得很慘。

韓柏見她眼內淚光盈盈，心中不忍，收回使壞的手，正容道：「我不逼你了，唉！怎樣才可放了你呢？」

紫紗妃愕然望向他，眼中射出感激的神色。韓柏最懂混水摸魚之道，正要乘機吻上她香唇，心中警兆忽現。可是一切事情實在發生得太快了，他剛往車頂望去，車頂已「轟」一聲破開了一個大洞，接著是一隻迅速在眼前擴大的腳尖，朝他眉心疾踢過來。韓柏魂飛魄散，「砰！」一聲撞破車廂，滾到街道上。外面的侍衛已亂作一團。韓柏仍在地上翻滾時，他的大剋星「人妖」里赤媚在上空撲下，一掌朝他天靈蓋印去，全心取他小命，最近的侍衛也在十步之外，不過就算趕上來又有甚麼用。

韓柏知道躲避絕不是辦法，除了浪翻雲龐斑外，根本沒有人可以和里赤媚比速度，兩手按地，倏地雙腳彈起，疾踢里赤媚的催命之手。陳成一聲大喝，由馬背上飛來，長刀劈向里赤媚後背，風行烈亦撞門而出，飛掠過來，迅快無倫接上丈二紅槍，猛刺里赤媚側脅。兩人打定主意，都是圍魏救趙的策略。

「蓬！」掌腳交擊。韓柏慘哼一聲，使了巧勁，借力滾了開去。里赤媚頭也不回，先落在街心，後腳由下而上，正中丈二紅槍的鋒尖，又反手一掌，切在陳成刀上，竟發出「錚」的一聲清響。兩人同時被震得往後飛跌。此時四名侍衛躍了過來，也不知里赤媚使了甚麼手法，四人口噴鮮血，拋跌開去，竟擋不了他片刻。

虛夜月諸女撲下車來時，里赤媚已追上滾到鋪肆門前，剛跳起來的韓柏身旁。韓柏一聲大喝，竟不理里赤媚撮指成刀，割向咽喉的必殺之招，一拳猛轟對方胸膛。里赤媚閃了一閃，韓柏眼看擊實的一拳竟擊在空處。而當手刀要割上韓柏咽喉時，韓柏的肩頭奇異的一扭，亦撞開了他的手刀。韓柏正慶幸得計，小腹忽地劇痛，原來已中了對方一腳，忙運起捱打奇功，但終口中一甜，鮮血狂噴而出，表面看來雖受傷極重，可是卻全憑噴出這口血，才能化去對方的摧命眞勁。韓柏趁勢飛退。「砰！」背脊撞在不知甚麼東西上，滾入了一間店鋪裏，嚇得路人夥計，雞飛狗跳。里赤媚如影隨形，閃電追去。風行烈等雖狂趕過來，但誰能比得上里赤媚的速度，就算趕得上，誰又能阻止得了里赤媚？里赤媚亦心中暗喜，若能殺掉韓柏，等於廢了朱元璋一條臂膀，這小子實在給他們太多麻煩了。

韓柏又在鋪內跳了起來。里赤媚心中大訝，他那一腳因爲要瞞過對方，不敢催動勁氣，只使了三成力道，但韓柏沒有理由還可以站起來的。不過這時哪有餘暇多想，把天魅凝陰提至極限，隔空一掌印去。狂飆倏起，四周的空氣都冷卻起來。韓柏知此刻乃生死關頭，避無可避，猛一咬牙，亦把魔功運轉至極盡，雙拳擊去。就在此時，里赤媚忽然抽身退開。韓柏正大惑不解，一道人影横裏衝出，與里赤媚纏戰一起。同時一名壯碩青年，左手持刀，護在他身前。拳掌交擊聲不絕於耳。倏地分開，里赤媚往後飛退，擋開了風行烈和陳成，大笑道：『「毒手」乾羅，果然名不虛傳，有機會里某定再領教。」硬撞入車廂裏，挾起紫紗妃，揚長而去。

瀟灑不凡的乾羅傲立行人道上，長笑道：「乾某恭候大駕！」

虛夜月和莊青霜嬌喊聲中，投入韓柏懷裏。壯碩青年回過頭來，向韓柏露出雪白的整齊牙齒，和他那陽光般的笑容，道：「你這小子眞是艷福齊天，若我老戚和你同時抵達京師，你懷中的美人兒至少有一個應是我的吧！」

莫愁湖。臨湖的賓館內軒裏，充滿了避過大劫的歡欣，連乾羅這種看盡了世情的絕代高手，亦不由受到他們的感染，笑容多了起來。最要命是虛夜月和莊青霜因他救了愛郎，無微不至地服侍著他，使他那冷硬的心都幾乎融解開來。宋媚輕易的加入了這夫人兵團裏，受到熱烈的歡迎。最大惑不解的是宋楠，直到此刻還弄不清楚乾羅和戚長征爲何可大搖大擺地住進這賓館來，還有東廠副指揮使陳成這等最當權霸道的武官，對乾戚這兩個欽犯竟恭敬有加。藍玉的證據交到了陳成手上，可是陳成見過里赤媚那種鬼神莫測的武功後，心膽俱寒，遣了人去通知指揮使嚴無懼，求他派人來護送這天大重要的文件入宮。浪翻雲就像失了蹤般沒有出現，但卻無人會有半點擔心，天下間除龐斑外，誰可奈何得了他。況且即使是龐斑，勝敗也只是未知之數而已。那要留待至月滿攔江之夜，才可見分曉。

金髮的夷姬歡天喜地迎接新主人歸來，負起了招待貴賓的重責。她異國風情的美麗，看得戚長征更是羨慕不已，忍不住調笑了她幾句，夷姬則似懂非懂，連保守得多的風行烈也被她吸引得難遏注視的目光。三人成了一組，坐在軒外靠湖的露台上。

夷姬去後。韓柏瞅了戚長征一眼，笑道：「看來老戚比我更愛油嘴滑舌。」

戚長征哂道：「我對你的女人油嘴滑舌，是表示看得起你韓柏。」

風行烈失笑道：「那是不是說，假若你調戲我們的女人，我們還應該感激你。」

戚長征坦然道：「我只是胡謅來氣氣韓兄，風兄不用因我沒有調戲嫂嫂而誤以爲我看不起你。」未說完自己便先笑了起來。

韓柏大力拍在戚長征腿上，笑得差點斷了氣道：「老戚你這傢伙最對我的脾胃。」忽然記起了媚娘之約，心生一計，忙坐直身體，煞有介事地壓低聲音道：「怎樣找個藉口溜出去，我有個好去處。」

戚長征立時眉飛色舞道：「若不是打架或泡妞，你就不用算我在內，我不如摟著宋媚睡上一覺。」

韓柏笑道：「打架不用算我在內才眞。所以這回是泡妞，還是第一流的妞兒，保證包君滿意。」剛想說出媚娘與天命教的關係，夷姬又回來爲他們斟茶，忙打住話頭。

風行烈眉頭大皺，道：「打架我還可以幫幫忙，泡妞便恕在下幫不上忙了。」

韓柏和戚長征怔了片刻，一起以不能置信的眼光朝他望去。風行烈大吃不消，道：「這與能力無關，完全是個人的原則問題。」

夷姬正要離去，卻給戚長征留下坐在一旁。韓柏受了媚娘的教訓後，戒心大增，唯有向戚長征使了個眼色，正容道：「這事雖和泡妞有關，但主要還是為了對付年憐丹等人，有行烈同行，眞打起來時，多了你那把丈二紅槍，要妥當多了。」這幾句話半眞半假，可是風行烈怎會信他。

戚長征當然不明白韓柏的眞正用意，還鼓其如簧之舌道：「我們還要探查方夜羽的巢穴，好去殺個痛快，你怎能不來呢？」

韓柏嚇了一跳道：「此事得從長計議，先到那好地方再說。來！起程吧！」站了起來。

戚長征硬把風行烈拖起來，哂道：「海闊天空，哪來甚麼原則，今天我們三兄弟就去找那最好的地方，或者還摟著個最美的才女，一起青樓結義，讓我們的情誼帶著美女的芳香。」

風行烈苦笑道：「我連拒絕的權利都沒有嗎？」

韓柏興奮地在另一邊架著他，押入軒內去，低聲道：「振奮點，否則恐過不了關。」

眾女正圍著乾羅聽他說武林逸事，津津有味，見到三人和夷姬總動員操兵般走了進來，都以詢問的目光盯著他們。陳成和宋楠兩人則坐在一旁的書桌前，在起草奉上給朱元璋的奏章，其他太監女侍都給虛夜月趕走了。

乾羅愕然道：「你三個傢伙要到哪裏去？」

虛夜月欣然站了起來，鼓掌道：「好啊！月兒也想出去散散心。」風行烈心中暗笑，想撇下這群痴纏的美女，看來比登天成仙還要困難。

韓柏放開風行烈，笑嘻嘻來到虛夜月身旁，環著她的小蠻腰道：「月兒霜兒乖乖在這裏陪乾老說話，我們要出去辦幾件至關重要的事，很快便回來的。」

虛夜月呆了一呆，笑吟吟地道：「甚麼事這麼要緊哩！說來給我們聽聽。」

韓柏剛要說話，卻給谷倩蓮截著道：「想聽謊話便教你的韓郎說吧！我卻想聽眞話，風郎我的好夫君，由你來說好不好？」

韓柏和戚長征使個眼色，大叫不妙。谷倩蓮這妮子江湖經驗豐富，一眼便看破風行烈受到兩人的威逼利誘。韓柏更是有口難言。

風行烈表現了少許義氣，攤手苦笑道：「眞話假話我都沒有，因爲根本不知要到哪裏去，只知與敵人的鬥爭有關。」又把這燙手的熱山芋送回給韓戚這對混賬傢伙身上。

谷姿仙忍不住「噗哧」一笑道：「姿仙亦很想聽聽有甚麼事，令三位又得匆匆出去，連嬌妻都捨得撇下不理。」

韓柏裝模作樣嘆道：「怎捨得不理你們呢，只是此行可能要鑽入地下的污水道，在藏滿老鼠的暗渠潛行，怕弄污了你們的嫩膚和美服，所以才不想帶你們去。」提起污水老鼠，眾女都聽得毛骨悚然。

虛夜月跺足嗔道：「騙人的！想去青樓鬼混才眞。」向谷倩蓮道：「蓮姊！快戳破他們的鬼話。」又向莊青霜道：「霜兒不要只懂在一旁偷笑，詩姊不在，你也有責任管這大壞人。」莊青霜嚇得收起笑容，吐出可愛的小舌頭，看得眾人爲之莞爾。

小玲瓏忽然湊到谷倩蓮耳旁，說了幾句話，然後俏臉紅紅的垂下頭去，谷倩蓮明媚的大眼睛則亮了起來，兩手插腰道：「死韓柏，快放開你摟著月兒的手，揉揉捏捏成甚麼體統，把我們的月兒都弄得糊塗了。」

各人這才知道小玲瓏看破了韓柏的陰謀，向谷倩蓮通風報信。虛夜月大窘，卻怎麼也無力推開韓柏那令她六神無主的魔手。乾羅一直含笑看著，感受著小輩間那醉人的情懷。正鬧得不可開交時，神色凝重的范良極來了。此時東廠的援兵亦來了，陳成告了罪後，領著宋楠離去。韓柏正要去找范浪極，見他自動報到，大喜過望。

范良極逕自坐到乾羅身旁，臉色稍緩，道：「你終於來了，我也放心點。」就像見著多年老朋友，事實上他們只是首次碰面。

乾羅含笑看著他，好一會才嘆道：「黑榜內能教乾某佩服的人並不多，但范兄卻是其中一個，只看你夥同韓柏翻手爲雲，覆手爲雨，連方夜羽也奈你莫何的手段，便教人深爲欽服。」

范良極毫無自得之色，斜眼看著戚長征，笑道：「又多了個不知天高地厚的小子，眞是好玩。」戚長征卻抱拳行禮，態度恭敬。

虛夜月撒嬌道：「范大哥啊！快來主持公義，韓柏要甩下人家去鬼混哩！」

范良極出奇地正經道：「來！大家坐下，先聽我說幾句話。」

眾人大感疑惑，紛紛坐下，只有金髮美人夷姬站到擠坐一椅的韓柏和虛夜月身後。

乾羅皺眉道：「只看范兄的神情，便知你說的事有點不妙。」

范良極吁出一口氣，點頭道：「的確不妙至極，殷素善和她麾下高手今晨抵達京師，女眞族的人也來了，使方夜羽的實力倍增。單以好手論，便隱然凌駕各大勢力之上。唉！可恨八派聯盟擺明會和朱元璋站在同一陣線，不會對我們施以援手，所以里赤媚才敢來找韓柏開刀。若非乾兄插手，月兒以後再不用怕你夫君會去找女人了。」

虛夜月俏臉轉白，顫聲道：「大哥！求你不要嚇人好嗎？」

范良極道：「我並不是嚇你，而是龐斑也正在來京途中，有他牽制著浪翻雲，我們便只能靠自己了。」

風行烈問道：「范大哥的消息究竟是從何而來？」

范良極道：「浪翻雲剛才到左家老巷找我，消息都是由淨念禪宗提供的，他說完後匆匆走了，卻要我點醒韓小兒一件至關緊要的事。」

眾人齊聲追問。范良極沉吟半晌，盯著韓柏道：「龐斑最遲明天便會抵達京師，他抵達後，方夜羽會在任何時刻發動他的陰謀，所以若韓小兒不能在今晚治好夢瑤的傷勢，爲她續回心脈，浪翻雲便不會等到月滿攔江之夜，將立即挑戰龐斑，以決勝負。」

在座各人，除不知就裏的夷姬外，無不色變。他們都明白浪翻雲的心意，就是他並不看好他們這一方和鬼王府的實力，與其坐看己方的人逐一被戮，不如轟轟烈烈先和龐斑決一死戰，乾淨俐落。可是假若秦夢瑤功力盡復，則鹿死誰手，便未可知。那他便情願牽制著龐斑，免得一旦戰死，大明朝便兵敗如山倒。而且誰說得定在沒有了對手後，龐斑不會出手呢？浪翻雲雖是天縱之才，可是龐斑六十年來高踞天下第一高手寶座的威望，又練成了道心種魔大法，看來贏面始終以他較大。所以提早挑戰龐斑，只是別無選擇的下下之策。

乾羅沉聲道：「若淨念禪主和鬼王肯和我聯成一線，就算沒有秦夢瑤，我們亦非沒有一拚之力吧？」

范良極嘆道：「形勢實是複雜無比，淨念禪主的身分太特別了，言靜庵仙去後，他便成了白道至高無上的象徵，若不出手，那還可隱隱牽制著龐斑，教他在擊敗禪主前不敢太放肆，若禪主出手對付方夜羽，龐斑也有藉口出手對付他，所以現在重擔子全落到韓小兒身上。」

韓柏抗議道：「范老頭，你試試再叫聲韓小兒聽聽，我便以後都不准詩兒他們認你作大哥。」眾人想笑，卻笑不出來。

范良極道：「夢瑤也有話說，著我們立即全體移居鬼王府，把力量集中起來，假若她沒有看錯，方夜羽第一個要對付的人是鬼王，鬼王一去，他們便可和藍玉及胡惟庸進行對付朱元璋的陰謀了，那定然是非常厲害。」虛夜月「啊」一聲叫了起來，臉色轉白，韓柏忙把她摟著。

戚長征插入道：「我們何不趁龐斑尚未到京，立即和大叔及鬼王全力對付方夜羽，那……」

范良極瞪他一眼道：「你想到這點，方夜羽和里赤媚會想不到嗎？這也是他們一直按兵不動的理由，告訴我，到哪裏去找他們呢？」

戚長征啞口無言。范良極也覺自己的話重了，道：「我當你是自己兄弟才這樣說話。唉！胡惟庸可能才是最可怕的人，他背後的天命教神秘莫測，半點痕跡都找不到，想想便教人心寒。」

乾羅動容道：「天命教？」

韓柏道：「乾老是否知道他們的事？」

乾羅點了點頭，嘆了一口氣後道：「這事容後再說，秦夢瑤還有些甚麼提議？」

范良極道：「她要我們還得小心應付水月大宗，這人擺明是胡惟庸和藍玉請來對付鬼王和浪翻雲的，必然非常厲害，據聞此人極端好殺，實是和里赤媚同樣危險的人物。」

戚長征冷笑道：「兵來將擋，水來土掩，我便看他們尚有何等手段。」

虛夜月衷心讚道：「老戚你比韓柏還要有膽色呢！」

戚長征吃了一驚道：「月兒千萬不要因我更有吸引力，以致移情別戀呢！」眾人終忍不住為之莞爾，氣氛輕鬆了點。

虛夜月俏臉飛紅，啐道：「死老戚，給點顏色你便開起染坊了，人家已是韓郎的人了，你當月兒水性楊花嗎？」

風行烈岔開話題道：「夢瑤小姐還有話說嗎？」

范良極道：「瑤妹的話就那麼多。」接著表情變得很古怪，道：「可是浪翻雲卻要我向眾位小妹妹轉達他一個想法，唉！眞不想說出來。」眾女大奇，忙逼他說出來。

范良極猶豫片晌，道：「浪翻雲請眾位妹子放鬆韁索，任這三頭野馬放手而爲。切忌常伴在他們身旁，尤其是韓柏，若受拘束，魔功將大幅減退，不但救不了秦夢瑤，還會自身難保，此事至關緊要，萬望諸位妹子包涵云云，就是如此。」眾女爲之愕然。

乾羅拍案嘆道：「好一個浪翻雲，只有他才可想出這妙絕天下的先天心法。剛才月兒阻止韓柏去鬼混，乾某便大感不妥，到此刻才給浪翻雲點醒。這也是爲何龐斑要離開言靜庵，浪翻雲於紀惜惜死後才能上窺劍道極致的原因。」

虛夜月和莊青霜聽得花容失色。范良極笑道：「兩位乖妹子放心，韓柏不是龐斑和浪翻雲，沒有女人他一天都活不了。」接著向戚長征和風行烈道：「你兩人小心他，這小子只要是美女便心動，切不可給他任何可乘之機。」還拿眼瞟向谷姿仙宋媚諸女。

韓柏不滿道：「范老賊，你不要離間我們兄弟間的感情，沒有人比老子更有原則的了。」

眾人轟然大笑起來，這小子竟學人講原則。

虛夜月摟上韓柏的脖子，湊到他身旁深情地道：「對不起！差點害了二哥，月兒以後都不敢了。」

這時反輪到韓柏心中不安起來，正要哄她，谷姿仙優雅一笑道：「事不宜遲，我們便放心讓我們的夫君們去大鬧京師吧！」

宋媚忍不住道：「長征你要小心點呢！」

乾羅呵呵笑道：「放心吧！我可擔保他們吉人天相，哈！里赤媚竟連續兩次都殺不死韓柏，眞想看他試第三次時又是怎麼一回事？」

范良極掏出煙管，指了指身旁的地上，兩眼一翻道：「韓柏小兒，過來跪地受教。」

韓柏怒道：「忘了我的警告嗎？」

范良極道：「我青春正盛的腦袋記性這麼好，怎會忘記，所以也記得瑤妹今晚何時何地去會你。」

韓柏一聲歡呼，抱起虛夜月，卓然起立，先向夷姬道：「你給我預備熱水，待會由你服侍我和兩位夫人共浴。」

眾女想不到他如此肆無忌憚，均俏臉霞飛，虛夜月和莊青霜則恨不得打個地洞鑽進去永遠躲著不再出來。連戚長征亦搖頭嘆息，自嘆不如。只有乾羅和范良極神色一動，知他是故意遣走夷姬。

夷姬應命去後，韓柏放下了虛夜月，正容道：「爲了不讓各位夫人誤會我們眞的出外拈花惹草，我唯有把此行目的從實說出。」當下把由在香醉舫遇到媚娘，又如何撞破她的眞正身分，詳細說了出來。最後道：「所以我才想請老戚和行烈出手助我，對付這些天命教的妖女，只是有陳成和夷姬在旁，我才有口難言呢。」連范良極都聽得目瞪口呆，更不用說誤會了韓柏的諸女。

風行烈不好意思地道：「原來如此，我還誤會了韓兄在這等兵凶戰危的時刻，仍忍不住去找女人鬼混呢？」

戚長征老臉一紅，道：「你這不是指桑罵槐嗎？」

韓柏忙道：「當然不是，風兒怎會忘記你是因我向你猛送眼色，知道事出有因，才附和我。」戚長征心生感激，乾咳一聲，來個默認。

虛夜月歉然道：「韓郎，月兒這麼不信任你，不要怪人家好嗎？我眞的以後都不敢了。」

俗倩蓮笑道：「傻月兒，你的韓郎怎會怪你呢，若你不吃醋，他反要擔心呢。」

虛夜月垂下俏臉，暗叫不妙，這次又輸給了莊青霜，待會共浴時，定要設法爭回他的歡心才成。

乾羅沉聲道：「小弟你準備怎樣對付媚娘？」

韓柏道：「這事要分兩方面進行，一方面我和長征行烈施展，嘿！那是美男計，就算征服不了這些妖女，亦務使她們不懷疑我們。另一方面則要請我們的盜王出馬，設法把那張名單偷回來，又或者根本沒有這張名單，但以天命教這麼有組織的教派，必有各類形式的卷宗或報告，使我們能找到蛛絲馬跡。」

乾羅沉吟片晌後道：「天命教那兩個護法妖女，或許仍非韓柏魔種的敵手，可是若你遇上法后，必無倖免。」

范良極訝道：「老乾你似乎對天命教非常熟悉，爲何不多透露點給我們知道？」

乾羅嘆了一口氣，露出回憶的神色，緩緩道：「四十年前，老夫曾和天命教的法后『翠袖環』單玉如有過一段交往，曾沉迷了一陣子，此女不但武功臻達天下頂尖級高手的境界，最厲害還是採補之道，所以能長春不老，她那種迷人法，未見過的連想也想不到，她若非敗於言靜庵手下，也不會銷聲匿跡四十年之久。」

韓柏呼出一口涼氣道：「那怎辦才好？」

乾羅道：「假若你能和秦夢瑤合巹雙修成功，便有希望擊敗她，道心種魔大法乃魔門最高秘術，應足可破去她的媚法。」

眾人想不到其中竟牽涉到言靜庵，亦可由此推斷出單玉如是多麼厲害，連言靜庵都殺她不死。

戚長征道：「天命教除那兩個護法妖女外，還有甚麼能人？」

乾羅道：「法后下就是四大軍師，兩文兩武，胡惟庸應該就是其中一個文軍師，那廉先生就是武軍師了。」

這時夷姬走了出來，告知一切準備妥當。韓柏伸了個懶腰，向風行烈和戚長征道：「不如兩位大哥也和姊子們洗個澡，我們才奉旨去鬼混吧！」眾女又羞又好笑，幾乎要聯手揍他一頓重的。

龐斑看著車窗外不住轉換的景色，神情靜若止水。蹄聲響起，黑僕策騎來到車旁，恭敬報告道：「仍找不到花護法的行蹤，根據她最後出現的地方，應亦是到應天府去。」龐斑嘴角飄出一絲苦澀的笑意。

黑僕道：「花護法違背了主人的命令，要不要下追殺令？」

龐斑嘆道：「追殺令？難道我真要把她殺了嗎？她若能離開韓柏，那韓柏的魔種便是假的了，這事要怪便怪老天爺吧！」黑僕愕然無語。

龐斑淡然一笑道：「解語一事交由赤媚親自處理，只要殺死韓柏，事情自會了局。」黑僕連忙應是。

龐斑精神一振道：「聽說水月大宗已到了京師，眞希望他做一兩件蠢事出來，那我便有藉口試試他號稱無敵於東瀛的水月刀了。」言罷微微一嘆，望著烏雲密佈的天空，平靜地道：「快要下雪了。」

雪粉飄飛下，年輕一代最出類拔萃的三大高手，走出變成了一個雪白世界的莫愁湖。剛轉上大街，一騎疾馳而過，向韓柏彈出一張摺成三角形的信箋。

三人同感錯愕，由戚長征接到手中後，遞給韓柏笑道：「看是哪個暗戀你的妞兒約你私會的傳書。」

韓柏罵了聲去你的。打開一看，只見上面以清秀的字體寫著：「酉戌之交，清涼古寺，不見不散。」戚長征吹起口哨來。

風行烈皺眉道：「別忘了夢瑤約了你亥時頭見，相差只一個時辰，若你赴別的約會，恐怕有點不妥當，她究竟是誰？」

韓柏苦惱地道：「盈散花。唉！她永遠只會爲我帶來煩惱。」接著迅速把盈散花的事說了一遍，道：「我愈來愈感到她的危險性，若她能回心轉意，放棄對燕王的陰謀，我會少了很多煩惱。」

戚長征嘆道：「那麼說是不能不去的了。」

韓柏撕碎信箋，舉步便走，道：「趁現在有點時間，待我把從花解語、秀色和自己領悟得來的御女秘術，說給你們參考，對你們來說，應是一聽便曉。」接著把心得一一道出。

戚長征大感興奮，不住詢問，令風行烈亦得益不淺，暗忖假如把這些手法心法用在谷姿仙三女身上，會是怎麼一番情景？又想起立即便可去付諸實行，亦不由豪興大發，決意轟轟烈烈去幹個痛快，收服那群妖女。

三人愈走愈慢，足足半個時辰才經過玄母廟，戚長征忽道：「有件事，想請韓兄你幫忙。」

韓柏哂道：「說得這麼客氣，哪像老戚的作風，有事儘管吩咐吧！」

戚長征笑道：「這位美人兒你還很熟呢！」於是簡單地把與韓慧芷的事說出來，還道：「她妹子寧芷連夢囈都叫著你的名字，若你有興趣，莫要放過她啊！這麼可愛的小妹子。」

韓柏聽得呆在當場。在韓家當僕役時，自懂人事，便一直暗戀著這美麗可人的五小姐，可是偏是她害得自己入獄，現在忽然又改過來愛上他，眞教他不知是何滋味！但無論如何，她總是自己的初戀情人。

風行烈提醒道：「長征還未說要韓柏怎樣幫你。」

戚長征若無其事道：「很簡單，老韓現在和老朱的關係這麼好，出個聲叫老朱下旨，便甚麼問題都解決了。讓我也可以晚晚享受左擁宋媚，右擁韓慧芷之樂。」

風行烈失聲道：「你要老朱怎樣寫那聖旨，難道是『奉天承運，皇帝詔曰，某君之女立即下嫁朝廷欽犯怒蛟幫叛賊戚長征』？」

韓柏搔頭道：「這關節確有點問題，但我卻相信朱元璋這大奸王必有方法解決，讓我和他商量一下。噢！到了，就是這一間。」

大門打了開來，看門的一見韓柏，喜道：「專使大人來了，老闆娘盼了你整個早上。」忙把三人請進大廳，另有人去通知媚娘。三人交換了個眼色，表示決意要大幹一場。既知道她們是何方神聖後，自然少了感情道德責任等的問題，說到底，哪個男人不是天生好色和貪新鮮的，此乃人之常情，與生俱來。環珮聲響，由遠而近。媚娘顯然刻意打扮過，華衣羅裳，梳了個燕尾髻，臉上帶著不能掩飾的狂喜，急步而來。三人亦要暗讚她演技精湛，禮貌地站起來相迎。

媚娘攝魄勾魂的眸子先落到韓柏身上，再轉到風行烈和戚長征處，「啊」的一聲捧著了酥胸，難以自持地叫道：「媚娘眞不能相信，除了專使大人外，世間竟還有像兩位般的風流人物。」

韓柏笑道：「站近點，讓我爲你引見這兩位好兄弟。」

戚長征和風行烈盯著這體態撩人的成熟艷女，暗叫妖女厲害，這天命教掌握著的確是無與倫比的武器，能兵不血刃地佔城霸地，讓那些自以爲英雄好漢的人物死了尙不知問題出自何方。當媚娘經過戚長征身旁時，這小子猿臂一伸，把她摟個結實，還未來得及抗議，朱唇早給戚長征封著了。媚娘全身抖顫起來，迷醉在戚長征強烈的男性氣息和霸道的氣勢裏。戚長征還把剛從韓柏那裏學來的秘法，運氣刺激她舌底的穴道。不片晌，媚娘纖手主動纏上他的脖子，玉掌摩擦著他的後頸，展開還擊的手段。韓柏和風行烈看得大感刺激。

長吻後，戚長征離開了她的香唇，虎目射出可令任何女子顚倒傾心的神采，露出他充滿魅力的笑容道：「不要陪你的專使大人了，來陪我戚長征吧？」

媚娘敵不住他的目光，垂頭咬著唇皮輕輕道：「奴家身屬專使大人，若他准許，奴家自是願意陪伴戚爺的！」

韓柏和風行烈交換了個眼色，均讚她對答得體，既不會得罪韓柏，也不會令戚長征失面子。

戚長征哈哈一笑，放開她道：「既忘不了你的專使大人，我不逼你了。」

韓柏向兩人使了個得意的眼色，嚷道：「春宵一刻值萬金，乖乖寶貝快帶我們進去。」

媚娘清醒了少許，嗲聲道：「艷芳和奴家那六位乖女兒，正在內廳恭候三位大爺。

戚長征道：「怎可教美人久等，快帶我們進去。」媚娘嫣然一笑，扭動腰肢，往內走去。

韓柏伸手搭著兩人肩膊，跟在後面笑道：「家花怎及野花香，兩位兄弟試過這溫柔鄉的滋味後，包管吃過再翻尋呢。」媚娘聽得跺足不依，回頭嗔望了韓柏一眼，那模樣可使任何男人只能想到一張溫暖的大床。

一女三男步入最後一進的內廳，艷芳和六女伏地迎迓。風戚兩人雖明知對方乃天命教的艷女，質素自然很高，但仍要泛起驚艷的感覺。尤其六女都有大家閨秀的氣質，尤使男人感受到能得青睞的寶貴。六女亦是眼前一亮。韓柏對女人的吸引力是不用說的了，她們雖是奉命行事，但內心確是盼望能與韓柏合體交歡，就像別的男人想得到她們一樣。對她們來說，採補乃練功的唯一法門，韓柏這種體質的男人，正是她們夢寐以求的極品。而且即使不能從韓柏身上得益，她們也心甘情願爲他獻上肉體。豈知戚長征和風行烈，一個軒昂健碩，氣概勝比楚霸王，另一個俊俏儒雅，說不盡的瀟灑風流，看得她們心如鹿撞，六神無主，連任務都差點忘了。媚娘著眾女起立，爲三人逐一介紹。七女含羞低頭，又不時向這三位俊郎君大送秋波，眉眼間春情蕩漾，嬌美動人。到這時韓柏才知道除了艷芳和兩隻美蝶兒外，其他四女分別叫彩鳳兒、紫燕兒、黃鶯兒和藍蟬兒。廳外雨雪紛飛，一片迷茫，這裏卻是四角燒紅的火炕，溫暖如春，鬢影衣香、春情滿室，更使人心頭發熱。眾女的衣衫羅裳均非常單薄，緊貼身上，令人看得心動神搖，誘人至極。

媚娘招呼三人坐到靠窗的大圓桌處，眾女喜翻了心的陪坐兩旁，殷勤伺候。艷芳依韓柏指示，坐到風行烈之旁，眾女中自然數她最是羞人答答，但也最惹人憐愛。自有美婢奉上美酒小食。媚娘向戚長征身旁的彩鳳兒和紫燕兒使了個眼色，兩女離座而去，不一會返回廳中時，彩鳳兒手上多了支玉簫，紫燕兒則抱著一面琵琶。戚長征毫不客氣，移到綠蝶兒旁，拍掌叫好。韓柏則左擁紅蝶兒、右摟媚娘，吹響了口哨，氣氛熱烈至極。風行烈輕鬆起來，一方面感受著與韓戚兩人深厚的交情，另一面也要盡情享受這種偶遇下醉生夢死的生涯。剛好艷芳正偷偷看他，豪情湧起，亦鼓掌叫好，比他兩人斯文不了多少。近朱者赤，實是至理名言，何況風行烈這次行動又得到愛妻嬌妾的首肯，更能放開懷抱。兩女來到廳心，彩鳳兒作了個幽思滿懷的表情，舉起玉簫吹奏起來，陣陣哀婉清怨的簫聲，蕩漾廳內那熱烈的空間裏。曲調淒涼，如怨如訴，如泣如慕。風行烈想起了素香和水柔晶，難以形容的傷憂襲上心頭，幾乎掉下淚來，一時意興索然，剛被挑起的少許慾火一掃而空。紫燕兒斜抱琵琶，待彩鳳兒吹奏了一節後，琤琤琮琮彈將起來。兩種樂聲合在一起，平添無限悲戚哀怨。韓柏心中大訝，爲何兩女今天奏的不是那晚般的歡樂小調，而是這等幽怨的曲子，而且完全發自眞心，沒有絲毫僞飾呢？風行烈暗自神傷魂斷時，香氣襲來，另一邊的黃鶯兒投入他懷內去，緊摟著他的腰肢，火熱的俏臉貼在他胸膛上，想到她們成了艷女後任人採摘的飄零身世，憐意大起，大手自然地撫上她的粉背，但心中則無半點要侵犯她們的打算。

媚娘這時湊到韓柏的耳旁輕輕道：「我們青樓女子，最怕對人動情，可是見到你們這三個冤家，甚麼顧忌都拋開了，眞想連小命都給了你們呢！」她這番話似眞似假，哄得韓柏心中一蕩，細看她和紅蝶兒的俏臉，都是臉孕幽怨之色，那比拋媚眼更要厲害，足可勾掉任何男人的魂魄。樂聲倏止，意卻未盡。兩女放下樂器，纖腰輕扭，走了過來，神態嬌美無比。三人暗呼厲害。這些艷女已超越了純粹以色相和肉慾勾引男人的低下層次，改而利用能觸動人類心靈的音樂和深刻的情懷，挑起他們精神上的共鳴。男女之道，變成了一種藝術和素質。可以想像那兩個護法妖女和「法后」單玉如應更是加倍地誘人遐思。

戚長征一聲長笑，放開綠蝶兒，起身迎上二女，左右環起她們僅盈一握的腰肢，笑道：「時間無多，我老戚先帶兩位可人兒到房內快樂快樂。」

韓柏笑道：「不要媚娘陪你嗎？」媚娘立時羞得埋入他懷裏去，但又忍不住向戚長征拋送一個媚眼和甜笑。

戚長征看得心癢難抑，不過回心一想，韓柏教的御女術只是剛學了理論，實行起來不知能否得心應手，這媚娘顯是眾女之首，媚功自是最深厚，還是留給韓柏去應付好了。笑道：「她摟得你這麼緊，大人捨得推開她嗎？」大笑中摟著兩女登樓去也。

風行烈懷裏的黃鶯兒微仰俏臉，吐氣如蘭道：「讓黃鶯兒爲公子侍寢好嗎？」

風行烈心中一嘆，望向艷芳，見她垂下螓首，神色帶著一種無奈和悽然，心中一動，一手拉起黃鶯兒，另一手摟著艷芳，向韓柏笑道：「小弟也失陪了。」

韓柏急道：「喂！大爺！再多帶個美人兒去好不好？」

風行烈既好笑又吃驚，謝道：「這事還是韓兄能幹一點。」追著戚長征後塵去了。

這時廳中除了媚娘和兩隻美蝶兒外，還有他尙未碰過的藍蟬兒，四女都抿嘴淺笑，快滴出水來的美眸偷盯著他。韓柏魔性大發，暗忖若不能征服這四個天命教的艷女，哪還有資格與單玉如決戰床上，先扶正了媚娘坐到他左腿上，再拍拍右腿道：「好蟬兒！來！坐在這裏。」

藍蟬兒吃了一驚，道：「大人不和我們到樓上去嗎？」

韓柏正要說話，耳內傳來范良極的聲音道：「我的淫棍大俠，至少要關上門吧！我還要在隔鄰工作啊！」

韓柏哈哈一笑，掩飾心內的尷尬，道：「全給本大人站起來，站到廳中去。」

四女笑吟吟盈盈起立，馴若羔羊地到廳心一排站好，就像等待檢閱的紅粉軍團。韓柏去把內外各門逐一關上，方便老賊頭辦事，才再回到廳內。他並非愛在大廳內行事，只是如此可保證沒有人敢闖入這內進的禁區來，使老賊頭可專心探察地道的開關和通往之處。

接著滿堂春色，要知韓柏的魔種實已鞏固壯大至可把任何媚功據爲己用的程度，媚娘等如何是敵手。而魔門講的全是弱肉強食，一旦敗北，連心靈都要被勝者徹底征服，媚娘諸女便是這等情況，身心全給韓柏俘虜了，心甘情願地任他魚肉，半點反抗的心都付諸闕如了。

韓柏用手指托起媚娘的俏臉，微笑道：「快樂嗎？」

媚娘媚眼如絲，無力地看著他，勉強點了點頭。韓柏用先前對待三女的手法，把一道魔種勁氣輸入媚娘體內，使她們覺得對方已注入眞元，免得被法后看破四女已被自己徹底收拾了。

媚娘在魔氣衝激下又再全身劇震，攀上另一次歡樂的高峰，緊摟著他道：「大人啊！媚娘以後跟著你好嗎？」

韓柏正要答話，耳旁傳來范良極的聲音道：「柏兒小心，有身分不明的人來了。」

韓柏這時亦聽到屋外院落裏的異響，忙站了起來，把媚娘放在椅上，迅速穿衣，褲子剛拉上時，「砰！」窗門無風自開，一條人影穿窗而入，往韓柏一指點來，赫然是「人妖」里赤媚。

最早上樓的是戚長征。他為人最不喜拖泥帶水，要幹就幹，比韓柏更肆無忌憚，才踏上樓梯，已用力勾摟著兩女纖腰，還故意由喉嚨發出充滿挑逗意味的笑聲。彩鳳兒和紫燕兒忙以豐滿的胴體緊貼著他，主動向他揩擦著。

戚長征自問沒有像韓柏的魔種，純憑接觸就可把這些妖女迷倒，故不得不借助先天奇功，刺激韓柏提到的催情穴位，遂藉著手按她們的腰部，緩緩施展手法，牛刀小試，邊笑道：「是否要你們做任何姿勢都可以？」

彩鳳兒舉袖掩臉，吃吃笑道：「戚爺眞壞透了。」

紫燕兒紅著臉道：「戚爺愛甚麼姿勢，我們兩姊妹全聽吩咐。」

戚長征暗叫厲害，兩女一扮害羞，一扮大膽，一唱一和，配搭起來分外令人動心。這時三人來到二樓的小廳，一道小廊，兩邊各有兩個大房間。

戚長征在紫燕兒吹彈得破的臉蛋親了一下，笑道：「不要說得這麼輕易，有些姿勢並不是那麼易擺得的。」

彩鳳兒還是首次和這麼有魅力的男人親熱，喘著道：「你教人家不就行了嗎？」扯著他進入右邊第一間房去。

幾乎剛關上門，情動難已的兩女爭著來為他寬衣。戚長征本乃青樓常客，哪還客氣。

這時風行烈和艷芳、黃鶯兒兩女亦進入對面的房間。他比戚長征斯文多了，拉著兩女坐到床沿，還想說幾句話時，黃鶯兒已把線條極美的紅唇送了上來。風行烈見她星眸半閉，心兒狂跳聲清晰可聞，全身皮膚泛起艷紅，知她雖奉命對付自己，事實卻情不自禁愛上了他，所以連媚術都施展不出來，但卻只覺她可憐。眼睛偷看那艷芳，只見她無意識地玩弄著衣角，黑漆發亮的眼珠射出茫然之色，似乎內心極爲矛盾。黃鶯兒春情勃發，兩手拚命摟著他，逗人至極。風行烈心中一嘆，硬著心腸點了她的穴道，放到床上去。

艷芳忽地聽不到黃鶯兒的聲音，俏目望來，愕然道：「公子爲何點了鶯姊的穴道？」

風行烈看著她嬌艷可比鮮花的玉容，眉宇間的無奈自憐，微微一笑道：「因爲我不知怎樣拒絕她，唯有出此下策。」

艷芳移了過來，靠著他奇道：「公子不喜歡和我們好嗎？」

風行烈苦笑道：「不是不喜歡你們，而是覺得如此便上床交歡，有種男女苟合的不舒服感覺，所以只想大家談談，你反對嗎？」

艷芳定神看了他好一會後，點頭道：「妾身明白公子的想法，但也希望公子知道，妾身之所以感到神傷魂斷，絕非怕把身體給你，只是爲了別的原因而已。」

風行烈故作驚奇道：「那是爲了甚麼原因呢？」

艷芳眼中閃過恐懼之色，垂頭咬著唇皮道：「妾身恐怕公子以後會討厭人家呢。」

風行烈知道這話半眞半假，事實上她的確對自己生出情愫，所以陷於忠於天命教和傾心於自己的矛盾裏。假設日後她的眞正身分被揭破時，她當然怕他會鄙視和厭惡她。風行烈嘆了一口氣，長身而起，來到窗前，俯覽下面園林美景，良久都沒有說話。

艷芳移到他身後，靠貼著他幽幽道：「公子在想甚麼？」

風行烈淡然道：「我正在想，人世間的仇殺爭奪爲何永無休止？千多年前，便有人提出『大道之行也，天下爲公』，所以『人不獨親其親，不獨子其子，使老有所終，壯有所用，幼有所長，鰥寡孤獨廢疾者皆有所養』。可是直到千多年後的今天，我們還是一點長進都沒有，是否人性本身眞的是醜惡的呢？」

艷芳呆了一呆道：「我倒從沒有想過這麼深奧的道理。」心中不由對這充滿正氣感的男子生出崇慕之心，只有這樣的人，才配稱英雄好漢。這時她心中充盈著高尚的情操，再無一絲縱慾之念。

就在此時，風行烈看到數條人影躍入園中，先警告了對房的戚長征，又吩咐艷芳躲到一旁，接起紅槍，搶出房外。兩人破窗而入，分由長廊盡端和另一邊的小廳殺至，竟是由蚩敵、強望生兩大凶人。對房的戚長征只夠時間穿上短褲，在兩女驚呼聲中，提刀躍往下面的院落，尚未觸地，柳搖枝和鷹飛已狂攻而至，不教他有喘息的機會。

里赤媚早立定主意，要在甄素善接觸韓柏前將他殺死。他本不贊成年憐丹和任璧去刺殺風行烈，當然不是對風行烈有好感，而是怕打草驚蛇，殺不了韓柏。年憐丹賠了夫人無功而回，還惹來了范良極，使他被迫出手，更一不做二不休，單槍匹馬在街上公然行刺韓柏，可惜遇上乾羅致功虧一簣，只奪回了紫紗妃，殺韓柏的決心卻有增無減，聽得韓柏等三人到香醉居找媚娘鬼混，哪想到別有內情，還以爲他們風流成性，忙召來鷹飛等四大高手，立即出擊，趁三人纏綿床笫時痛下殺手。千算萬算，還是少算了個范良極，不知他竟早一步潛入了香醉居，他們來時，范良極恰由地道鑽回來，及時向韓柏發出警告，不致手足無措。

韓柏見來的是里赤媚，魂飛魄散，順手舉起另一張太師椅，迎頭往里赤媚拍去。四女仍是一絲不掛，見狀大吃一驚，顧不得羞恥，往最遠的牆角躲去。里赤媚一聲冷笑，一指點在椅上。以酸枝木造成結實若鐵的太師椅立即支離破碎，拿著椅柄的韓柏悶哼一聲，往後跌退，來到范良極所在的門前處。耳內傳來范良極的聲音道：「小柏兒！引他進來。」腳尚未立穩，里赤媚一掌印至。韓柏喝道：「來得好！」單掌迎上。里赤媚一聲長笑，把掌勁提至十成，加速印去。韓柏被他的凝陰眞氣壓得差點窒息，哪敢硬接，背部運勁，「砰」的一聲撞破身後木門，正要掉進去，哪知里赤媚趁他撞門時稍慢了的剎那時間，再增速度，竟印實他肩上。幸好韓柏正在退勢，又運起捱打奇功，饒是如此，里赤媚全力一擊怎會是說笑的一回事，無可抗拒的眞勁沿掌而入，把韓柏整個人震得往後抛跌，但出奇地卻沒有噴血。里赤媚想不到他的魔功又有長進，不過此時不暇多想，只希望快些取他小命，鬼魅般追進去，凌空撲下。就在此時，勁氣橫來，一支旱煙管準確快捷地朝他的脊椎痛打下來，若給敲中，保證他下半生都要在床上度過。

風行烈見由蚩敵和強望生兩人分兩個方向撲來，雄心奮起，大喝一聲，轉身攔在廊中，紅槍似要射向由廊端持連環扣索攻來的由蚩敵。變成由後方攻去的強望生心中竊喜，手中獨腳銅人，全力往他後心搗去，暗忖這還要不了你的狗命時，風行烈的紅槍忽由左腰眼吐了回來，槍尾閃電般激射在他的銅人頭頂。狂猛的燎原眞勁由槍桿傳來，「蓬」的一聲竟硬把強望生震退了七步，風行烈眼看亦被衝得踉蹌前跌，丈二紅槍由左手在背後交到了右手處，竟抵消了大半力道，只往前跌出了兩步。由蚩敵見紅槍忽在眼前消失，想起了燎原槍法的「無槍勢」，雖大吃一驚，可是這時實在是有進無退之局，咬牙全力把扣索蹬個筆直，眼看要射中對方時，丈二紅槍像一道閃電般由風行烈右腰眼吐出，與扣索絞擊在一起。「鏘！」一聲清響。由蚩敵慘哼一聲，整個人給紅槍帶起，送出窗外，掉到下面的園林去。連風行烈都大感意外，想不到把「無槍勢」和「借勁反」兩種手法混合使用，竟可產生這麼大的威力。他亦被由蚩敵反震之力，衝得連退五步，剛好強望生再次攻來，忙施出回馬槍，先擋了迫在眉睫的一擊，然後藉勢扭身，全力使出「燎原槍法」三十擊中最凌厲的「威凌天下」，滾滾槍浪，嗤嗤氣勁，長江大河般往強望生捲去。強望生雖悍勇，可是剛才被他硬撞退了七步，又見由蚩敵被他一槍轟得跌出窗外，氣勢早洩，這時忽然槍影滿廊，哪敢硬拚，忙改攻爲守，「篤篤」之聲連串響起，強望生手臂發麻時，左肩鮮血飛濺，尙未感到痛苦，已被對方槍鋒的龐大衝力，帶得倒跌下樓梯去。兩大凶人，竟沒有機會發揮出聯擊的威力。風行烈志得意滿，神舒意暢，知道槍法在因緣巧合下，深進了一層，一聲長嘯，撞窗而出，往下面投去，援助正被鷹飛和柳搖枝殺得汗流浹背的戚長征。

戚長征沒有風行烈的幸運，一來因柳搖枝功力略高於強望生和由蚩敵兩人，更因爲鷹飛亦和他所差無幾。幸好他由韓柏教下的方法，在兩女身上得到生力軍般的元氣，狀態臻至極峰，一見勢色不對，人還在半空時，左手天兵寶刀閃電下劈，凌厲無匹地分別擊中兩人攻來的兵刃。三人交錯而過，各自落地。鷹飛和柳搖枝本欺他剛在女人身上耗用了體力，哪知此子功力有增無減，均心中駭然。此時戚長征天兵寶刀一揮，森森寒氣，狂飆怒濤般先捲向鷹飛，另外飛起一腳，朝衝來的柳搖枝小腹踢去，他看都不看帶著尖嘯，點向面門來的簫管，一出手便是與敵偕亡的招式。鷹飛離他足有七步，仍給刀氣衝得幾乎站不住腳，心中驚疑，爲何這小子比上次又厲害了，晃了晃身，雙鉤再搶攻過去。柳搖枝怎肯和戚長征同歸於盡，倏地橫移，簫管發出擾人耳目，教人摸錯方位的尖音，全力掃往對方右肩。戚長征的右腿似長了眼睛般，一縮一撐，仍朝他小腹撐去，天兵寶刀「鏘鏘」兩聲，劈中鷹飛雙鉤。他終是一足柱地，又分了一半力道精神應付柳搖枝，頓時立足不穩，往橫跌退，此消彼長下，鷹飛柳搖枝兩人攻勢大盛，狂襲而來，刀光鉤影簫嘯中，眼看小命難保，風行烈這救兵剛好天神般從天而降，一招「血戰千里」，全力攻向鷹飛。戚長征精神大振，哈哈一笑，使出左手刀法最厲害的三下殺著之一的「箭刀寒生」，立時刀光潮湧，疾如激矢般往柳搖枝射去。

范良極眼看得手，忙加重力道，疾敲下去，竟發覺敲在空處。原來里赤媚奇跡地在空中拗腰往下，由平飛變成直插，指尖觸地時，兩腳上翻，一腳正中范良極的奪命桿，另一腳朝范良極的咽喉閃電撐去。這一連串完全違反了常理的動作在彈指間完成，連范良極如此敏捷的人，都幾乎來不及應變。老賊頭本已狡猾過人，藏在門上屋角處，教里赤媚衝進來時看不到他，豈知仍是暗算不了他。「啪！」腳桿交接。范良極虎口震裂，差點連盜命桿都被踢掉，再「蓬」的一聲，范良極空著的手切中里赤媚腳尖，雖擋了這必殺的一招，卻給對方腳上傳來的大力踢得往樓頂狂撞而去。

里赤媚亦挫了一挫，才騰起身，兩腳往范良極連續踢去，不給他喘息機會，同時笑道：「哈！老范竟以爲可瞞過我嗎？」韓柏早跌實地上，見范良極性命危如累卵，兩手一按地面，炮彈般斜衝而起，一拳往追擊范良極的里赤媚攻去。范良極這時撞上樓頂，盜命桿回收先點在壁頂，化去了大半力道，才貼上樓頂，接著由樓頂翻滾往屋角，輕功之妙，教人嘆爲觀止。以里赤媚的速度，亦一腳踢空，在屋頂抽回腳時，壁頂赫然留下個深陷下去的腳印，可見這一腳所用的陰柔之力是如何驚人。

當范良極貼牆滑下時，里赤媚已凌空和韓柏交換了數招，卻和韓柏比賽速度似的多擊出了一拳，擊中韓柏肩頭。幸好這一拳用不上全力，韓柏又藉捱打奇功化去了他大半力道，加上魔種本身的抗力，但縱是如此，仍痛得齜牙咧嘴，斷線風箏般飛跌開去，壓碎了貼牆的几子。里赤媚待要乘勝追擊，范良極又橫攻而至，把他纏著。里赤媚心中狂怒，這香醉居外佈滿東廠密探，若再殺不了韓柏，唯有從速退去，竟不理對方掃來的盜命桿，硬撞往范良極懷裏，一肘往范良極胸膛搗去。范良極大吃一驚，一個倒翻，頭下腳上到了里赤媚上方，盜命桿點向對方眉心必救之處。里赤媚也不由佩服這老賊獨步天下的輕功，吹出一口眞勁，迎上對方盜命桿，一掌上拍對方天靈蓋，再化爲爪，往范良極的頭頂抓去，五指同時射出指風，封著對方閃退的路子。此時打不死的韓柏又跳了起來，旋風般撲來，完全不顧自身的安危。里赤媚心中暗喜，心想這次還不取你韓柏之命。就在這千鈞一髮的時刻，狂勁倏起，一人由後攻至。里赤媚倏地退後，後腳往來襲者撐去，「蓬！」的一聲，竟被對方硬硬的一拳封著。

由蚩敵由地上彈了起來，正要撲入戰場，助鷹飛和柳搖枝對付風戚兩人，嗤嗤聲響，只見牆頭盡是勁裝大漢，以強弩發箭朝他射來。由蚩敵嚇了一跳，長嘯一聲，拔身而起，大叫道：「小心！快撤退！」鷹飛剛被風行烈的丈二紅槍衝得跌退丈外，知道形勢不妙，亦一聲尖嘯，拔身飛退。柳搖枝和剛衝出來的強望生立即分頭逃遁，不敢稍留。這時屋內的里赤媚「咦」的一聲，閃到牆旁，避過了前後和上方的攻勢，回頭驚異地看了偷襲者一眼，才貼牆滑去，鬼魅般消失在窗外。

范良極落到地上，手肘翹高，枕到韓柏肩上，喘著氣道：「專使大人你的功夫眞窩囊，除了東歪西倒外，還有甚麼招式。」

韓柏亦雙腳發軟，看著那危急關頭及時趕來的短髯魁梧大漢，邊答道：「看來失去了童子功的侍衛長，也是雄風不再，否則怎會像人球般被里人妖在空中拋上拋下，舞來舞去。」

兩人大劫餘生，口舌上仍一點不讓，事實是兩人都拚死去救對方。

滿臉短髯的豪漢向兩人施了個官禮，肅容道：「東廠指揮使嚴無懼，參見忠勤伯和侍衛長大人。」

兩人心中恍然，原來是少林派的俗家第一高手，以他三人合擊，難怪里赤媚要立即溜走。這時風行烈和戚長征先後趕至，見兩人安然無恙，才鬆了一口氣。

范良極斜眼看著這一向行蹤神秘的東廠頭子，陰陰笑道：「嚴大人是否剛好在門外經過，聽到打鬥聲順道進來看看？」

嚴無懼笑道：「當然不是，卑職奉皇上之命，由現在這刻起，貼身保護忠勤伯，直至子時。」

范良極、韓柏兩人愕然對望一眼，朱元璋竟然如此關心秦夢瑤。

嚴無懼道：「侍衛長大人眞的神出鬼沒，卑職完全不知大人在屋內。」

范良極嘆道：「卑職也是奉命保護忠勤伯，卻沒有嚴大人那麼舒服，子時後還要繼續辛苦下去。」

嚴無懼知他在諷刺朱元璋到了子時立即過河拆橋，唯有尷尬一笑。

韓柏愕然道：「你奉了何人的命來保護我？」

范良極兩眼一翻道：「當然是我的頂頭上司專使大人你啦。」四人同時一呆，才失聲笑了起來。

衣衫不整的媚娘衝了進來，撲入韓柏懷裏，哭道：「大人沒事就好了，嚇死奴家哩！」

嚴無懼目光落到媚娘身上，露出不屑之色。韓柏等四人立知嚴無懼由朱元璋處得知媚娘乃天命教的人。看來這人才是朱元璋眞正的親信。

第六章 情天驚變

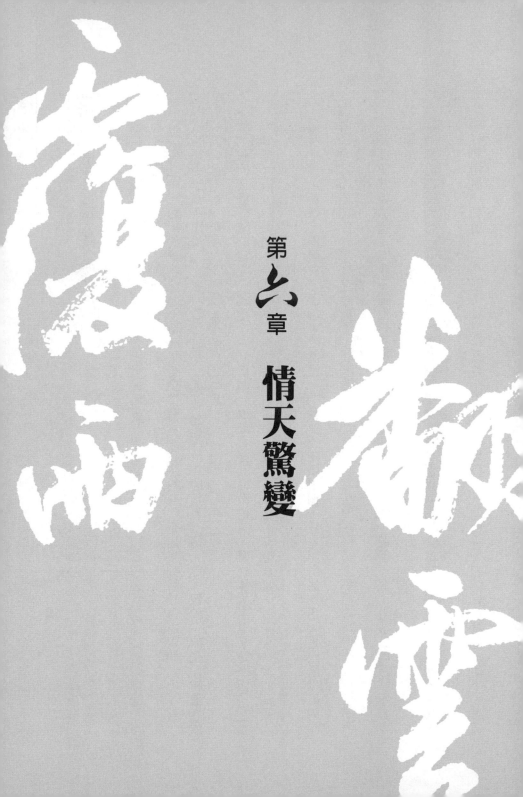

第六章　情天驚變

漫天雪花中，對街的景物茫然不清，可是仍清楚看到從那幢莊院走出來戴著斗篷的兩個人中，有一個是武當派俗家高手田桐。坐在斜對著這應是天命教總部所在的鋪裏五個人中，韓柏、戚長征和嚴無懼齊齊一怔。范良極和風行烈都不認識田桐，忙問究竟。

韓柏收回透簾外望的目光，罵道：「好老賊，原來竟是天命教的人，難怪那天對老子這麼凶了。」

嚴無懼深吸一口氣道：「想不到田桐平時道貌岸然，現在看來他若非老淫蟲，就是天命教的高級人員，眞教人想不到。」接著向戚長征道：「你也認識田桐嗎？」

戚長征神色凝重，兩眼殺氣瀰漫，冷然道：「我並不認識田桐，只是認出另外那人是敝幫以前的濟世華陀大醫師常瞿白。」

嚴無懼一震道：「他不是楞嚴的人嗎？」

戚長征語寒如冰道：「我不理他是甚麼人的人，卻知道天網恢恢，疏而不漏，看這臥底叛賊還有多少天可活。」

嚴無懼立即感到自己身分的尷尬，唯有閉嘴不言。唉！保護韓柏這幾個時辰眞是非常難捱，偏又大意不得。

風行烈劍眉一軒道：「長征切莫打草驚蛇，對付天命教只有一個機會，若給對方驚覺，便不知怎樣可再找到他們了。」

范良極嘿然笑道：「狡兔三窟，天命教自明朝開國以來便在這裏培植勢力，地道應不止一條，巢穴更不知有多少個。幸好即使我們不找單玉如，她也會出來尋情郎。」接著對嚴無懼道：「你最好裝作完全不知此事，若砸了整個計劃，大人應該知道後果多麼嚴重。」

嚴無懼淡淡一笑道：「皇上早有吩咐，教我配合你們，若有用得著本使的地方，隨便吩咐吧！」

韓柏喜道：「若我請大人不要跟屁蟲般直跟著我到今夜子時，你會不會配合配合呢？」

嚴無懼苦笑道：「這項是唯一例外，請忠勤伯萬勿見怪。」

韓柏苦著臉看了左右兩檯坐著的十八名東廠高手，暗裏踢了范良極一腳，教他想辦法。口中道：「現在應到哪裏去好呢？」

戚長征站了起來道：「有老嚴陪忠勤伯，小弟已屬多餘，正好趁這機會辦辦私事。」眾人愕然望向他。

風行烈道：「戚兄要不要風某在旁做個跑腿？」

戚長征哈哈一笑道：「心領了！這件事小弟一人便成，各位請了。」大步由後門溜掉了。

范良極想起雲清，兩眼一轉道：「嘿！我也有點私事要辦，忠勤伯好好陪嚴大人聊天吧！」

風行烈亦慌忙起立，道：「風某失陪了，我這就到左家老巷打個轉，請了！」追在范良極背後去了。剩下韓柏呆在當場，暗罵三人沒有義氣。

嚴無懼毫無尷尬或不好意思的神色，低聲道：「此處不宜久留，我們……」

韓柏嘆了一口氣道：「說得好！我也累了，想回鬼王府睡一覺。」

嚴無懼愕然道：「鬼王府？」

韓柏長身而起，忍著笑道：「當然是鬼王府，難道是沒有半個美女的莫愁湖嗎？」

哼！讓你這老小子做個守門將軍也好，待會有鬼王幫忙，自能甩掉你們，否則如何去與盈散花相會？

戚長征依著地址，冒著雪花來到宋家大宅的高牆外，正想著如何混進去見韓慧芷，一輛馬車在數十名東廠侍衛護隨下，由長街緩緩開來。眼看要進入門內，有人掀簾叫道：「長征！」

戚長征聞聲看去，竟然是宋楠，這時才想起他也姓宋，難道與宋翔是親戚關係？韓夫人正是要把韓慧芷許配給宋翔的四公子，怎麼這麼湊巧。馬車停了下來。戚長征舉步迎去。

車旁的廠衛頭目道：「街上談話不方便，兩位爺們先進去再說。」

戚長征求之不得，忙坐進車裏往院內去，下車時，已扼要告訴了宋楠整件事，亦知道宋楠的父親是宋翔的遠房兄弟，所以禮貌上要到宋府打個招呼。宋翔早得宮內的人傳遞了消息，得知這遠房姪子是這麼有面子，領著四位公子降階出迎，使宋楠受寵若驚。戚長征特別留心那四公子宋玉，生得一表人才，有若玉樹臨風，一看便知是書香世代的飽學之士，和韓慧芷比自己更登對，不由一陣不舒服，難怪韓夫人這麼想把女兒許配給他。只希望尚未成事就好了，否則這類有關家聲婚諾的事，想改變將會是非常困難的一回事。

宋翔和宋楠客氣過後，詢問的眼光落到戚長征身上。

宋楠引介道：「這位戚兄見義勇爲，一直保護小姪上京，有如小姪的兄弟。」

宋翔並不清楚宋楠此次上京的原因，這時才知道內情大不簡單，又見有大批廠衛前呼後擁，不敢深究，忙請兩人入內。那些廠衛派了四人跟隨入屋內，其他人守在屋外。到了大廳，分別落座。自有下人送上香茗果點。閒聊了幾句後，那宋玉請罪退去。

宋楠乘機問道：「四弟一表人才，不知成了家沒有？」

大公子宋果笑道：「楠兄問得好，近日我們家中來了貴客，乃江南航運鉅子韓天德和他的妻妾子女，奉召來京當官，暫居這裏。」

宋楠望了臉色發青的戚長征一眼，心知不妙，追問道：「這事和四弟的婚姻有何關係？」

二公子宋政答道：「當然大有關係，韓家二千金慧芷麗質天生，四弟一見鍾情，幸好原來韓翁夫婦亦有此意，不過萬事俱備，只奈東風無意，好在四弟連續三天書紙寄情，終於打動了韓二小姐的芳心，答應委身下嫁，已定了待韓翁正式拜官後，便即舉行婚禮，楠兄剛趕及喝這杯喜酒。」

戚長征聽得全身冰冷，尤其「打動芳心」一句，更使他如遭雷擊，差點呻吟起來。宋楠望也不敢望向他，還要說些祝頌之詞，心裏卻陪著他一起難堪。

戚長征忽地站了起來，神色如常道：「各位久別重逢，必有訴之不盡的離情，戚某順便四處巡巡，以保宋兄安全。」宋翔也想詢問宋楠有關此次來京的事，恨不得他離去，自不挽留。

戚長征離開大廳後，依著宋玉離開的方向，一番閃騰，不片刻便找到令他牽腸掛肚的韓慧芷，正與宋玉兩人在後園一座小樓內喁喁細話。

他躲在一棵可平視二樓的樹上，只聽宋玉道：「說到情景交融，王觀的『水是眼波橫，山是眉峰聚。欲問行人去那邊？眉眼盈盈處。』這的確是既寫江水美人，亦寫離情別恨的千古絕句。」

韓慧芷嘆道：「後面那『才是送春歸，又送君歸去。』寫春色又寫惜別，更是妙絕。」

宋玉沉吟半晌道：「慧芷小姐，爲何宋玉總覺你有點心事？」

韓慧芷抬起俏臉，與他目光一觸，立時分不開來，纏結不開。外面的戚長征看得如被人當胸打了一拳，暗叫罷了！看情形韓慧芷並非因拗不過父母，才答應婚事，而是眞的和宋玉生出感情。心中湧起自卑自憐之意，想自己一介武夫，怎配得起她。一咬牙，傳音過去道：「慧芷，我是戚長征，不要張望。」

韓慧芷嬌軀劇震，立時臉白如紙。

宋玉大吃一驚，抓著她香肩，叫道：「慧芷小姐是否不舒服哩？」

韓慧芷強作鎭定，道：「只是女兒家的小問題，宋兄可否讓慧芷獨自一人休息半晌。」輕輕掙開了他的手。

宋玉一番慰問後，無奈依依離去。戚長征乘機掠入樓裏，冷冷看著韓慧芷。韓慧芷並沒有撲入他懷裏，像個做錯了事的孩子，垂下頭去，不住顫抖。

戚長征淡淡道：「你是否心甘情願嫁給這四公子？」

韓慧芷抬起梨花帶雨的俏臉，悽然道：「長征！我……」

戚長征終是非凡人物，回復了不羈本色，微微一笑道：「我明白你的心情，這宋家四公子和慧芷你實是天生一對，忘記了老戚吧！我的生活方式和小姐你太不相同了，而且必然得不到你爹娘的同意，算了吧！就當甚麼事情都沒有發生過。老戚衷心希望小姐幸福一生，多生幾個白白胖胖的好娃兒。」

韓慧芷的心似被血淋淋的裂作了兩半，說到吸引力，宋玉實遜於戚長征，可是宋玉卻是能與她心靈交融的知己，兼且在父母的壓力下，她亦不忍再使他們受到寧芷後另一次打擊和傷害。又以爲戚長征早命喪洞庭，才迷迷糊糊的答應了婚事。她本以爲戚長征定會責她水性楊花，朝秦暮楚，豈知原來對方有如此氣度，更是爲之魂斷心碎，悲呼道：「長征！聽慧芷說幾句話好嗎？」

戚長征內蘊寸寸血淚，哂道：「事已至此，爲何還要糾纏不清，這豈是老戚的風格。由今天開始，我們各走各的路，兩不相干，由我離開這小樓起，我戚長征向天立誓，以後都不會再煩擾小姐，請了！」

韓慧芷駭然道：「長征！」

人影一閃，戚長征去得無影無蹤。韓慧芷一聲悲呼，哭倒地上。

浪翻雲和秦夢瑤對坐靜室裏，四掌相抵。秦夢瑤俏臉閃動著聖潔的光輝，儼如普渡眾生的觀音大士。浪翻雲不住把先天眞氣，緩緩注入她的經脈裏，增援她接連心脈的玄氣。良久後，四掌分開。

秦夢瑤張開澄明清澈的秀眸，微微一笑道：「幸好有禪主和大哥先後力助夢瑤，否則能否捱到今夜子時，夢瑤也沒有把握。」

浪翻雲鬆了一口氣道：「若非夢瑤體內精氣至眞至純，無論我們怎樣努力，恐仍於事無補。」

在屋外護法的了盡禪主此時走了進來，在兩人身側盤膝趺坐，悠然一笑道：「鷹緣活佛自見過韓柏後，便進入深禪境界。若了盡猜得不錯，他正以無上玄功，召喚龐斑前去相會呢。」

浪翻雲頷首嘆道：「禪功佛法到了鷹緣的境界，根本和武道之至極全無分別，可見不論何法，臻至最高境界和層次時，均可豁然相通。」

秦夢瑤淡然一笑道：「大哥說得好，由武入道，又或由禪入道，其理一也，活佛不循乃父途徑，自闢新天地，可見他乃大智大慧，一身傲骨的超凡之士，夢瑤眞想見他一面呢。」

浪翻雲輕責道：「夢瑤現在除了韓柏外，實不宜想及任何其他人事。」

秦夢瑤兩泓秋水般的美眸掠過深不可測的清湛神采，抿嘴一笑道：「夢瑤現在似若不著半點世塵，虛若晴空，甚麼都留不下，染不著，如何是好呢？」

浪翻雲和了盡禪主對望一眼，均擔心起來。爲了接脈續命，秦夢瑤這些天來勵志修行，禪功道境突飛猛進，更勝從前，可是有利亦有害，對與韓柏的相戀卻有「不良」影響。

了盡禪主嘆道：「老衲眞怕韓柏破不了夢瑤的劍心通明。」

浪翻雲含笑道：「放心吧！夢瑤在不斷進步，他也不閒著，到時必有連場好戲，浪某能爲這魔道最高層次的決戰作護法，實深感榮幸。」

了盡道：「昔年師姊爲了天下，亦存了不惜獻身龐斑，作爲衛道降魔，現在夢瑤把身體交給韓柏，便當是賞他的報酬好了。」

秦夢瑤輕搖螓首，柔聲道：「禪主對夢瑤破身一事，始終不能釋懷，可是現在夢瑤的感覺卻是很好，非常好！自入道修練以來，從未如此拋開一切，無憂忘慮哩！」

了盡失笑道：「夢瑤責得好，老衲實在著相了，又或始終覺得魔種來自魔門秘術，不肯相信眞可由魔入道。說到底，魔種道胎的結合，會生出甚麼後果，現在根本沒有人知道。」

浪翻雲微笑道：「那也是最吸引人的地方嘛。」

秦夢瑤美眸亮了起來，射出無盡嚮往之色，輕輕道：「夢瑤眞的很想知道哩！」

韓柏抵達月榭時，榭內只有鬼王和七夫人。七夫人于撫雲見到韓柏，美目立時爆起異采，霞生雙頰，垂下頭去。

鬼王欣然招呼韓柏坐到另一側去，笑道：「他們都到了內府打坐休息，若要找月兒霜兒和你的金髮美人，可到月兒的月樓去。」

韓柏偷看了七夫人一眼，見她咬著朱唇，顯是正「苦待」著自己，怎敢這就去找月兒等人，順口問道：「岳丈大人，你看夷姬會不會是燕王派來的間諜呢？」

鬼王爽快搖頭道：「應該瞞不過我的眼睛，而且此女確是最近才獻給燕王，燕王那晚亦是初次見她，所以儘可放心。」

韓柏放下橫在心頭的尖刺，很想向他再說盈散花與燕王的事，但又怕他通知燕王，把盈散花殺掉，猶豫間，早給鬼王察覺，皺眉道：「賢婿爲何欲言又止？」

韓柏吃了一驚，轉到另一問題上道：「岳丈大人法眼如此厲害，爲何府中仍有內奸，使朱元璋對府內很多事情都能瞭若指掌呢？」

這問題上接夷姬一事，連鬼王都給他瞞過，微笑道：「何人充作朱元璋耳目，怎能瞞得過我，其中數人更是我特別安排，好讓元璋知道我想他知道的事，賢婿可以放心。」韓柏暗呼厲害。

鬼王問起媚娘的事，韓柏如實托出，當說到里赤媚再次來襲，幸得嚴無懼援手，鬼王笑著看他，搖頭嘆道：「你這小子眞的福大命大，里赤媚連續三次出手，都殺你不死，會使他對虛某的相人之術深感無奈！對他的信心亦造成致命的打擊，等於幫了我一個大忙。只要我好好利用他心靈這道缺口，定能一舉將他收拾。」

韓柏忍不住問道：「岳丈大人有些鬼神莫測之機，是否對戰果早已未卜先知呢？」

虛若無露出個高深莫測的曖昧笑容，道：「月兒早向我問過這問題，想知道我怎樣答她，你直接問她好了。」

韓柏偷看七夫人，她一雙手不耐煩地玩弄著衣角，亦正偷眼瞟來，一觸下兩人同時一震。

虛若無見狀笑道：「撫雲先回琉璃屋，待會韓柏去找你好了，我還要和他說幾句話。」

于撫雲欣然起立，帶著一陣香風經過韓柏身旁，臨出榭前，回眸看到韓柏盯著她的背影，嫣然一笑，這才去了，看得韓柏心都癢了起來。

鬼王沉吟半晌，道：「你好友風行烈的夫人雙修公主，和浪翻雲亡妻紀惜惜長得有七、八分相像，眞是異數。」

韓柏一呆道：「這事我還是第一次聽聞。」

鬼王道：「浪翻雲自娶了紀惜惜後，便隱居在洞庭湖旁一條風景優美的小村裏，度過了三年只羨鴛鴦不羨仙的生活，所以見過紀惜惜的人並不多。你最好提醒風行烈，切莫讓谷姿仙被朱元璋見到，否則恐怕會生出不測之禍。」

韓柏心中一震，想起朱元璋因得不到紀惜惜深感遺憾，連忙點頭。

鬼王又道：「你雖輕易征服媚娘等艷女，但切勿生出輕敵之心，單玉如和那兩個護法妖女，均有數十年的媚功修養，兼之武功高強，又精擅魔門『弄虛作假』之道，如沒有看穿她們僞裝的把握，眞個不容易應付。好了！去會撫雲吧！虛某還是首次看到她這種小女兒的情態，心中著實高興呢。」

韓柏心中一懍，猶有餘悸道：「小婿眞不明白，爲何我直至和媚娘歡好，駕馭了她們後，仍是因心中早有成見，才能勉強察覺出她們身懷絕技呢。」

鬼王的臉色變得出奇地凝重道：「這就是她們的『弄虛作假』，乃媚術的最高心法。功力高者，沒有人能不被她們騙倒。所以能『化身千萬』，潛伏各處，完全不會被人識破，若非賢婿機緣巧合，亦勘不破媚娘等的眞正身分。所以我特別提醒了月兒她們，教她們絕不可透露有關媚娘的事與任何人知道，特別是女人。」

韓柏深吸一口氣道：「我現在才明白爲何天命教可潛伏京師多年都沒有給人抓到把柄，只看媚娘等便清楚。可是岳丈精通相人之術，仍看不穿她們嗎？」

虛若無嘆了一口氣道：「此正是媚術最厲害的地方，就像你的魔種，可以變化出各種動人的氣質，教人難以啓疑。相學乃一種秘術，媚功則是另一種秘術，而且天性又可克制相學，所以縱使對方功力遠遜於我，仍有可能把我瞞過，其中道理確玄妙至極。否則天命教早被我連根拔起。」

韓柏吃了一驚道：「那豈非京師任何美女，都可能是天命教的人，那怎辦才好？」

虛若無微微一笑道：「現在賢婿憑著魔功，已可透過與她們的接觸，察覺到她們的媚功妖氛，此本領極端重要，你可能是唯一可識破她們僞裝的人，要好好利用了。快去吧！撫雲等得定是很心焦了。」

風行烈與范良極分道揚鑣後，漫無目的般在街上溜逛著，似乎又回到了認識靳冰雲前那段獨往獨來的日子裏。不知是否因靳冰雲的關係，他對女性生出了一種抗拒，若非谷倩蓮爲他不惜犧牲一切，情深義重，怕亦不能打開他緊閉的心扉。而情火開始點燃後，加上體內匯聚的三氣，他有點不克自持地先後戀上了白素香和谷姿仙，與她們結爲夫妻。白素香之死對他的打擊比厲若海求仁得仁的光榮戰死，更是嚴重。小玲瓏是一種補償。而他已心滿意足，再不作他求。

他與戚長征和韓柏雖同是英雄之輩，但性格卻很不相似。戚長征乃慷慨激昂的豪士。今朝有酒今朝醉，不大理世俗觀念，我行我素、放浪不羈，視男女之防有若遊戲，與女人歡好就若呼吸吃飯般自然而然。韓柏則是另一類型，在他的天地裏只有愛而沒有恨，就算對敵人他也大方得很，充滿了異想天開的主意念頭。他要追求的是生命美好的一面，而對他來說，那只能在美麗的愛情裏求得。他既重舊情亦貪新鮮，兼之身具魔種，使他變成浪漫多情的人。偏又是這種性格，使美女們一給他纏上，便情難自禁，被他迷得死心塌地。這小子在一般事情上沒有甚麼原則，全憑心之所好，恣意而爲。但他絕非貪色誤事的人，在重大的事情上，總能穩守不移，堅持目標和理想，不怕犧牲，令人激賞。

風行烈對這兩位好友最欣賞的地方，正是他們的「眞」。大部分人都多多少少口說一套，做又是另一套！但韓戚兩人卻絕對言行相副，所以有時說出來的話頗爲驚世駭俗，只因他們不會以美麗的謊言，掩飾自己眞正的意圖罷了。初到媚娘的香醉居時，風行烈本亦有意荒唐一番。但終不能像他們兩人般與尚未發展到互愛相親階段的女子苟合。他並非滿口道德禮教之士，亦不會認爲韓戚兩人不對，根本男女間事乃人之常情，只要沒有強迫的成分，便沒有絕對的「對與錯」。

正想得入神時，耳內有傳音道：「風施主！可否過來一見？」風行烈嚇了一跳，這悅耳的女聲爲何這般耳熟，環目四顧，終於看到睽違已久，當日被龐斑重創後，由廣渡大師送去讓她照顧了一段日子的玄靜尼。她赤足在左旁一所寺廟的入門處，手持佛珠，寶相莊嚴，清麗出塵如昔，一點不變，就像重演那山雨迷茫的當日送別的一幕，只不過山雨換上了雪花，灑在她的光頭和粗布做的灰色尼衣上。吸引了風行烈的目光後，她轉身走進寺內去。風行烈心中一熱，追了進去，穿過無人的殿堂，在白雪皚皚的後園方亭裏，找到了她。玄靜尼低宣佛號，和他對坐亭心的石桌兩旁。

風行烈大訝道：「玄靜師父爲何會離開空山隱庵，踏足到這滾滾紅塵的京華之地？」

玄靜尼數珠唸佛的手停了下來，眼觀鼻、鼻觀心，恬然道：「風施主尚未知道貧尼主持的空山隱庵乃慈航靜齋分出來的旁枝，才會對貧尼忽然履足應天，感到驚異。」

風行烈這才明白，難怪當日廣渡會把自己送到那裏去。想起玄靜尼那種保持著距離卻又悉心關懷，無微不至地照顧著他的恩情，心中湧起感激，忙出言道謝。

玄靜尼容顏素淨、恬寧無波，清澈的眼神凝視著他，悠然道：「有因必有緣，風施主勿著相了。」

風行烈微笑道：「玄靜師父說得好，有因必有緣，有緣當有因，今日師父遇到在下，自非偶然的事，不知是何因何緣呢？」

玄靜尼垂下目光，單掌作出法印，低宣道：「五塵障成作之智，六思蔽妙觀之境；往來火宅無安，漂流苦海何極。」

風行烈盯著她清麗樸素，不染半點人世華彩的容顏，訝道：「爲何在下感到師父禪心裏隱有不安和痛苦呢？」

玄靜尼仰起俏臉，嘴角飄出一絲安詳的笑意，悠然道：「罪過罪過，貧尼竟忍不住向施主吐露心聲，使施主因貧尼的孽障心生困惑。阿彌陀佛。」言罷眼神投向雪花紛紛的園裏，神色一片平靜，但又似帶著淡淡的悽然。

風行烈心中一震，難道這拋棄塵世的方外美女，竟愛上了自己，那眞是罪過了，一時間說不出話來。

玄靜尼輕柔地道：「眞心不動，則是光明，一經妄動，即生諸苦；不動時，無所謂見，一經妄動，便生妄見。」幽幽一嘆，別過俏臉，凝眸看著風行烈、靜若止水緩緩道：「世間諸相，無非幻象，惜吾等夢夢不覺耳。妄心一動，境界妄現，即起分辨之心，故有愛憎苦樂之別。愛則生樂、憎則生苦，念念追逐，慾慾驅迫，無有窮時。既生苦樂，便有執著，或困於苦境不脫，或耽於樂境不捨，施主能體會貧尼的心意嗎？」

風行烈心頭劇震，終於知道這美麗的女尼眞的對自己動了情，天啊！怎辦才好呢？若換了是韓柏，哪管對方是否出家之人，可是風行烈卻感到罪孽深重，充滿壞了人家修行的歉疚。

玄靜尼露出一個淒美的笑容，幽幽道：「業相既起，境界為緣，業起緣生，重重束縛，何有自在。貧尼此次發下宏願，下山來尋施主，就是要對症下藥，針治妄念，破除我執。」接著垂頭道：「施主當日不理貧尼勸阻，逞強離去，貧尼竟因此捏斷佛串，貧尼便知墜入情障，生出妄念。此後雖加勤功課，絕食七天，可是顛倒妄執，卻仍有增無減，才知解鈴還須繫鈴人，於是下山尋來，終於見到風施主。孽障孽障！」

風行烈目瞪口呆看著她，但心中卻不但沒有絲毫看她不起之意，反因她高尚的情操生出景仰。她對自己的愛，令人感到是一種超越了慾念或佔有的愛戀，完全發自眞心，沒有絲毫僞飾，心中憐意大起，柔聲道：「師父想在下怎麼辦呢？」

玄靜尼仰起俏臉，露出一個深情甜美的笑容，平靜地道：「眼耳鼻舌身意、色聲香味觸法，謂之六根六塵，因人而在，因在而生出世間諸般幻象。玄靜今日此來，並非要求施主憐惜愛寵，而是要見施主一面，把心中愛戀之思，徹底抖淨。今日一會，貧尼即重返空山隱庵，永不出世。行烈明白玄靜的意思嗎？」風行烈心中一陣激動，用力點頭。

玄靜尼俏臉泛起神聖的光輝，美目閃耀著奪人神魂的采芒，盈盈起立，走出亭外，任由雨雪再飄到她身上。風行烈湧起衝動，追了出去，叫道：「師父。」玄靜尼停了下來，緩緩轉身，走了回來，當嬌軀抵上風行烈時，深情溫柔地輕輕一觸，吻了他的唇，低頭淺笑，緩緩轉身，輕移玉步，瞬即遠去，沒入雨雪交融白茫茫的深遠裏，雪地上被她赤足踏出來的印跡，轉眼被新雪蓋掉。

戚長征找了間僻靜的小酒鋪，先付了只有多沒有少的酒資，獨據一桌，看著外面雪雨瀰漫的世界，一杯杯苦酒灌入喉嚨裏去。他很想笑笑，無奈滿腹辛酸過於濃重，無法笑得出來。自出生以來，他還是首次慘嚐失戀的滋味，剛才對著韓慧芷說氣話時，他還能擺出不在乎的姿態，其實只是在心裏吞嚥著淚。酒入愁腸，那種胸口被重壓堵塞的感覺，更是難過得幾乎要了他的命！我是不是比不上宋玉呢？爲何他輕易便可將韓慧芷奪去？想到這裏，不禁暗恨起韓慧芷來。好！我老戚爲她再多喝三杯後，以後便把她徹底忘記，以後她走她的陽關道，我過我的獨木橋。可是三杯下肚，忍不住又繼續喝下去，早忘了先前自己立下的決心。

忽然一個脆響悅耳的女子聲音在旁道：「這位兄台衣衫單薄，如此狂喝，不怕傷了身體嗎？」

戚長征勉力睁開醉眼，模糊間身旁出現了幾條影子，其中一人身材窈窕，似乎就是那出言的女子，便揮手道：「傷便傷吧！不要你們理。」心中湧起一陣淒苦，腳步踉蹌，奔出店外，走了十多步，一腳踏空，仆倒雪地上。

隱約中聽那女子道：「救人一命，勝造七級浮屠，找輛馬車來，先送他回道場去，我辦妥事後，才回來看他。」接著被人扶了起來，他正要拒絕，一陣天旋地轉，已不省人事。

韓柏離開月榭，正要去找七夫人，前面出現了一位美女，只看她玉步輕移，嬝娜動人的美姿，便認得是白芳華。想起昨晚她叫自己莫要管她的事，以他這麼不記仇的人，仍要心中有氣，忙閃入道旁的園林去，才走了十多步，白芳華的嬌喝在後方叱道：「韓柏！給芳華站著。」韓柏攤開雙手，擺了個無奈的姿勢，轉過身來。

白芳華臉罩寒霜，來到他身前，怒道：「芳華那麼討你厭嗎？一見人家來便要避道而走？」

韓柏一向吃軟不吃硬，冷言回敬道：「白小姐想我怎樣對待你呢？既不准我管你的事，我避開又不獲批准，究竟要怎樣才可令你滿意。」

白芳華兩眼一紅，跺腳道：「好了好了！甚麼錯都錯在芳華身上，你走吧！以後都不用你管了。」

韓柏大感頭痛，她既決定了不離開燕王棣，還來找他作甚？搖頭苦笑道：「記著！是你叫我走，叫我不要管你，不要下次又忘記了。」

白芳華氣得差點給他再來一巴掌，掩面痛哭道：「我恨你，我恨你，我恨死你！」

韓柏哪見得女人眼淚，立即無條件投降。踏前三步，展開雙臂，把她摟入懷裏。白芳華象徵式地掙扎了幾下，便伏入他懷裏委屈地哭成了個淚人兒。哭得韓柏心都痛了，又逗又哄，才勉強令她止著了眼淚，摟到一旁的小亭內緊挨著擁坐一起。韓柏升起一種奇異的感覺，覺得這次接觸，比之以往任何一次更刺激熱辣，使他心顫神動，體溫騰升，心跳加劇。只恨不能立即與她融化爲一體。

白芳華變得溫婉嬌痴，無限柔情道：「都是芳華不好，害得專使大人這麼氣惱。」

韓柏被她一聲「專使大人」叫得魂魄不全，在她臉蛋親了一口道：「好姊姊！離開燕王吧！他根本不尊重你，充其量姊姊不過是他另一件用具而已！」

白芳華輕輕道：「離開了他又怎樣呢？」

韓柏一手捏著她的下頷，仰起她的俏臉，逼她看著自己，大喜道：「當然是嫁給我哩！我包管你會幸福快樂。」

白芳華俏臉霞飛，羞喜交集，但又黯然搖首道：「你想得太簡單了，你見燕王肯送你金髮美人，以爲他對女人大方得很，那就完全錯了。若我改從了你，他必然會懷恨在心，想辦法報復。」

韓柏聽得吁出一口涼氣，這才明白京官們爲何這麼怕燕王登上帝位。想起這傢伙連老爹都要宰，還有甚麼事做不出來。燕王找人殺他，雖說是爲了他的大局著想，但亦隱然含有對他的恨意，說不定便因白芳華愛上自己而引起的。如此說來，白芳華不跟自己，可能只是不想他受到傷害，完全是他錯怪了她。憐意大起，先來了一個火辣熱烈的長吻，才看著面紅耳赤，雙目充滿情慾慾火的白芳華道：「哼！別人怕他燕王棣，我才不怕他！而且他一天做不成皇帝，便一天不會和我翻臉，嘻！說不定我有方法教他自動把白小姐送給『浪子』韓柏哩！」

白芳華聽到他充滿男子豪氣的情話，更加迷醉，情深款款道：「韓郎啊！芳華這幾晚片刻都沒有睡過，因爲一闔眼便見到你，人家幾乎苦死了。幸好現在有了你這番話，芳華縱然死了也甘願。」韓柏湧起不祥的感覺，責道：「不准你再提『死』這個字。」

白芳華千依百順地點頭，回吻了他一口道：「芳華領命。」

韓柏嗅著她熟悉的體香，色心又起，俯鼻到她敞開的領口，邊向內裏窺視，同時大力嗅了幾口，一本正經地道：「那以後白小姐是否全聽我的話呢？」

白芳華對他充滿侵略性的初步行動擺出欣然順受的嬌姿，含羞點了點頭。

韓柏喜出望外，這個似是有緣無分的美女，忽然間又成爲他房中之物，還發生得如此突然，如此戲劇化，心中一熱，把她拉了起來道：「隨我來！」

白芳華大力把他反拉著，垂頭悽然道：「韓郎啊！若這樣就背叛燕王、芳華會覺得很不安的。」

韓柏像給一盤冷水照頭澆下。不是已答應了全聽從我韓某人的話嗎？爲何心中還想著燕王，怕他不高興？

白芳華見他臉色一變，大吃一驚，撲上去縱體入懷，歉然道：「韓郎千萬不要生氣，芳華再不敢說這樣的話了。」

韓柏想不到她可以頓時變得比朝霞柔柔更馴服，哪還可以惱得來，抱緊她道：「好吧！待你再沒有半點心事後，才和我好吧。」

白芳華幽幽一嘆道：「韓郎你不要輕諾寡言，剛才你說過有方法教燕王自動把我給你，不要說過便忘記了。」

韓柏暗暗叫苦，剛才衝口而出的豪言壯語，其實主要是爲了安她的心，完全沒有具體的計劃，而且燕王棣如此厲害精明，他韓柏哪有資格擺佈他。

白芳華見狀駭然道：「難道你只是說來玩玩的嗎？」

韓柏硬著頭皮道：「當然不是。」怕她追問，岔開話題道：「那盈散花和燕王間有甚麼新發展，上過床沒有？」

白芳華沉吟片晌，道：「應該還沒有，否則燕王不會於明晚特別在燕王府設宴款待她。」

韓柏鬆了一口氣，暗忖待會怎麼也要見她一面，弄清楚她何苦不惜獻身給燕王棣。

白芳華奇怪地瞧著他道：「你和盈散花究竟是甚麼關係？」

給她看穿了，韓柏尷尬道：「總之沒有肉體關係，就像和白小姐那樣。」

白芳華嬌哼著白他一眼道：「但卻是有男女私情啦！花心鬼！」

韓柏想不到她會吃起醋來，大喜道：「好姊姊眞的下了決心從我了，所以才露出眞情來。哈！原來白小姐這麼凶的。」

白芳華赧然道：「芳華以後都以眞心待韓郎好嗎？」

韓柏笑道：「算你還有點良心吧！原來一直在騙我，眞正的白芳華原來其實是這麼乖的。」

白芳華似感到和這風流浪子調足一世情都不會有半點沉悶，喜道：「知道就好了，看你以後還會不會避開人家。」

韓柏幾乎以爲她是虛夜月扮的，這麼小心眼兒，失聲道：「和我算賬嗎？那你欠我的賬韓某人找誰算？」

兩人對望一眼，忍不住笑作一團。所有怨恨立時不翼而飛。四片嘴唇又纏綿起來，白芳華的體溫不住高升，還劇烈扭動著，顯然抵不住韓柏催情的魔氣，像吃了媚藥般動情起來。韓柏亦是慾火焚身，難以遏抑，心中大奇，以往他每逢湧起情火時，人只會變得更靈澈，更清醒，爲何這次卻像有點不克自持呢？究竟是自己魔功減退，還是白芳華特別有誘惑力呢？難道她比虛夜月和莊青霜更厲害嗎？

白芳華開始發出動人魂魄的嬌吟。腦際似「蓬」的一聲，韓柏整個人都燃燒起來，體內魔氣似若脫韁野馬，隨處亂竄，嚇了一跳，忙運起無想十式中的「止念」，回復神朗清明，心中一懍，立即表面仍裝出全力以赴的急色姿態，兩手乘機輸入勾魂的魔氣，同時暗察她體內眞氣運行的情況。心中的寒意不住轉濃，同時記起了鬼王剛說過了的一番話。對方眞氣流動的情況，儼然竟和媚娘的媚功大同小異，但卻是強勝百倍。此刻他已可肯定白芳華假若不是天命教的「法后」單玉如本人，必是兩位護法妖女的其中之一。天命教眞厲害，竟能打進鬼王和燕王兩股勢力的核心處。而如鬼王所言，連他都眞的給她瞞過。難道她就是那單玉如，否則誰可這麼厲害？

白芳華狠狠嚙了他的耳珠，嬌喘著道：「韓郎啊！人家甚麼都不理了，立即要嫁你呢。」

嚙耳的痛癢傳遍全身，韓柏的神志立時迷糊起來，慾火熊熊燒起，嚇得他暗咬舌尖，笑道：「我不能這麼急色！怎可令姊姊心內不安呢？」

白芳華驚異地看著他，道：「不准你再提這句話，芳華把它收回來，來吧！韓郎，芳華帶你到她的閨房去。」

韓柏被她拉著朝虛夜月小樓的方向走去，暗暗叫苦，剛才她只略施手段，他便幾乎給攝了魂魄，而自己的魔氣卻對她一點抗拒的作用都沒有，上床登榻後，豈非更不是她對手。何況鬼王說過單玉如武功和他相當，那即是和里赤媚同級，翻臉動手更是不成。我的娘啊！怎辦才好呢！當然！還有一個問題是她是不是單玉如，或只是其中一個護法妖女？但只看她隱藏得這麼好，便知她如何可怕。也感到自己像一頭被帶往屠場的小羊兒。

就在這時，一個聲音傳遍鬼王無心府的上空，朗朗道：「在下鷹飛，望能與韓柏決一死戰。」

韓柏聞得鷹飛公然挑戰之語，差點要抱著他吻上兩口表示感激。忙把白芳華拉入懷裏，尚未來得及說話，鬼王笑聲在月榭處響起道：「後生可畏，鷹飛你果是英勇不凡的蒙人後起之秀，請到大校場來，讓虛某看看你如何了得！」鷹飛一聲應諾後，沉寂下來。

韓柏吻了白芳華的香唇，故作依依不捨狀笑道：「待我收拾了他後，再來和白小姐接續未竟之緣。」

白芳華欣然回吻他道：「讓芳華在旁為你搖旗吶喊，喝采助威。」

韓柏立刻知道她絕非單玉如，最多只是兩位護法妖女之一，因為若是前者，絕不敢去和乾羅見面。無數念頭閃過腦海。白芳華既為天命教在鬼王與燕王間的超級臥底，那即是說：打一開始，屬於天命教的胡惟庸便知道了有關自己這假使節團的所有情事。可恨他還擺出一副全不知情的姿態，既向他索靈參，甚至故意於晚宴後通知楞嚴來調查自己，教人全不懷疑到他乃知情之人。只是這點，便可備見其奸。天命教不但要瞞過鬼王和燕王，還要瞞過藍玉與方夜羽等人，自是希望左右逢源，收漁人之利。透過了臥底的白芳華，單玉如隱隱操縱著鬼王和燕王，至少清楚他們的佈置和行動，若非自己從媚娘那裏把握到察破她們的媚術的竅訣，那鬼王和燕王慘敗了還不知為何敗得那麼窩囊。

護法妖女已出現了一個，那另一個到底又是誰？此女必潛伏在非常關鍵性的位置，她會是甚麼身分和地位呢？當得上白芳華那級數的美女，而又最有可能性的，現在只有三個人，就是盈散花、蘭翠貞和陳貴妃，會不會眞是其中一人？這些問題令他頭都想痛了。天命教有白芳華這大臥底，要殺死自己絕不會是困難的一回事，因為他的確被騙得貼貼服服。反而范良極和左詩三女因少了自己那重色障，直覺地不喜歡這煙視媚行的妖女。虛夜月亦因她蓄意逢迎和討好鬼王，而不喜歡她。於此可見天命教的媚術對男人特別奏效，連鬼王都不免被蒙過。當日秦夢瑤的慧心曾在一牆之隔的偵察中，察知她騙得自己很辛苦。可見白芳華對他是早有圖謀，而自己則把秦夢瑤的忠言當作耳邊風，全不覺醒，否則早應知道白芳華是有問題的。想到此處，腦際靈光一閃，把握到單玉如爲何肯留著他的性命，因爲她的目的是自己體內的魔種。

對單玉如這種專以採補之術提高本身功力的魔門宗主來說，沒有補品可及得上魔門最高的心法——魔種了。她自然不敢碰龐斑，但絕不會懼他韓柏。假設讓她得到了他的魔種，配合她本身的功力和媚術，假以時日，恐怕只有龐斑和浪翻雲方能和她一爭短長。媚娘這些先頭部隊，只是單玉如的探子，測試自己的虛實，好待單玉如對付起自己來時更得心應手。誰都知道媚娘等奈何不了他，但作探子卻是綽有餘裕。以單玉如的眼力和識見，只要檢查剛和自己歡好的媚娘諸女，便可推知他的道行強弱淺深。這亦是白芳華一直不肯和自己歡好的原因，因爲他韓柏已成了單玉如的禁臠。說不定這次白芳華誘自己歡好，可能是一種見獵心喜的背叛行爲。因爲再不動手，將會給單玉如捷足先登，拔去頭籌了。心兒不由「霍霍」跳動起來，假若自己反採了白芳華的元陰，豈非亦可功力大進，因爲她並不知道他看破了她的身分。深吸一口氣時，大校場出現眼前。

戚長征頭昏腦脹的醒了過來，發覺躺在一間小房子裏。記憶重返腦際，記起了昏倒前仆在雪地上的事，苦笑著坐了起來，想不到自己自命風流，竟會嚐到失戀的痛苦滋味！

房門推了開來，一名勁裝的成熟美女推門而入，見他坐了起來，微笑道：「兄台醒來了，怎麼樣？好了點沒有？」

戚長征見她端莊美麗，態度親切大方，大生好感，以微笑回報道：「姑娘恩德，在下銘感心中，請問姑娘高姓大名？」

那美女坐到床旁的椅裏，饒有興趣地打量著他道：「先答我幾個問題，我才可決定應不應把名字告訴你。」

戚長征舒服地挨著床頭，欣然道：「姑娘問吧！小弟知無不言，言無不盡。」

美女見他神態瀟灑，流露出一種含蓄引人的傲氣和自信，芳心不知如何劇烈地躍動了幾下，才能收攝心神道：「兄台何故要借酒消愁呢？究竟有甚麼難解決的事？」要知以戚長征如此人才，只有別人爲他傷心失意，怎會反變了他成爲傷心人，所以引起了她的好奇心。

戚長征被勾起韓慧芷的事，兩眼射出深刻的情懷，嘆道：「俱往矣，在下街頭買醉，是因爲鍾愛的女子移情別戀，才一時感觸，多喝了幾杯……」

美女「噗哧」笑道：「多喝了幾杯？酒鋪的老闆說你喝了足有三大罈烈酒，換了普通人，一罈酒便爬也爬不起來了。」接著道：「所以第二個問題是：兄台究是何方神聖？既身上佩有寶刀，又身懷內家先天眞氣，應不會是無名之輩吧！」

戚長征心中大訝，此女竟可察知他已進入先天秘境，大不簡單，但仍坦然道：「小子乃怒蛟幫戚長征……」

美女色變道：「甚麼？你就是『快刀』戚長征？」

戚長征奇道：「姑娘的反應爲何如此激烈？」

美女秀目射出寒芒，罩定了他，好一會後容色稍緩，嘆了一口氣道：「算了，戚兄雖是黑道強徒，但一直並無惡行，唉！」不知如何，心中竟湧起了惆悵之情。

戚長征心中一動道：「姑娘是否八派之人？」

美女點頭道：「這事遲早不能瞞你，這裏是西寧道場，戚兄若沒有甚麼事，請離去吧！」

戚長征見她下逐客令，瀟灑一笑，露出雪白的牙齒，站到地上，順手取起几上的天兵寶刀，掛在背上，又坐在床沿，俯身穿上靴子。美女從未見過男人在她眼前著襪穿靴，對方又是如此昂藏灑脫的人，而且此子一邊穿鞋，一邊含笑看著自己，不由別過俏臉，故意不去看他。

戚長征穿上了皮靴，長身而起，拍拍肚皮道：「其實有甚麼黑道白道之分？或許只有好人壞人之別！不過那亦非涇渭分明，若姑娘能拋開成見，不如和我到外面找間館子，吃他一頓，聊聊天兒，不是人生快事嗎？」傷心過後，這小子又露出浪蕩不羈的本色。不過眼前美女，確使他既感激又生出愛慕之心。而更重要的是：他需要新鮮和刺激，好忘記韓慧芷這善變的女人。這花信美人體態娉婷，極具風韻，而且看她神情，應尚是雲英未嫁之身，那對晶瑩有神的秋波，似有情若無情，非常動人。

美女陪著他站了起來，故意綳起俏臉道：「我並不習慣隨便赴陌生男人的約會。唉！你這人才剛爲負情的女子傷透了心，曾幾何時，又打別人的主意，不感慚愧嗎？」話出口才微有悔意，自己怎可和對方說起這麼曖昧的話題。

戚長征啞然失笑，瞧著她道：「對酒當歌，人生幾何。想人生在世，只不過數十寒暑，若不敢愛不敢恨，何痛快之有？不如這樣吧！明天日出後，老戚在落花橋等待姑娘，若姑娘回心轉意，便到來一會，我保證絕無不軌之念，只是眞的想進一步感謝和認識姑娘。」

美女給他大膽的目光，單刀直入的追求態度，弄得有點六神無主，竟不敢看他，咬牙道：「不要妄想，我薄昭如絕非這種女人。」

戚長征哈哈一笑道：「原來是古劍池的『慧劍』薄昭如，既有慧劍，難怪能不被情絲所縛。可是老戚要鄭重聲明，我絕無半分想輕薄薄姑娘之意，反而是非常感激和敬重，明天我會依時到落花橋，等待姑娘芳駕。」

薄昭如被這充滿霸氣的男子搞得手足無措，可恨心中卻全無怒意，這對她來說乃前所未有的事，輕輕道：「你有了寒碧翠，還不心滿意足嗎？」

戚長征一呆道：「你認識碧翠嗎？」

薄昭如微一點頭，勉強裝出冷漠神色，道：「走吧！明天不要到落花橋好嗎？」

戚長征聽她竟軟語相求，知她有點抗拒不了自己，更激起了豪氣，斷然道：「不！若我不到落花橋去，以後想起來都要頓足悔疚。」露出他那陽光般的招牌笑容後，大步去了。

薄昭如暗嘆一聲，追著出去，沒有她的陪同，他要離開道場當會非常困難。這次她是否「引狼入室」呢？

雪花漫天中。大校場上站了十多人，虛夜月諸女全來了，只缺了宋媚，她沒有武功，未能驚覺醒來，仍沉醉夢鄉裏。鬼王府除了鬼王外，就只有二十銀衛的其中五人在站哨，其他鐵青衣等高手一個不見，予人高深莫測的感覺。奇怪的是乾羅並沒有出現，不知是否離開了鬼王府，或者是根本沒有來過。

鷹飛背掛雙鉤，傲然卓立，目光灼灼打量著諸女，尤其對莊青霜驕人的身材，特別感興趣。

韓柏一聲長笑，步入廣場，領著白芳華，先來到鬼王之側，看也不看鷹飛一眼，冷哼道：「這小子眞大膽，暗裏偷襲不成，又明著來送死，請岳丈大人准小婿出戰此人。」

鷹飛明知對方想激怒自己，所以毫不動氣，留心打量韓柏，見到諸女自他現身後，俏目均亮了起來，露出雀躍之色，虛夜月和莊青霜更是情火高燃，連谷姿仙三女都是一臉喜色，心中暗懍。這小子對女人確有魔幻般的魅力，若甄素善來惹他，說不定眞會被他征服。爲此更增殺他之心。

他這回公然挑戰韓柏，實是沒有辦法中的最佳辦法，因爲甄素善已正式向方夜羽提出要由她負起對付韓柏的責任。她身分超然，本身武功又高，手下猛將如雲，方夜羽也難以拒絕她的要求。情勢急迫，在里赤媚的首肯下，他才有此行動。韓柏的魔種尙未成氣候，但卻是突飛猛進，愈遲便愈難殺死他。所以他立下決心，今日一戰，不是他死便是我亡。

虛若無正要說話，嚴無懼的聲音傳來道：「想向忠勤伯挑戰嗎？首先要過嚴某此關。」風聲響起，這東廠的大頭子躍入場中，來到韓柏身旁，向虛若無施官式晉見禮。

虛若無笑道：「無懼不必多禮，忠勤伯能與如此高手決一死戰，實乃千載難逢的機會，一切後果由虛某負責。」

嚴無懼正要他這句話。應諾一聲，守在一旁，暗忖我有皇命在身，若見勢色不對，隨時可出手救援，別人亦怪我不得。

虛夜月興奮地鼓掌道：「來人！快給我抬幾個兵器架出來，讓月兒的夫郎大顯神威，宰掉這奸徒。」五名銀衛應命去了。

鷹飛表面神色不變，心中卻勃然大怒。暗下決心，若將來能殺掉鬼王，必要弄這絕色嬌娃來盡情淫辱，教她愛上自己後，再把她拋棄。

韓柏乘機離開鬼王和白芳華，伸手摟著虛夜月和莊青霜到另一旁去，裝作和她們說親熱話，低聲吩咐道：「現在爲夫說的是至關緊要的話，切莫露出任何驚異神色。」兩女爲之動容，連忙點頭答應。

韓柏向虛夜月道：「無論你用甚麼法子，立即幫我把岳丈從白芳華身旁弄開，並告訴他白芳華乃天命教的臥底，但切要不動聲色，因爲她仍有很大利用價値。」

兩女雖有心理準備，仍震駭得垂下頭去。韓柏吻了她們臉蛋後，銀衛剛取了三個兵器架來，放在廣場與鷹飛遙對的另一邊，韓柏悠然走了過去，伸手逐件兵器撫弄把玩著。

虛夜月向莊青霜使了個眼色，走到白芳華身旁，裝出嬌嗔之色，不服氣地道：「開心了吧！我們夫君說要納你爲妾，你得償所願了。」跺足走了開去。白芳華哪知身分被韓柏識破，堆起笑容，追著虛夜月想趁勢討好她。

莊青霜暗喜虛夜月妙計得逞，忙到鬼王旁，輕輕轉達了韓柏的話。鬼王眼中驚異之色一閃即逝，哈哈笑道：「霜兒不用擔心，我包管你的嬌婿旗開得勝。」兩句話便掩飾了莊青霜接近他的目的。

「鏘！」韓柏取起一把長刀，拔了出來，轉身向鷹飛大笑道：「本人就代表戚兄，向你討回血債。」橫刀而立，屹立若山，鋒芒四射，大有橫掃千軍之概。谷姿仙、谷倩蓮和小玲瓏三人雖是第二次見他和別人動手，可是上一次對著里赤媚，完全是捱打求生之局，到此刻才得睹他的英姿風采，竟不遜色於愛郎風行烈，不由大改印象中這傢伙只懂嘻皮笑臉，大耍無賴的形象。虛夜月和莊青霜更是美目閃亮，恨不得投身到他懷裏，恣意纏綿。鷹飛見他霎時豪邁得像換了另一個人似的，亦暗暗心折，但亦更增殺他之心。韓柏對女人便像一團烈火，遇著甄素善這乾柴，後果眞想都不敢想！冷哼一聲，兩手後伸，同時拔出「魂斷雙鉤」，擺開架式，上身微俯向前，兩眼射出懾人神光，像頭餓豹般緊盯著對手。氣勢絕不遜於韓柏，冷狠則猶有過之。眾女都看得呆了一呆，心中縱不願意，亦無法不承認這邪惡的蒙古年輕高手，有種妖異的引人風采。不由暗暗爲韓柏擔心起來。虛若無和嚴無懼對望一眼，都看到對方眼中驚異之色，難怪鷹飛敢單人匹馬，到來挑戰。

兩人相峙不動，互相催發氣勢，一時間殺氣嚴霜，氣氛拉緊，一觸即發！雪花仍永無休止地灑下，整個廣場和四周的建築物均鋪上白雪，轉化爲純白淨美的天地。兩人的目光一點不讓地對視著，尋找對方的破綻，若有任何一方稍露虛怯的情態，另一方必生感應，即可乘虛而入，發動最猛烈的攻勢。天地一片寂然，連雪花灑落地上都是靜悄無聲。韓柏觀察了一會，知道休想在氣勢上壓倒鷹飛，沉喝一聲，往前衝出，揮刀疾劈。假若戚長征在此，看到這一刀，也要大聲喝采。這刀除了凌厲無匹，充滿一往無前的霸氣外，更精采的是變化無方，含有驚世駭俗的奧妙後著，教人泛起不但硬碰不得，還完全沒法捉摸他要攻擊的位置。兼且此刀全無成法，便像才氣橫溢的詩人妙手偶得而成的佳句，看得人心神皆醉。事實上連韓柏自己都不知爲何會使出這一刀來，他見鷹飛雙鉤守得無懈可擊，魔種被刺激得往上提升，一股衝動狂湧而來，自然而然劈出了這天馬行空的一刀。虛若無看得呆了一呆，皺起眉頭，像想到了甚麼非常有趣的事。眾女則緊張得屏止了呼吸，恨不得韓柏一招克敵。嚴無懼放下心來，暗忖難怪里赤媚三次暗襲都殺他不死，原來竟眞有如此本領。鷹飛更是心下懍然，想不到他的刀法比戚長征更難應付，知道退讓不得，狂喝一聲，雙鉤前後掃出。

兩大年輕高手，終於短兵相接。人影交接。鷹飛先一鉤眼看要掃中長刀，長刀忽生變化，緩了片刻，避過鉤尖，閃電破入，朝鷹飛面門劈去。鷹飛臨危不亂，施出混身解數，後一鉤恰掃在刀身處。噹地一響。兩人錯身而過。鷹飛猛扭腰身，雙鉤一上一下，分向韓柏頭頂和腰側鉤去，狠辣凌厲。韓柏頭也不回，反手一刀揮去，切入雙鉤間的空門，取的是對方咽喉，竟然第二招便是與敵偕亡的招式。虛夜月等嚇得花容失色。只有鬼王和嚴無懼暗暗點頭，看出韓柏的長刀取的是短線，必能在鷹飛雙鉤擊中他之前，先一步割破對方喉嚨。要知韓柏第一招早取得了先勢，假若現在改採守勢，便會給鷹飛爭回主動，陷入捱打之局，所以才以險著力保優勢。箇中玄妙處，實是精采絕倫。鷹飛果然悶哼一聲，兩鉤回收，「鏘」的一聲，把韓柏這無堅不摧的一刀夾著。韓柏也不由心中暗讚，並在對方雙鉤將刀鎖死前，運功一震，底下飛起一腳，踢往對方下陰。內勁通過鉤刀接觸處，硬拚了一記。鷹飛亦同時一腳掃出，希望能把韓柏掃得橫移少許，失去平衡，那他的雙鉤便會像長江大河般，滾滾而去，直至把對方擊斃。「蓬！」氣勁交接，刀鉤分了開來。兩人同時被震得往後退去。「砰！」韓柏底下那一腳倏地緩了一緩，變成踢在鷹飛腳側處，而不是被他掃中。看得連鬼王都忍不住雙眉上軒，叫了一聲「好」。

鷹飛想不到對方的感應如此玄妙，竟像腳尖生了眼睛般，至此才知魔種的厲害。他也是一代人傑，知道已變招不及，一聲長嘯，就在雙腳交觸時，往後翻騰，轉動身子，化去韓柏的腳勁。他吃虧在腳下是橫掃之力，給對方的直踢擊中，變成純是捱踢之局，不得不以倉卒應變的奇招化解。心中大感苦惱，交戰至今，竟然一直陷入被動捱打的下風，實是平生破題兒第一遭。韓柏一腳得逞，哪還遲疑，哈哈一笑，貼地掠出，竟要先一步搶到鷹飛的落點，再加攻擊。眾女本以為他會凌空追擊，想不到這小子如此狡猾，都看得緊張萬分。人影閃處，韓柏來到由空中落下的鷹飛下面，唰唰唰接續劈出三刀，往身懸虛空，像與天上雪花融合為一的鷹飛揮去。三丈方圓內的雪花被驚濤駭浪般的刀氣帶得旋動起來，更添聲勢。韓柏傲立在這雪雨漩渦的中心點，有若天神。他再不是那只懂與美女調情的多情種子，而是無可比擬的武道霸主，就像赤尊信復活了過來。眾女看得心神皆醉。虛若無眼中掠過異采，再喝道：「好！」

鷹飛卻是心中叫苦，只見寒芒電掣，刀氣漫空湧來，知道再無可能搶回主動之勢，此時若不退走，如此下去，最多是得個兩敗俱傷之局，暴喝一聲，雙鉤下擊。「噹噹」之聲不絕於耳。鷹飛不住借勁上升，又猛地回撲，忽緩忽速，竟是招招硬封硬架，仗著強猛的鉤勁，消解韓柏凌厲的刀勢。韓柏殺得興起，趁鷹飛又彈往高空時，沖天而起，長刀幻作長虹，沖破雪花，向鷹飛直擊而去。鷹飛發出厲嘯，往下狂撲，雙鉤使出看家本領，立時掛中對方長刀。鉤刀相交時，韓柏長刀忽地像延長了般，送出一道刀氣，割往鷹飛胸膛。鷹飛本要罩鉤鎖刀，另一鉤則突襲對方，這時哪敢逞強，悶哼一聲，雙鉤吐勁，凌空飛退。「啪喇」聲中，鷹飛胸膛衣衫盡裂，險險避過這必殺的一招。同時借力改變去勢，橫移開去，竟是打算逃走。韓柏還是首次發出刀氣，亦自呆了一呆，落回地上，竟忘了乘時追趕。

鐵青衣倏地現身屋簷處，阻著鷹飛逃路，大笑道：「勝負未分，鷹兄怎可離去？」

虛若無喝道：「青衣！讓他走吧！」鐵青衣微一錯愕，鷹飛已掠過他頭頂，迅速遠去。

虛夜月和莊青霜撲了出來，不顧一切投入韓柏懷裏。眾人均欣然圍了過來。

嚴無懼忍不住問道：「威武王為何竟容此子逃去呢？此人武功如此高強，連先天刀氣都可避過，給他溜掉，實是後患無窮。」眾人都不解地望向鬼王。

虛若無淡淡一笑道：「因為里赤媚來了，所以才放他一馬罷了。」轉向韓柏道：「賢婿到我的書齋去，我有幾句話和你說。」接著伸手截著想跟來的虛夜月和莊青霜道：「你們到月樓等韓柏吧！」再向眾人打個招呼，領著韓柏去了。白芳華則秀眸一轉，離府而去。

第七章

古廟驚魂

第七章 古廟驚魂

風行烈回到鬼王府時，虛夜月正嘟長小嘴，坐立不安地苦候韓柏。莊青霜比她文靜多了，和谷姿仙有一句沒一句閒聊著。谷倩蓮則和小玲瓏坐在一角，不知說著些甚麼知心話兒。金髮美人兒夷姬和虛夜月的貼身俏婢翠碧負責伺候眾女的茶水。虛夜月的月樓在鬼王府雖不算大建築，但多住兩家人，仍有足夠的空間。所以在她的堅持下，風行烈和戚長征均分了樓上的四間大房，廳子當然是公用的了。

谷姿仙見風行烈回來，大喜迎去。風行烈看了虛夜月的可愛模樣，忍不住笑道：「誰開罪了月兒呢？」

虛夜月跺足道：「行烈在笑人家。」各人都笑了起來。

谷倩蓮怎肯放過他，扯著他衣襟笑道：「試過野花的滋味，以後再不覺家花香了？」谷姿仙嗔怪地瞪了她一眼。

風行烈笑道：「皇天在上，我風行烈只作陪客，並沒有嚐到野花的滋味。」三女大喜，但又礙於虛夜月和莊青霜在旁，不好意思追問細節。

虛夜月記起了白芳華的事，遣走了翠碧和夷姬，招呼眾人坐到一塊兒，道：「現在月兒有件至關緊要的事，要告訴你們。」

鬼王和韓柏兩人在金石藏書堂坐下後，沉吟片晌道：「現在我眞的放心了。賢婿的武技已臻上窺天道的境界。就算再遇上里赤媚，雖仍不免落敗，但應可保命逃生。」

韓柏呆了一呆，搔頭道：「他的天魅凝陰如此厲害，敗即死，我哪逃得生呢？」

鬼王微微一笑，在身後取出一把刀來，遞給他笑道：「有了這寶貝，沒可能的事當會變成有可能了。」竟是天下武林夢寐以求的鷹刀。

韓柏不敢伸手去接，苦著臉道：「若我失掉了它，豈非更糟。」

鬼王把厚背刀塞入他手裏，笑道：「信我吧！你若拿著此刀，會有意料不到的效果。」

韓柏兩手接上鷹刀，一種奇異的感覺立時傳遍全身，有點像與美女交歡時那種既濃郁又空靈的境界。不禁點頭道：「可能眞是這樣，但鷹刀來了我這裏，小婿豈非成了眾矢之的嗎？」

鬼王哂道：「有誰見過鷹刀呢？除了紅日法王或龐斑等人外，沒有多少人能感應到此刀的靈異。所以你儘管把它背著，後天早上才來還我，包管不會有人知道。」

韓柏道：「假若我眞的丟失了它，那怎辦才好呢？」

鬼王若無其事道：「得得失失，何用介懷！」

韓柏和他對望一眼，齊齊放聲大笑起來，充滿了知己相得的意味。

鬼王嘆道：「或許你會說我是馬後砲。其實連單玉如都會瞞我不過，可是我對芳華卻全無懷疑，只是基於一個原因，使我願意欺騙自己。」頓了頓續道：「你或者尙未知道：芳華乃瑤族女子，而月兒的生母亦屬瑤族，兼且她們的神態都有著某種微妙的酷肖和韻味，所以我才願意接受她，讓她作伴。到今天才知道這是單玉如針對虛某的弱點而作出的擺佈。」

韓柏吁出一口涼氣道：「這單玉如的手段眞教人心寒生懼。」

鬼王雙目閃起精芒，冷哼道：「幸好她被賢婿識破了，你這兩天最好不要動她。因爲我還要利用她送出一些消息，害害單玉如。哈！眞是愈來愈精采了。」接著道：「那個夷姬小婿可放心。因爲她被獻給燕王的時間不足三個月，燕王和你都是首次見到她，所以應該沒有問題。」

韓柏放下心事，喜道：「那就好極了。」記起見不到乾羅，順口詢問。

鬼王道：「我們得到消息，乾羅的女人『掌上可舞』易燕媚和丹清派的女掌門等正乘船來京，老乾知道後，立即趕去接應，我派了城冷陪他，好方便應付京師的關防。」

韓柏又皺眉道：「戚長征到哪裏去了？」暗忖不是又到青樓鬼混了吧！這小子可能比自己更放任。看了看天色，這樣被白芳華和鷹飛一鬧，鬼王又扯了他到這裏說了一番話，已是酉時之初，離盈散花清涼古寺的約會，不足一個時辰，不要說難抽空去和七夫人纏綿，連月兒霜兒都不宜再見。她們當然不會攔阻他於亥時去會秦夢瑤，但卻休想她們批准那刻前的任何約會。嘆了一口氣道：「這嚴無懼陰魂不散的纏著小婿，害得我想赴一個重要的約會也有所不能，岳丈大人可否幫我把他甩掉呢？」

鬼王神秘一笑道：「這個容易得很，是否指與秦夢瑤的約會哩？」

韓柏不敢瞞他，道：「岳丈可否看在小婿分上，儘管聽到我即將要說的事，也不要通知燕王呢？」

鬼王沉吟片晌，嘆道：「假設你在三日前這樣對我說，我會著你不要說出來。可是燕王這幾天那種不擇手段的做法，已使我心灰意冷，燕王實在和朱元璋屬同樣的料子，賢婿放心說吧！」

韓柏遂和盤托出了盈散花與秀色的事。鬼王聽罷皺眉道：「假若我猜得不錯，盈散花可能是高句麗上一任君主無花王的後代。無花被正德奪了王位，妃嬪兒子親族近五千人盡被誅戮，想不到仍有人倖存下來。」

韓柏奇道：「冤有頭債有主，爲何盈散花會找上燕王棣來報復呢？」

鬼王道：「那次宮廷之變所以能成功，全賴燕王派出手下助陣，也可以說：只要燕王一天當權，正德的地位便穩如泰山。盈散花若是無花的後人，把燕王列作刺殺的對象，絕不稀奇。可是燕王此人雖是好色，對女人卻防範甚嚴，和女人歡好前，必以手法制著她的穴道內功，想在床上行刺他，根本是不可能的。」

韓柏一聽更是心焦如焚，這豈非賠了夫人又折兵！恨不得脅生雙翼，立即飛去見盈散花，勸她打消主意。

鬼王又道：「就算盈散花行刺燕王成功，正德固是失了大靠山，但她也絕佔不到便宜。因爲藍玉和胡惟庸所以能請得動水月大宗來幫忙，必是以高句麗的領土作報酬。若讓倭子取得這鄰近中土的踏腳石，中原危矣！」

韓柏聽得目瞪口呆，始知自己根本不懂國情政治，呆了半晌後道：「如此我更要去見盈散花，勸她打消念頭。明晚燕王設宴招待盈散花，誰都可想到宴會後的餘興節目會是甚麼。」

鬼王問道：「盈散花約了你在哪裏見面？」韓柏說了出來。

鬼王伸手搭著他肩頭，語重心長道：「我知賢婿你以誠待人，所以對人沒有太大防範之心。我年輕時亦有你那種想法，可是現在多了數十年的經歷，甚麼都看透了。總之防人之心不可無，尤其牽涉到國仇家恨，最正常的人也會變成不顧一切的瘋子。」頓了頓續道：「現在你成了盈散花對付燕王行動的唯一障礙，說不定她會把你看作第一個要對付的目標。」

韓柏對此充滿自信，哪會放在心上，敷衍道：「多謝岳丈大人提點，我會小心應付她。」

他的內心想法哪瞞得過鬼王，啞然一笑道：「只有經驗和教訓才可以使你們這些年輕人明白長輩從血淚得來的處世知識。我亦不多言了。我可保證你能撇開小嚴，神不知鬼不覺在清涼寺內出現，不過你最好先摸清形勢，才好去見盈散花，知道嗎？」

韓柏爽快應道：「曉得了！」

鬼王嘆了一口氣，知他只當自己的話是耳邊風，再加幾句道：「現在誰都知你魔功高強，所以若要對付你，必是訂下最毒辣的陰謀或是集中武功最高的好手，不教你有任何脫身的機會，否則我也不會逼你帶著鷹刀，免得你與秦夢瑤尚未見著，便一命嗚呼。」

韓柏奇道：「岳丈不是說我福大命大嗎？」

鬼王嘴角逸出笑意，站起來道：「來吧！讓我指點你一條到清涼寺的暗路，月兒方面自有我為你安撫。」韓柏大奇，暗路究竟是指甚麼呢？

穿過地道，韓柏由另一出口鑽了出來，竟是清涼古寺後院的一間僻靜禪室。至此亦不由深深佩服鬼王的深謀遠慮，早在鬼王府下秘密開鑿了四通八達的地道，通往遠近不同的地方。就算和朱元璋翻臉動手，逃起來亦輕而易舉。自己若非成了他的女婿，自亦不會知悉這秘密。他把地道出口掩蓋好後，以佳人有約的輕鬆姿態，步出室外，往主廟走去。這時乃晚課時間，經堂傳來陣陣禪唱，鐘鳴鼓響，充滿寧和的宗教氣氛。由昨天開始，明軍封鎖了到清涼山所有道路，除非是高手，一般人自然不能上山禮佛，所以偌大的清涼古寺，除了經堂之外，都是靜悄悄地，闃無人聲。韓柏施展身法，避過了幾個打掃的僧人後，來到大殿內佛像後的空間。探頭出去，佛座前的長明燈映照裏，有三個僧人伏倒地上，似正拜佛拜得忘了站起來。韓柏大感不妥，記起了來前鬼王的忠告，伸手在佛座下的蓮花浮雕運功抓下一粒木屑，朝其中一僧的敏感穴位彈去。正中目標，只是該僧全無應有的反應。韓柏心中一寒，是誰點了三僧穴道呢？難道這眞是個陷阱？

鬼王的話言猶在耳，不禁對盈散花的信心動搖起來。旋又想到：或者是有人知道我們的約會，所以先行佈局對付我們也說不定？趁現在離約會仍有小半個時辰，自己不如早一步截著盈散花，和她逃之夭夭，才是上策。想到這裏，暗笑任敵人千算萬算，都算不到自己是由秘道潛來的。於是凝聚精神，運轉魔功，把感應提升至極限。先由佛座的後門退了出去，再閃入主殿旁幽深的園林裏，不片晌曲折迂迴地繞到大殿正前方廣場側的密林中，藏身一棵枝葉茂密的大樹上，把身體隱蔽得天衣無縫，除非不幸地敵人亦選了這棵樹爬來，還要選中他藏身的橫椏，否則休想發現他的存在。下了一天的雨雪此時漸由大轉小，緩緩停下。但整個清涼山所有廟宇建築，早變成了白色世界。大廟前的廣場靜悄無人，在大殿簷邊高掛的十多個燈籠映照下，積雪的廣闊空地反映著燈光，似若個不具實質的幽靈世界。韓柏由藏身處看去，除了大殿的正前方盡收眼底外，由於居高臨下，亦可看到刻有「清涼古寺」大石牌匾入口下大截的登山石階。此乃到古寺的必經之路，盈散花要來，理應是循此石階登寺，否則就須攀山越嶺了。韓柏盡力收斂本身精氣，免惹得敵方能生出反應。正如鬼王所言，來者不善，善者不來！四周靜如鬼域，蟲鳥等都因大雪不知躲到哪裏去了。天色開始轉晴，星空晶瑩通透。

就在此時，韓柏生出感應，往巍然矗立的大殿上空望去。在星夜的背景襯托下，一道鬼魅般的人影從天而降，落到殿頂，盤膝安坐瓦背，穩若磐石。肩背處露出一截刀把，在星光下閃起微微的異芒。情景詭秘至極點。韓柏忙闔上眼睛，只餘一絲空隙，怕給對方看到眸子的反光。心中冒起一股寒氣。此人應是逃過守兵耳目，而且是攀山上來，只是此點，便知此人大不簡單，充滿了夜行者捨易取難的精神。更駭人是他的從容氣度，動作迅捷完美，疾若電閃，那種身法，韓柏只曾從龐斑、浪翻雲、秦夢瑤、里赤媚、鬼王等有限幾人身上看過。我的娘啊！這人究竟是誰？韓柏至此更不敢大意，收攝心神，把魔種潛藏匿隱的特性發揮到極致，心中無念無思，連呼吸都收止了，全靠內息循環不休，就若冬眠了的動物，把生命的能量降至無可再低的水平。時間緩緩轉移。「嗚！」山路處傳來一聲鳥鳴。接著另一下鳴叫在更遠的山路下回應著。當然是埋伏山路旁的敵人在暗通消息。現在時近酉亥之交，盈散花為何仍未出現呢？難道……不！盈散花絕不會出賣我的。

步履聲由山路下傳來。韓柏暗叫不好，果然是散花來了。怎辦才好呢？應否立即撲下去，帶她一起逃之夭夭？可是只要埋伏山路兩旁的高手擋他們片刻，在殿頂那可怕的人便可趕上他們，豈非仍是死路一條。旋又想起大殿內的三個僧人，說不定對方不會立即動手，會讓散花到殿內等他，待他兩人到齊時才將他們一網打盡。猛下決心，決意靜觀其變。手往後伸，輕捏大宗師傳鷹的厚背刀把，一種奇異的感覺透體而入，心神更是空靈通透。一道黑影在目光所及的山路盡處出現。韓柏鬆了一口氣，原來竟是個儒生打扮的魁梧男子。

他迅速來到石階之上，停定向殿頂遙遙拱手道：「『布衣侯』戰甲，見過水月大宗。」

韓柏大吃一驚，慌忙收攝心神。我的天！原來竟是水月大宗親自出手來對付我，我也算有面子了。這時從不信神佛的他，亦不禁求神拜佛教盈散花千萬不要上來。

低沉冰冷，帶著異國口音的聲音由殿頂飄下來道：「韓柏何在？」

戰甲沉聲道：「戰某亦大惑不解，不知此子為何會不來赴約？」

盤坐殿背的水月大宗冷哼道：「藍玉不是保證過韓柏必來的嗎？第一次行動便教本宗失望，我們還如何可以合作下去？」

戰甲唉聲道：「大宗請聽戰某一言，這次我們的計劃應是天衣無縫。何況韓柏此子最是好色，只要有美女約他，天大事情都可擱在一旁，除非是他死了，才會不來。」

韓柏聽得心中大恨，又是好氣兼好笑，這戰賊子竟敢如此看扁我韓某人。

水月大宗冷然道：「是否在邀約上出了樓子，他根本不知道有這約會，又或那盈散花吸引力不夠，誘他不動呢？」

戰甲道：「盈散花乃江湖十大美女之一，有她親筆之信，韓柏怎會不來？可能是其中另有問題。」

韓柏驟聽入耳，像給勁箭穿心，心頭一陣劇痛，甚麼內息都運不起來，連呼吸都感到困難。盈散花，你這狠毒婦人，對得起我韓柏嗎？原來你竟是藍玉的人。就在此時，呼嘯之聲由殿頂破空而至。駭然下知道因心中驚震，魔功消散，立時引起蓋代高手水月大宗的感應。他往上望去，只見漫天刀芒，重重殺氣，籠罩著以自己為中心的方圓三丈之處。

戚長征一邊想著薄昭如，步履輕鬆地到了鬼王府，此時他已成功地把韓慧芷拋在腦後。雖在想起她時仍有點心中刺痛，但已非在宋府時那種滴血絞痛的淒絕感覺了。在府門報上姓名後，府衛把他帶往內府。他還是首次踏足鬼王府，被那有若表演建築藝術的瓊樓玉宇，園林美景吸引得神為之迷，大感興趣。府內燈火通明，亮若白晝，但卻不覺有人把守，難道任由來搶鷹刀者如入無人之境嗎？

正嘀咕間，有人叫道：「戚長征！」戚長征循聲望去，只見左側花園深處的亭子裏，隱有人影。他認得是風行烈的聲音，忙遣走府衛，走了過去。亭內不但有風行烈和三位嬌妻，還有虛夜月與莊青霜兩女，獨不見宋媚。

谷倩蓮道：「你這傢伙溜到哪裏去了，你義父說要打你屁股呢。」

戚長征向亭內諸人抱拳一揖，才登上石亭，道：「義父他老人家在哪裏？」

風行烈神秘一笑道：「乾老和虛老兩位老人家正在書齋處下棋，爲甚麼這麼晚才回來呢？有人等得你很心急了。」

戚長征嘆道：「此事一言難盡。」望著雖綳著俏臉，模樣仍是那麼動人的虛夜月，不禁又死性不改，故作驚奇道：「誰惹得虛大小姐不高興了，是否韓柏那小子，讓我揍他一頓給你出氣。」

虛夜月正因韓柏偷偷溜走，大發脾氣，卻苦無發洩對象，戚長征竟自動獻身，送上門來，插腰大嗔道：「去你的大頭鬼，韓柏剛認識了你這個損友，立即近墨者黑，學足你的壞榜樣，本小姐要揍你一頓才眞。」

戚長征被她扭腰不依的俏模樣弄得大暈其浪，哈哈笑道：「虛大小姐要感激我老戚才對。只要韓柏小子學到我三成哄妞的本領，包管哄得我們的虛大小姐心花怒放，快樂無窮，來！韓兄既不在，便讓老戚來陪你聊天，包管你不會寂寞。」

虛夜月終忍不住「噗哧」一笑，玉容解凍，別過頭去，狠狠罵道：「死老戚！眞希望碧翠把你治死了。」

戚長征全身一震道：「你說什麼？」

虛夜月大樂鼓掌道：「不要言而無信，快坐到月兒身邊來，把你由出世開始的種種醜事由頭到尾詳細道來，逗得本小姐開開心心，才准離去。」

她身旁的莊青霜、谷倩蓮、小玲瓏全抿嘴偷笑，看著他呆然失措的苦臉。風行烈感受著各人間眞摯無僞的感情，心中湧起溫暖。還是谷姿仙心中不忍，笑道：「乾老剛把寒掌門等三人接了回來，現在她們正沐浴更衣，還不快去會見她們。」指著一排疏樹後的月樓道：「她們就在月兒小樓的二樓處。」戚長征一聲歡呼，拔身而起，往小樓投去。

水月刀離他至少尚有三丈，樹上掛著的冰雪已被刀氣逼得照頭照臉吹打過來。如此凌厲的氣勢，韓柏還是首次遇上。韓柏的眼光落在對方高舉過頭的水月刀上，只見刀身扁狹，鋒刃和刀柄都比中土之刀長上一半，在空中似緩似疾地隨著馭刀飛臨的水月大宗，帶著一種使人目眩神迷的邪異力量，朝他前額劈來。眼前的茂木密葉，塵屑般分向兩旁碎飛開去，刀未至，寒鋒已到。眨眼不及的工夫，對方飛臨上空。韓柏在這生死關頭，魔種剎那間提升至極限。同時知道水月大宗由出刀開始，其精神力量便緊攝著自己的心魄，教自己連逃走都辦不到。如此刀法氣勢，確是先聲奪人。

韓柏這時亦早蓄滿勁氣，狂喝一聲，背上鷹刀電掣出鞘，風捲雷奔般一刀劈在水月刀上。「鏘」的一聲激響，傳遍山野。韓柏腳踏的粗幹竟化成碎粉，不由慘哼一聲，掉往樹下。水月大宗則一個翻騰，在空中打了個後翻，頭下腳上，水月刀化作一道激芒，再炮彈般往墜往地上的韓柏射去，同時長笑道：「好小子，竟能擋我一刀。」韓柏手臂發麻，全身眞氣亂竄，暗叫吾命休矣時，忽地一種奇異的能量由刀柄處傳入體內。那並非鷹刀本身蘊藏甚麼力量，而是鷹刀似能把宇宙某種神秘的能量，吸收過來，送往他體內。而在同一時間，他腦海中電光石火般升起一幅幅的圖象，隱含深意，只是一時尚不明白罷了。

水月刀破空而下，直刺他胸膛。剛落到地上的韓柏的魔種立時復活過來，還比以前更有霸氣，哪敢遲疑，鷹刀再揮，「噹」的一聲再封架了水月大宗必殺的一刀。一股無可抗禦的巨力由水月刀傳來，刀氣直侵臟腑。韓柏狂噴鮮血，再往山下拋飛的同時，水月大宗亦給震得一個觔斗，落到廣場處。韓柏跌落山野之前，勉力看了他一眼，只見這水月大宗高挺筆直，穿著猩猩紅血般的無袖外褂，下著純白嶄新的褲子，腳踏草鞋。雪白濃密的頭髮垂在寬寬的肩上，水月刀攔腰橫抱，兩眼神光電射，目不轉睛盯著自己，陰鷙若兀鷹的面容半點表情都沒有。「啪啦！」一聲，背脊壓斷了一株長在山坡的小樹，翻滾下去。站在一旁的布衣侯目瞪口呆地看著韓柏掉下去的地方，仍未從水月大宗驚天地泣鬼神的水月刀法回過神來。山下尖嘯響起，顯是埋伏山路的風火山林四侍往韓柏撲去。

戰甲這時才記起要追殺韓柏，剛舉步時，水月大宗喝道：「戰兄且慢，此子已被本宗重創，他們四人足可收拾他有餘了。」

戚長征旋風般衝入月樓，嚇得廳內的夷姬和虛夜月的貼身俏婢翠碧差點跳了起來。他向她們打了個請原諒的手勢，五步併作一步，兩下便來到樓上的小廳，只見一位美人兒坐在椅上，駭然撫胸地站了起來。竟然是褚紅玉。

戚長征不好意思地停了下來，喜道：「你醒來了！」

褚紅玉見到他，就像見著了親人，兩眼一紅，垂下頭去，低聲道：「可以求你一件事嗎？」

戚長征想起她被鷹飛侮辱和她戰死花街的丈夫尙亭，心下惻然，說起來，她的不幸還是全因他而來，百感交集，嘆道：「說吧！無論甚麼事，我戚長征都答應。」

褚紅玉平靜地輕輕道：「替我殺死鷹飛。」

戚長征走到她身旁，伸手抓著她香肩，湊到她垂下的眼睛前，一字一字肯定地道：「戚長征不但一定殺死鷹飛，爲尙兄報仇和爲你雪恥，今後還會代尙兄好好照顧你。」

褚紅玉嬌軀一震，熱淚奪眶而出，搖頭泣道：「不！妾身是殘花敗柳之軀，而且你還不知那畜牲對我做了甚麼可恨的事，我……」已是泣不成聲。

戚長征心中恍然，知道鷹飛這女人剋星，必是在她身上使了類似韓柏教他和風行烈的手法，挑起了她最原始的情慾，使她午夜夢迴時，亦忘不了這魔鬼。那種矛盾和煎熬，才是最折磨她。所以她認爲唯一解救之法，就是殺了鷹飛，否則說不定有一天，她會再投入鷹飛懷抱。哼！我絕不會讓鷹飛詭計得逞。

不過現在她乍見自己，情緒激動，不宜使她難堪，遂微微一笑道：「放心吧！我知道他對你用了甚麼卑鄙手段，我會把你解救出來的。」

褚紅玉抬起淚眼，自責道：「唉！我是不是天生淫賤的女人呢？」

戚長征對自己的推斷，更無疑問，柔聲對這美麗少婦道：「你絕不是天生淫賤的女人，相信我好嗎！鷹飛施於你身上的是一種厲害的媚術，不但控制了你的身體，還控制了你的心靈。」

褚紅玉嬌軀一顫，淚眼汪汪看著他道：「你眞的明白！那怎辦才好呢？寒掌門救醒了我後，我總情不自禁地想著那魔鬼，媚術眞的那麼厲害嗎？」

戚長征至此才知道精通穴法的寒碧翠眞的破解了鷹飛玄奧的制穴秘法，對她的武功必大有進益。點頭道：「媚術就是控制異性的方法，觸及到最原始和非理性的情慾，所以紅玉你明知對方是窮凶極惡的奸淫之徒，仍忍不住想再嘗那種刺激和快樂。」

褚紅玉俏臉一紅道：「那怎樣才能破他的媚術呢？」

戚長征傲然一笑道：「當然是由我老戚以更厲害的媚術，加上你的願意和合作，去破解他的妖法。」

褚紅玉連耳根都紅了起來，興奮的感覺傳遍全身，垂下頭咬著唇皮輕輕道：「只要能使我不再想他，紅玉甚麼事都願意做。」

戚長征大喜，嚷道：「碧翠紅袖，還不給爲夫滾出來。」嬌笑聲起，寒碧翠和紅袖這對粉雕玉琢的美人兒由內進掀簾而來。

紅袖笑意盈盈地含情看著他，寒碧翠則苦忍著笑意，插腰氣道：「好老戚，人家三姊妹千辛萬苦上京來尋你，居然一見面便呼呼喝喝，我們還未和你算賬哩！」

戚長征朝兩女走去。兩女當然不會怕他，挺起胸脯，嚴陣以待。

戚長征來到兩女中間，猿臂一伸，把兩女摟入懷裏，高呼道：「天啊！你們知不知道我想得你們多苦！」兩女也死命摟著他，相思苦淚奪眶而出。

寒碧翠大哭道：「戚郎啊！你這忍心的人，怎可丟下人家不理呢？」

戚長征亦激動得熱淚盈眶，想起她們與自己生死與共，在花街血戰敵人。想起了無數戰友、尙亭、封寒等逐一力戰而亡，眞像作了一場噩夢。終忍不住壓抑著的情緒，痛哭起來。

韓柏在斜坡滾動著，也不知壓斷和撞碎了多少橫枝和掛著的冰雪。心中不驚反喜，水月大宗雖厲害，怎知自己有捱打神功，一口血便化了他摧心裂肺的刀氣，眞是便宜得很。而且鷹刀似與自己的血肉和心神緊連在一起，亦把自己和四周的天地連在一起，人心天心合而爲一，再無半分隔閡。那奇妙的感覺，使他更是圓滿通透，想到了死裏求生的唯一方法。就在此時，強烈的刀氣又由下湧至，朝自己猛攻而來。漆黑的密林裏，一切全靠感覺，而韓柏的感覺比用眼看還要清楚，他甚至知道襲擊他的是個魁梧的倭子，左盾右刀，那把刀又重又長，欺自己受了傷，採取了衝鋒陷陣的硬拚方式。心中冷笑，藉著由上而下的跌勢，厚背刀全力劈出。同時他更感應到有人由山路那邊潛了過來，向他擲出偷襲的飛刀。「噹」的一聲巨響，下面的山侍舉盾擋刀，同時倭刀横劈反擊。豈知厚背刀劈中鐵盾時，勁若激流的力道劇衝而來，一向以勇力見長的山侍竟立足不穩，往斜坡下直滾下去，那一刀自然甚麼都劈不著。韓柏又一手接著飛刀，詐作中了暗算般慘叫一聲，往横滾開去。放飛刀的火侍以爲偷襲得手，拔出另一腿上的匕首，全速撲去。

此時短小精悍的林侍和俏麗嬌美的風女分由上方和右下側趕至，正要趁勢追擊時，火侍已發出一聲痛哼，步山侍的後塵，滾落山坡。原來當火侍追至半途時，竟然發覺韓柏竄了回來，驚駭下運起匕首勉強擋了對方凌厲無匹的一刀，卻避不開對方由下斜上的一腳，股側慘中一腳，被踢得飛跌下坡。上面的水月大宗亦不由動容，暗忖這小子爲何在垂死掙扎下，仍如此厲害，一聲長嘯，往斜坡掠去。戰甲忙緊隨其後。韓柏此時剛一連三刀殺得林侍屁滾尿流，滾避開去，風女一長一短兩刀迎面攻來。韓柏哈哈大笑，一個滾身，横移五丈，才高嚷道：「老子走了！」再一個翻身，往山下滾去，到了一半，倏地停下，把早拿在手中的一塊大石呼地往下擲去。枝斷雪碎的聲音由近而遠，便像是他正全速掠逃，自己則收斂神氣，隱匿不動。果然風聲響起，敵人全往山下追去。韓柏心中好笑，展開身法，往上面的清涼寺潛回去。

乾羅和鬼王正在書齋對坐下棋。易燕媚興趣盎然地在旁觀戰，能看著這天下兩大高手在棋盤上挑燈夜戰，實是畢生難忘的美事。兩人棋力相當，殺得難分難解時，一起停了下來，往地下望去。「篤篤篤！」

鬼王失聲道：「是我的好女婿。」站了起來，到了書齋一角，發動機關，開啓秘道。

韓柏鑽了出來，驚魂甫定後，尷尬笑道：「盈散花原來是藍玉的人，竟出動水月大宗來殺我，幸好我逃回來了。」

以鬼王和乾羅的修養，仍聽得目瞪口呆，面面相覷。這小子眞的福大命大。易燕媚更是呆瞪著他。

韓柏跳了起來，嚷道：「時間無多，我要去了。」又旋風般奔了出去。

韓柏剛出府門，嚴無懼趕了過來，笑道：「下官還以爲忠勤伯會由後山楠樹林那方離去。」

韓柏嘻嘻笑道：「指揮使大人，我們比比腳力看看。」一溜煙竄向道旁的斜坡裏。

一陣急奔後，又跑上了大路，其他東廠高手早給他遠遠拋在後方某處，可是這東廠頭兒仍臉不紅，氣不喘，若即若離跟在他身後，似仍未盡全力的輕鬆模樣。

韓柏知跑他不過，大感洩氣，軟語求道：「嚴高手指揮大人，算我求你吧！現在我是佳人有約，你這樣名副其實貼身保護，不嫌大煞風景嗎？」

哪知嚴無懼比他更絕，嘆道：「皇命在身，違背了即是抄家誅族的大罪，就當可憐下官，讓我多跟兩個時辰，好交差了事。」

韓柏爲之氣結，邊跑邊道：「你子時在宮門等我，到時我和你一起進宮，不就可以交差了嗎？」

嚴無懼再嘆一聲道：「禍福無常，說不定忠勤伯有甚麼三長兩短，而皇上又發覺我在宮門處和侍衛閒聊，你說下官是否還有命回家伺候我那些嬌妻美妾。」韓柏差點氣絕當場。後方風聲響起。兩人駭然後望。范良極笑嘻嘻趕上，來到嚴無懼旁，三人疾若流星往秦淮河奔去，這老賊探頭瞧著韓柏，笑道：「小忠勤伯兒，假若我幫你擋著嚴老鬼，你拿甚麼謝我？」

嚴無懼聽得眉頭緊蹙，韓柏卻是大喜過望道：「甚麼都成。」

范良極怪叫道：「那就行了。」一指往嚴無懼點去。嚴無懼哇哇大叫，舉手擋格。韓柏倏地加速，「呼」一聲閃入道旁，消沒不見。

韓柏踏足亮若白晝，昇平熱鬧的秦淮大街，心情之暢美，確是難以形容，每一個毛孔都像在歡呼，心裏則自動哼著最美麗的小調。想到即可見到秦夢瑤，赴過朱元璋之約後，便可和這仙子同赴巫山，共享雲雨之歡，立即興奮至全身酥麻。有誰能比我韓某人更幸福呢？街上人來人往，氣氛熱烈，比對起其他昏沉沉的街道，眞不敢相信是在同一個城市中。韓柏的腳步就像裝了個強力彈簧般，走起路來毫不費力，有若飄在雲端。林立兩旁的青樓門外，站滿了滿盈笑臉的鴇婦，迎客送客，充滿著「十年一覺揚州夢」那令人心迷意軟的頹廢氣氛。可是現在所有青樓紅妓全加起來，也不及秦夢瑤對他吸引力的萬分之一。鮮衣華服的尋芳客，坐著駿馬高車，絡繹不絕於途，害得龜奴們猛掃門前的積雪。韓柏背著鷹刀，昂首闊步，深切地感受著繁華盛世下必然會有醉生夢死的一面。人生在世，所爲何來？最要緊是把握眼前美好的事物，不教光陰虛擲。有人選了功名富貴，又或濟世匡國之業，他選的卻是美女與愛情。人各有志，只要不是偷搶濫殺，誰能說我韓某人做錯了。

落花橋遙遙在望。兩刻鐘後便是亥時，天下第一美女秦夢瑤會在那裏見他。就在此時，一位秀髮垂肩的麗人嬝娜多姿迎面而來。韓柏心神雖全放在秦夢瑤身上，亦不由本能地對她行注目禮，因爲此女雖略嫌蒼白，可是杏眼桃腮，秀色可餐，姿容直追虛夜月和莊青霜，不比盈散花遜色，早引得路人紛紛駐足打量。尤其她單身一人，令人倍添遐想。更引人注意的是在這嚴寒的天氣，她只是在白色的羅衫上加了一件垂地的淡黃披風，愈顯娉婷多姿，周圍的女子和她一比，就如燭火與星月般，相差了十萬八千里。韓柏大奇，如此美女，怎從未謀面和聽人提及。那女子直往韓柏走來，到了五步許處，抬起俏臉，星眸一亮，緊盯著他。韓柏見她腳步不停，若再走前，肯定會撞個滿懷，換了平時，他定會停步不讓，看她會不會這麼便宜他。不過現在要去與心中玉人相會，唯有壓下這誘人的想法，橫移兩步，避向道旁。

豈知人影一閃，那女子仍攔在身前，不過已停下腳步，亭亭俏立，笑吟吟的看著他。

韓柏大奇道：「小姐認識我嗎？」

美女甜甜一笑，由羅袖中抽出一卷畫布，玉手輕捏上下兩端，在他眼前拉了開來。他定神一看，立即愕然動容，原來是幅人像畫，畫的赫然就是他韓柏。

美女把畫像移到貼在聳挺的酥胸上，微笑道：「兄台是否畫內之人？」

韓柏苦笑道：「畫得這麼像，韓某想不認行嗎？」

近看此女更不得了，明亮的眼睛，漆黑的眸子，悅耳柔美的聲音，帶點病態美的雪膚，加上她莫測高深的行止，合起來形成了神秘詭異的誘人魅力。

美女笑道：「你肯認就成了，我是專靠捕捉被通緝的採花大盜歸案賺取懸賞生活的獵頭人，乖乖的跟奴家去吧！」

韓柏失聲道：「甚麼？誰說我是採花大盜。」

兩人站在路旁，一個風神俊朗，一個美艷如花，引得路人停了下來，對他們圍觀指點。

美女「噗哧」一笑道：「京城最美的兩位人兒都給你採了，還不肯認嗎？」

韓柏有點明白了，若非約了秦夢瑤，定會和她胡纏一番。但現在卻絕不適宜。哈哈一笑道：「原來你眞的知道，那最好不要跟來，否則我定要連你也採了。」舉步橫移，往另一邊行人道走去。他施展了急行法，似緩實快，暗忖看你怎追得上我。

美女蓮步輕搖，不即不離和他並肩而行，還好整以暇地嗔道：「人家的一日三餐都靠著你了，明知危險，卻怎可放過你呢？」她這些話語帶雙關，充滿了挑逗性。

韓柏心中暗嘆，美人兒爲何來得如此不是時候？同時亦暗懍對方武功高強。

踏上另一邊行人道時，韓柏嘻嘻一笑，往她香肩撞去，口中卻道：「小姐高姓大名，嫁了人沒有？」

美女香肩亦反撞過來，含笑道：「小女子姓甄名素善，尙未有夫家。」

「砰！」兩人肩膊硬拚了一記，分向兩旁移開，竟是平分秋色之局。

韓柏想不到來者竟是害得怒蛟幫幾乎覆亡的甄夫人，心叫不妙，一指往她腰脅點去，笑道：「那不如嫁給我吧！」

甄夫人甜甜一笑，纖手迎上韓柏，拂向他手腕，嬌笑道：「若是明媒正娶，不是男女苟合，嫁你何妨？」

韓柏見她手法玄奧精妙，猶勝鷹飛，嚇了一跳，慌忙縮手，心中叫苦。自己拚將起來，雖未必一定敗北，可是還怎能依時赴約，更何況她可能還有幫手。立定腳步再拱手一揖軟語求道：「我的美人兒啊！求你發發好心，暫放我一馬，我現在有急事趕著去辦，明晚再和你玩行嗎？」

甄素善移了過來，到幾乎靠入他懷裏，兩手後移，挺起酥胸，以示不會突襲，仰起迷人的俏臉，吐氣如蘭道：「韓郎的約會在甚麼時間呢？」

若非她報稱是甄素善，韓柏眞會以爲是遇上了單玉如，否則怎會如此妖媚迷人，嘆道：「離現在只有一刻時光多一點。」

甄素善明媚的眸子閃起亮光道：「道左相逢，遇聚一刻，實乃人生美事。韓兄陪素善到酒鋪喝過三杯酒，素善立即放人，任你去採花偷心，全都不管，你肯答應人家嗎？」

「噹！」一聲鐘響傳遍鬼王府。鬼王府這盤搶鷹刀的生意終於發市了。

「錚！」四個鉤子掛到屋簷，卻只發出一下單音，接著四道黑影避過了近十個銀衛的截擊，憑著鉤索之力，迅如鬼魅般躍上府外最高的鐘樓上空，再鬆掉鉤索，像一群隊形整齊的雁兒般，飛過積著厚雪的重重屋頂，投往內府的大廣場處，鬼王府空有重重守衛，除了彎弓搭箭勁射敵人外，再無他法。刀光閃起，勁箭不是落在空處便是給這四個身形各異的蒙面人砸飛。

眼看他們飛降另一屋頂，小鬼王荊城冷出現屋脊上，手提鬼王鞭喝道：「既有如此身手，爲何卻要藏頭露尾？」

「颼颼」聲連串響起。那四人左手連揚，四串十字鏢一個追著一個，電光石火般分射荊城冷身上各個必救要害，聲勢驚人，充滿死亡的威脅力。荊城冷雖是武技高強，亦難同時接下近百個殺傷力強大的十字鏢，尤其他們以特別的手法勁力擲出，利用旋轉的特性，不但加強了速度，還可專破內家護身眞氣。荊城冷暗叫厲害，橫移閃躲。那四人在空中像球兒般互相碰撞，散開來時或高或低，或左或右，變成由不同角度往荊城冷攻去，其詭變和巧妙處，教人難以揣摩。這樣四合爲一，又一分爲四的聯擊之術，荊城冷還是首次遇上，鬼王鞭化作一團鞭影，護著全身。四道寒芒，再由蒙面人處激射而出，往荊城冷攻去。荊城冷施盡渾身解數，擋開了兩刀，又撐出後腳逼退了後方攻來的敵人，終攔不住那輕功最佳，身形嬌俏的女敵手有若兩道激電般一長一短的兩把倭刀，冷哼一聲，翻落瓦面，退往廣場。那四人終於成功登上屋脊，十字鏢連續發出，想搶上來的銀衛紛被逼退，其中一人還肩頭中鏢，卻苦忍著沒有發出叫聲。這四人自是水月大宗座下風林火山四大高手。這時他們傲立屋脊，儼然有君臨鬼王府，不可一世的氣概。

荊城冷落到廣場處，沒有再攻上去，退到卓立廣場中心的鐵青衣、碧天雁兩人間，這時風行烈、戚長征、谷姿仙、寒碧翠、虛夜月、莊青霜、谷倩蓮、小玲瓏、褚紅玉等全趕了到來。宋媚、紅袖等不懂武功，所以仍留在月樓裏。

銀衛則全隱沒不見，變成兩組人一上一下，在這雪白的天地裏，成對峙之局。鐵青衣瀟灑一笑道：

「原來是東瀛好手，不過你們聯手之法雖妙，卻尙嫌不夠斤兩，若你們再沒有人出現，我們便立即將爾等生擒活捉，嚴加懲辦。」

鐵青衣哈哈笑道：「先報上名來，再好言相問，待我想想要不要答你。」這鐵青衣不愧鬼王倚重的大將，不但說話得體，還穩穩壓著對方。

山侍喝道：「我們乃水月大宗座下四大侍衛，韓柏若在，立即叫他滾將出來，不要做縮頭烏龜。」

虛夜月聽得他對自己愛郎口出狂言，嬌笑道：「大個子你約好了他嗎？不讓人家出去逛街的嗎？還未弄清楚事實，便胡言亂語，快滾下來待本小姐掌嘴。」山侍聽得愕了一愣，暗忖她罵得也有道理，一時做聲不得。

火侍最是風流自賞，虛夜月這種絕色，在東瀛從未之見，而其他各女都是姿色上乘，谷姿仙和莊青霜更可與虛夜月一較短長，色授魂與之下叫道：「好個牙尖嘴利的美人兒，就讓我們親熱親熱。」

虛夜月鼓掌道：「跳下來時小心點，不要尙未和我的寶劍親熱，便先仆穿了你的狗頭。」接著不依道：「快點吧！人家等得不耐煩了。」

眾人爲之莞爾。谷倩蓮更挽著她笑彎了腰，喃喃道：「死月兒！給你笑壞了。」火侍亦啞口無言，難道他眞要跳下去嗎？

四人見他們談笑自若，視他們如無物，均大感不是滋味。就在此時，一聲冷哼，一個高大人影，現身四侍正中。四侍忙跪下拜見。鐵青衣他們眼前一花，上面已多了個人，背對著他們。最使人印象深刻的，首數他斜掛背上式樣特異的水月刀，還有就是兩條細帶，連著無袖外褂的邊緣，再轉繞到背上縛成交叉的十字，使人一看便知是東瀛獨有的服裝。竟是水月大宗來了。

第八章 秦淮仙蹤

第八章 秦淮仙蹤

在一間高尙的老字號酒樓二樓臨街的廂房裏，甄素善殷勤地爲韓柏斟酒，然後舉杯道：「這一杯是慶祝我們終於碰上面的。」

韓柏欣然喝下，奇道：「聽美人兒你的口氣，好像一直急著要見我，是嗎？」

甄素善放下酒杯，嫣媚一笑道：「是的！自素善踏入中原，便一直想見你，看看你能否迷倒素善。」

韓柏大訝，忍不住搔起頭來。甄素善風情萬種地白他一眼，微嗔道：「你的頭很癢嗎？」

韓柏尷尬地收回大手，苦笑道：「不是癢，而是痛，因爲到現在我還弄不清楚你要拿我怎樣？也不知你的話是眞是假？我從未見過比你更高深莫測的女人。唔！或許那陳貴妃可與你一較短長。」

甄素善神情一黯，輕嘆一聲，微搖螓首，望著街上的熱鬧情景。韓柏竟忍不住心頭一顫，伸手過去，抓著她的柔荑道：「我們不是敵人嗎？爲何我一點都察覺不到你的敵意，假設你的情意是裝出來的，我豈非給你害死了仍糊裏糊塗？」

甄素善給他握著玉手，立時全身發軟，幽幽地橫他一眼，垂頭柔聲道：「韓柏！放開人家的手好嗎？否則素善便要纏你不休，教你赴不了約。」

最後一句比甚麼都有效，嚇得他連忙鬆手，訝道：「若我法眼無差，美人兒你尙是處子之身，爲何卻擺出可隨時和我搭上的姿態？」

甄素善抬頭看到他似認眞非認眞的傻相，「噗哧」笑了起來，再睨他一眼，神態嬌美無倫，哪像個領袖群雄的統帥。

韓柏哪忍得住，再伸手過去把她一對柔荑全納入手裏，正容道：「爲甚麼我像認識了你很久的樣子，不但不覺得你是可怕的敵人，還願意信任你，不怕你會傷害我呢？」

甄素善給他握得嬌軀一顫，幽怨地看他一眼，淡淡道：「我現在明白爲何沒有女人能抗拒你的魔力了，可是我卻不能具體地描述出來，因爲那只是一種深刻的感受。唉！造化弄人，素善卻必須毀了你，因爲你已成了我們最大的障礙。」

韓柏大力一拉，把她扯了過來，坐到腿上，甄夫人還未來得及抗議，朱唇早給韓柏封著。立即神志迷糊，迷失在那甜美醉人的天地裏。尤其韓柏那撫著她大腿的手，更令她神魂顚倒。兩張嘴唇依依不捨下分了開來。

韓柏把她摟得緊貼胸前，額碰著額，看著她的眼睛道：「我明白的，這一吻之後，我們就變成生死大敵，若你有本領，儘管來取我的小命吧！可是你若敗給了我，就須乖乖把身體給我。而在這之前，不准你讓任何男人碰你，知道嗎？」

甄素善迷惘的星眸回復清明，柔順地點頭道：「我會遵守這約定，但卻要警告你，我會變成絕對無情的狠心女人，不擇手段的迷你騙你，若你再讓素善像現在般和你親熱，便等於你自願把性命交給我。」

韓柏抱著她站了起來，再來了個長吻，才把這滿臉紅暈，羞人答答的美人放開，又伸手在她臉蛋輕佻地擰了一把，笑道：「美人兒！我們走著瞧吧！」哈哈一笑，瀟灑飄逸地欣然去了。

甄素善看著他的背影，先甜甜一笑，然後倏地收斂了笑意，露出森冷無情的顏容，足可令任何人心生寒意。

水月大宗兩手負後，背著下面廣場眾人道：「素聞鬼王虛若無乃明室第一強手，本宗則爲幕府首席刀客，今本宗不遠千里涉洋渡海而來，但求能與虛兄決一死戰，於願足矣！」

虛若無尚未答話，戚長征已「呸」的一聲，不屑喝道：「老戚還當你是甚麼人物，原來只是卑鄙無恥之輩，分明知道虛老與里赤媚決戰在即，他是傷不起，你卻是傷得起，那虛老怎能放手而爲？想見虛老嗎？先過得我戚長征這把刀再吹牛皮。」

水月大宗倏地轉身，兩眼射出寒芒，罩定戚長征，人雖未動，逼人的殺氣直壓下來。眾人紛紛擺開架式，一方面防範他突然出手，也爲了應付他凌厲的氣勢。

虛若無的笑聲由右後方書齋方面傳來道：「罵得好，老戚你眞對我脾胃，若我有多一個女兒，必會也招你爲婿。」

戚長征不忘向虛夜月眨了眨眼，氣得虛夜月跺腳不依，偏又喜歡他的英雄霸氣，暗忖若非有了韓郎，否則眞說不定甘心從他。

水月大宗面容古井不波，長笑道：「想不到虛若無竟是膽小如鼠之輩，以後還有臉見人嗎？」

虛若無的聲音斷喝道：「無知倭賊，給我閉口。以爲我不知你意圖把我引開，好讓藍玉來搶奪鷹刀嗎？你過得了眼前這關，才有資格來見我。不過說不定虛某一時手癢，會出來取爾狗命。」

乾羅的聲音笑道：「何用爲這種倭賊小鬼動氣，來！這一著輪到你了。」

水月大宗首次動容，只聽乾羅說話勁氣內蘊，揚而不亢，便知此人乃與鬼王同級的高手。不過他已騎上了虎背，冷喝道：「好！便讓我找幾個人的血先餵寶刀，再來看你下棋。」

下面各人倏地散開，谷倩蓮、褚紅玉和小玲瓏在鐵青衣指示下，退出場外，以免受傷。水月大宗一聲尖嘯，領著四侍，躍入場中。

韓柏才走不久，一人步入廂房內，原來是文武兼備的方夜羽。甄素善默默坐著，看著杯內晶瑩的美酒，沒有抬頭看他。

方夜羽坐到她旁，皺眉道：「找不到機會下手嗎？」

甄素善微一點頭道：「這小子其奸似鬼，只要我稍動眞氣，他會立生感應，那時鹿死誰手，尚未可知。」接著突然伸手按在方夜羽的手背上，甜甜一笑道：「可是素善應已成功地令他相信我眞的愛上了他，嘻！這個傻瓜。」

方夜羽反手抓緊她的玉手，柔聲道：「那你是否眞愛上了他呢？」

甄素善狡猾一笑，點了點頭，又搖了搖頭，沒有答他。

方夜羽心中微痛，溫柔地搓著她纖美的玉手，輕輕道：「今晚事成後，素善陪我好嗎？」

甄素善俏臉略紅，嘆了一口氣，伸出另一手撫上他的俊臉，柔聲道：「你能狠心殺了秦夢瑤再說吧！我所以能騙得韓柏信我，全因我尚是完璧，你當明白我的意思吧！」

方夜羽眼中射出難以形容的神色，冷冷道：「縱使秦夢瑤有浪翻雲和了盡做她的護法，她恐仍難活著去見朱元璋。唉！若非得青青公主點醒，我們仍猜不到雙修大法加上魔種，竟可接回秦夢瑤的心脈。」

秦淮河上落花橋。當韓柏走上橋上時，蜿蜒曲折的長河中花艇往來，燈火處處，笙歌絃管，舞樂昇平，不由想起了香醉舫和天命教。與他肩摩踵接到此求醉買笑的文人雅士、風流浪客，有誰知道在這美麗的外衣下，京師正展開了內外各大勢力，動輒可使天下傾頹，萬民塗炭翻天覆地的鬥爭？亥時了，爲何我的乖寶貝小親親好夢瑤還未現出仙蹤呢？嘿！見到她時，該不該立刻對她放肆，趁到皇宮前好好在她美若神物的仙軀嚐點甜頭，欣賞她欲拒還迎的羞態呢？想到這裏，心都熱了起來，慾火狂升。韓柏大吃一驚，若自己不能進入有情無慾的境界，豈非害了好夢瑤。忙運起無想十式的止念，慾火消退，心靈通透。

「韓柏！」韓柏虎軀劇震，挨到橋欄處，朝下望去。一艘小艇緩緩由橋底下駛了出來，一身雪白襯得烏黑秀髮閃著亮光，淡雅美艷，飄逸如仙，來自慈航靜齋的絕色嬌娘，安坐艇內，悠然自若地划著小艇，仰起令他神醉心迷，秀美無倫，不沾半點人間塵俗的絕世臉龐，深情地看著他。韓柏的魔種騰地升至頂峰，全身輕飄飄的，毫不費力拔身而起，落在艇中。哪還客氣，緊貼著她坐了下去，接過她左手木槳，另一手抓緊她的柔荑，心神俱醉地嗅著她熟悉的芳香。兩槳同時伸出，不分先後地輕輕划入水裏，小艇溫柔地向前滑去。被大雪淨化了的兩岸景物，反映著河岸的燈火，就像一個美得不願醒來的甜夢。

秦夢瑤嬌吟一聲，似不勝與他貼體的接觸。小半邊身挨入他懷裏，螓首後仰，枕到他寬肩上，美眸閃著攝人心魄的異采，看著他身後的鷹刀，「噗哧」笑道：「韓郎啊！爲何你會背著天下人人爭奪的鷹刀，肆無忌憚地隨處走動呢？」

韓柏給她嬌甜軟語，迷到身癢心酥，搓捏著她香軟的小手，側頭往她望去，一見下劇震道：「天啊！夢瑤你完全回復了以前那不食人間煙火的樣子了。」

漆黑的星空下，岸旁河上的燈火中，秦夢瑤玉容閃著聖潔的光澤，有若降世的觀音大士，教人難起半分邪念。

秦夢瑤含情脈脈地凝視著他，淡然淺笑道：「人家本就是那個樣子嘛，今天是我們的大日子，自然要以眞面目見夫君大人！」

韓柏心神俱醉，狠狠道：「我今晚誓要把你的仙法徹底破掉，將你變成這世上最幸福的女人。」

秦夢瑤坐直嬌軀，微微一笑道：「大雪初晴，星綴長空，如此良辰美景，正好讓道胎魔種，作出史無先例的決鬥。不過眞不公平哩！人家還要心甘情願助你這壞人得勝。」

韓柏心中狂喜，看著她刀削般輪廓分明、爲天地靈氣所鍾的美麗側臉，心中澄明透澈，只覺若能像現在般飽餐秀色，直至宇宙的盡頭也不會有半分沉悶或不足。

秦夢瑤秀眉輕蹙，道：「韓柏你爲何身帶女兒香氣，不是剛鬼混完才來找夢瑤吧？」若非兩手均不閒著，韓柏定會大搔其頭。支支吾吾間，秦夢瑤笑道：「夢瑤不追問我的好夫君了。韓柏啊！夢瑤這些天來想得你很苦，爲何見到人家都不親一口呢？」

韓柏劇震道：「這話本應該由我來說，爲何反從你的仙嘴吐出來呢？」接著苦笑道：「我眞的起不了親你那張小甜嘴的念頭，因爲覺得對你的任何冒犯，都會破壞了你這天地間最完美的仙物。」

秦夢瑤美眸一轉，情致嫣然，動人至極，挨了過來，香唇印在他臉頰上，欣然道：「若韓郎一直保持這種心境，怎能挑起夢瑤的情慾呢？」

韓柏一呆道：「我還以爲這就是有情無慾哩！」

小艇緩緩在花舫間穿插前行，秦夢瑤嬌笑道：「若眞個無慾，如何可以和夢瑤合體交歡？夢瑤要的是情慾分離，你明白我的意思嗎？」

韓柏放開她的玉手，抄了過去，摟著她的小蠻腰，笑道：「當然明白，我最近不但領悟了使你生孩子的竅訣，還學會在欲仙欲死的緊要關頭，保持心神的澄明通透，那種雙重的享受，眞教我魂爲之銷。」摸著她的小蠻腰，消失無蹤的慾念又再蠢蠢欲動，忍不住手往上移。

秦夢瑤嬌軀微顫，沒有拒絕。但神情仍是那麼恬靜嫻雅，臉蛋側枕到他肩上去，幽幽一嘆道：「韓柏，這可不行哩！你要由一開始時，便進入情慾分離的道境，才可破夢瑤的劍心通明。像你現在這類下乘手法，雖可藉魔種挑起夢瑤表面的情慾，卻絕不可征服夢瑤的禪心，達不到使夢瑤有慾無情的要求。一日情慾不分，便只是後天下乘境界，憑甚麼制伏人家的道胎呢？」

韓柏一震，手滑回她腰肢處，愕然道：「這些境界如此玄妙，先不說我那方面，請問我怎樣才能知道已逗得夢瑤有慾無情呢？」

秦夢瑤白了他一眼，小嘴湊到他耳旁，輕輕道：「今晚夢瑤和你之間每一件事，每一句話，都不准你透露與任何人知道，肯答應人家嗎？」

韓柏被她這誘人話兒再挑得慾火狂升，心中叫苦，壓下不是，不壓下又不是，怎樣才能情慾分離呢？

秦夢瑤狠狠咬了他耳珠，嗔道：「無賴快答我！」

韓柏心中一蕩，側頭看著這紅暈滿頰，嬌秀無倫的仙子，故意奇道：「你究竟想說出甚麼心事兒，爲何害羞得這般厲害？」

秦夢瑤羞態有增無減，連小耳根都紅透了，把俏臉埋入韓柏頸裏，不依地撒嬌道：「只要想起須親口告訴你有慾無情這羞人事，人家甚麼劍心通明都生出小翼飛走了。」

看著她前所未有的羞態，韓柏更加慾火焚身，又好奇心大熾，緊摟著她香肩，求道：「快說給爲夫聽，怎樣才算是有慾無情？」

秦夢瑤小嘴貼著他耳朵輕輕吐言道：「當你逗得人家不論對甚麼男人都願意欣然獻上身體時，那就是有慾無情的羞人境界了。」

韓柏立時如給冷水照頭淋下，慾念盡退，首次認識到今晚的任務是如何艱巨。要使秦夢瑤心甘情願和自己歡好，現在對他來說是輕而易舉的事，因爲他們間早建立了深厚的愛情。但若要這自幼修行的仙子，情不自禁去接受完全沒有感情的男人，變成純肉慾的追求，那除非餵她服食了連這仙子都受不起的烈性催情春藥，否則怎會有此可能呢？更要命的是看到她春情勃動的誘人神態，自己又怎能情慾分離。起始看來很簡單的事，忽地變得複雜艱難無比。韓柏呼吸急促起來，望著秦夢瑤。

秦夢瑤大嗔道：「不准在這時看人家。」

韓柏劇震嚷道：「老天爺啊！現在你媚惑誘人至這模樣，我怎還可記得甚麼有情無慾呢？夢瑤教我救我！」

小艇這時來到與長江交接的水口，秦夢瑤收槳，好讓韓柏調轉船頭，嫣然嬌笑，白他一眼道：「人家怎麼知道呢！總之今晚不理結果，都要把身體交給你了，就算燃盡了生命之火，也好帶著你的愛情，到死後那神秘的境界去。」

水月大宗雙腳尚未觸地，碧天雁箭般飆前，雙枴一先一後，朝水月大宗擊去，速度氣勢，均達第一流高手的境界。水月大宗仍在半空，冷哼一聲，不覺任何動作，水月刀竟高擎半空，迎頭往碧天雁蓋下去，比碧天雁還快了一線。鐵青衣等齊生寒意，這麼快的拔刀出刀動作，還是初次見到。水月刀才離鞘，凜冽有若實質的殺氣籠罩了方圓三丈之地，連在最外圍的谷姿仙、莊青霜和寒碧翠，亦要運功抗禦，才不致牙關打顫，往後退開。水月刀果是先聲奪人。十字鏢雨點般由水月大宗身後屋脊上的四侍連珠發出，射向想撲前援手的風戚等人。

碧天雁與水月大宗正面交鋒，感覺更是難禦，對方劈下來的倭刀似帶著一種使人目眩神迷似實還虛的詭異邪力，教人全無辦法捉摸它的速度與來路。更驚人的是他的先天刀氣，刀未至刀氣已至，若給刀氣劈中，傷的將是內臟而非皮肉，但殺傷性卻同樣可怕。在這生死時刻，碧天雁自知無法在刀氣襲身前先傷對方，立即反攻爲守，雙枴交叉作十字，「卡嚓」脆響，接著了水月大宗這驚天動地的一刀。無可抗禦的刀勁透枴而下，碧天雁竟不得不坐馬沉腰，以化勁道，腳下厚達數尺的石板立時「勒」的一聲裂碎，遠看去就若水月大宗一刀把碧天雁劈入地裏。碧天雁知這乃生死存亡之一刻，狂喝一聲，抽出右枴，閃電出擊，同時以左枴把水月刀向左方卸去。水月大宗一聲大笑，腳踏實地，水月刀彈了起來，刀光再閃。碧天雁悶哼一聲，踉蹌後退，眾人明明見水月刀沒有碰到他，都不明所以。鐵青衣長嘯一聲，卸下長衣，手捲衫束，變成一卷棍狀之物，向水月大宗搗去。

荊城冷駭然扶著倒退的碧天雁，驚叫道：「雁叔沒事吧！」

碧天雁面無血色，顯是損耗極鉅，搖頭道：「幸好他破不了我的護體眞氣。」大叫道：「青衣，小心他的先天刀氣！」

「蓬！」衣束水月刀交擊。這時四侍分散落到水月大宗後方，擺開架式，虎視眾人，卻沒有出手。水月大宗動也不動，鐵青衣卻全身一震，急退三步。倏地水月大宗以玄奧至極的步法移前五步，刀光一閃，疾取鐵青衣胸膛。鐵青衣給他凌厲無匹的刀勁震得手臂痠麻，見水月刀電射而至，施出看家本領，衫束化回長衣，潮水波浪般揚起，「蓬」的再擋了一刀，這回只退了一步。

水月大宗讚道：「好本領！竟懂以柔制剛之理。」驀地刀光大盛，幻出重重刀影，催出陣陣刀氣，漫天蓋地隨著玄奇步法，狂風掃落葉般往鐵青衣捲去。鐵青衣怡然不懼，長衫化作一片青雲，反往對方捲去。戚長征和風行烈使個眼色，均看到對方臉上驚容，如此蓋世刀法，實是前所未見。就在此時，虛夜月嬌叱一聲，鬼王鞭靈蛇般先落到地上，轉眼間沿地竄去，捲往水月大宗的右腳。水月大宗喝止後方四侍道：「不准動手。」哈哈一笑，水月刀揮擊在鐵青衣貫滿眞勁的長衫上，把他震得側跌開去，自己則倏地閃開。虛夜月詭異無比的一鞭立時師老無功。鬼王鞭由地上彈了起來，隨著虛夜月前衝的身子，追著水月大宗攻去。荊城冷一把攔著想上前援手的莊青霜和谷姿仙，厲聲道：「我去！」反身亡命撲去。水月大宗見引得虛夜月追來，心中竊喜，只要擒得這女娃，哪怕鬼王不任由宰割。

秦夢瑤坐到艇尾，把划艇之責交給韓柏，後者逆流把小艇往落花橋駛去。秦夢瑤神態嫻雅，心靈一片平靜。這次再會韓柏，她感到一切都不同了。她從未有一次像現在般全心全意渴想和韓柏在一起，共享那種難以言喻的超然感覺。這與男女之情絕對無關，就像和浪翻雲、龐斑又或言靜庵相處時那種醉人的感受。更何況她對韓柏情根深種，使她知道無論韓柏對她怎樣放肆，她只會欣然接受，不會生出抗拒之心，就像他剛才那麼溫柔地摟了她的腰肢，輕撫了她的酥胸。她感到道胎和魔種在精神的層面緊鎖在一起，誰都不肯和不願分開來，那種情慾交融的感覺，是捨韓柏外再無任何人可賦予她的。若非尚未接回心脈，她便可和韓柏共嚐魔種道胎靈慾渾融的甜美滋味。但現在他們必須分別達到有情無慾，有慾無情的境界。成功與否，已完全要看韓柏的表現，她只能從旁引導。但她並不放在心上，自劍道有成以來，她早看破生死得失，沒有任何事會放不下，包括自己的生命。

韓柏呆看著她，目不轉睛。秦夢瑤蠻腰輕扭，白了他一眼道：「還穿著衣服都要看得這麼色迷迷嗎？」

韓柏早認識到這仙子出世和入世的兩面。出世的她，凜然不可冒犯；入世動情時，則比任何女人更加姣美誘人，嬌艷媚惑至使人迷惘顛倒的境界。韓柏今晚自見到秦夢瑤後，魔種一直處在最佳的狀態下，他可以清楚體會到秦夢瑤對自己的海樣深情，感應到她甘願委身從他的心意。更使他感動的是秦夢瑤拋開了包括生死與師門責任在內的一切，把芳心和肉體完全絕對地向他開放，任他為所欲為。只恨不知如何才能由始至終，都保持在情慾分離的先天道境裏。這幾天當他和諸女歡好時，皆可在神醉魂銷的一刻，攀上那種境界。但那只像妙手偶得的佳句，這刻想蓄意為之，卻是可想不可得。若以無想十式的玄門正宗為之，則未開始早肉慾退盡，亦是不行。現在他甚至不敢挑起秦夢瑤的情慾，因為若以後天之法，只能挑起後天的情慾，可能尚未與秦夢瑤合體，她即受不住凡俗慾火的衝擊，心脈斷折，玉殞香消，這如何得了。

秦夢瑤見自己出言逗他，這小子仍是一本正經，輕輕一嘆後，俏目凝注河水，幽幽道：「河水流過的地方，草木欣欣向榮，生命像花般盛放繁開。河水去了又來，生命亦一代一代接續下去，這一切的背後究竟有甚麼目的呢？」

韓柏呆了一呆。他是個熱愛生命和入世的人，很少會想及這類哲理性的問題，但知道秦夢瑤一言一語，均大有深意，忙思索起來，沉吟道：「那目的定是超出了生命本身的範疇，而我們則是生命的一部分。所以若只憑生命賦予的能力，可能永遠不能勘破這生死之謎，因爲生命本身局限了我們。」

秦夢瑤挺直嬌軀，秀眸射出深不可測的智慧，喜孜孜地道：「這就是鷹刀的意義。我有一個尚未告訴你們的秘密，鷹刀的來歷詭秘莫測，是在鷹緣十八歲時，突然出現在布達拉宮的大殿，那時宮內正舉行鷹緣正式登上活佛寶位的大典。沒有人知道它從何而來。由那天起鷹緣把蓋世武功徹底忘記，變成一個完全不懂武功的人，任其他人怎樣測試，亦探測不出他體內有絲毫眞氣，亦由那天開始，鷹緣成了西藏最受尊敬的活佛。」

韓柏聽得目瞪口呆，咋舌道：「我的乖乖小夢瑤，這究竟是怎麼一回事，我就像在聽神仙故事。」

秦夢瑤見他回復了平時的狀態，輕挽被夜風吹亂了的秀髮，甜甜一笑道：「由亙古至今，每一代都有神仙故事，有些是眞，有些是假。但它們都代表著人類的憧憬和夢想，那就是想知道『我們究竟在這裏幹甚麼？』那答案可能就在你背上的鷹刀之內。否則傳鷹何須以無上神力，在破碎虛空而去後仍念念不忘將它交給自己的寶貝兒子呢？」

韓柏一臉難以置信地伸手撫向背上的鷹刀，瞪大眼睛瞧著秦夢瑤道：「破碎虛空？」

秦夢瑤站了起來，移入韓柏懷裏，坐到他腿上，臉貼著臉，柔聲道：「是的！破碎虛空是四十九章『戰神圖錄』最後一章，說的是道界魔門千古追尋那最後的一著，就是如何超脫宇宙那『虛空』的本體，進而成仙成佛，再不用受這宇宙的規律約束。那便等於棋子超越了棋盤，明白到自己只是棋子。」

貼著她的小臉蛋，嗅著她身體的芳香，享受著腿股交疊的感覺，聽著她這麼啓人玄思充滿智慧的話語，韓柏心神皆醉，嘆道：「我明白了，夢瑤是否要我向鷹刀求救，因爲我現在慾火焚身，只要一旦能令情慾分離，我不理甚麼場合，也要破入秦夢瑤的仙體裏去。」

秦夢瑤知道激起了他的魔性，因爲魔種已在精神的層面上向她的道胎入侵，使她感到心動神搖，伸手撫上他的臉頰，同時以臉蛋廝磨，深情地道：「只要夫君認爲可以的話，夢瑤隨時隨地願薦枕蓆。」

風行烈和戚長征見虛夜月和荊城冷兩師兄妹不顧自身地向水月大宗攻去，哪敢遲疑，亦分由兩側搶攻。碧天雁這時調息完畢，和鐵青衣由兩翼切進，一邊監視後面四侍的動向，防止他們出手突襲，亦全神觀戰，隨時準備加入戰團。酣戰至此，鬼王府四大家將已有兩人出手，都是招架乏力而退。只從這點，可看出水月大宗不愧東瀛首席刀客教座，直有挑戰龐斑浪翻雲的資格。他的刀法霸勁狠辣，專走偏鋒，勝敗動輒分於一刀之內。現在誰都知道在場者無人可獨力對抗此人。

在荊城冷趕上增援心愛的小師妹前，水月大宗向虛夜月劈出了有若繡花般細膩纖巧的三刀，把她神出鬼沒的鞭法封擋得一籌莫展，然後刀芒暴盛，硬搶入鞭影的空間，一伸手竟給他抓著鬼王鞭，水月刀則化作激電，風雷狂起般往荊城冷擊去，使他不能插手壞事。在這種勝敗立判的時刻，即可見鬼王對女兒的苦心栽培，並沒有白費。虛夜月想都不想，立刻棄鞭，抽出背上雪梅香劍，挽起一球劍花，往水月大宗胸膛露出的空門送去，嬌秀的俏臉現出一個甜甜的笑容。水月大宗本想把她硬扯入懷，哪料得到她反應如此正確決斷，一指點出時，看到她那可愛動人的表情，竟下不了辣手摧花的狠心腸，收回了三成力道。荊城冷藉鞭長之利，鞭梢一把抽在水月刀近手把處，梢後的一截鬼鞭同時起了一重波浪，海潮般搖打在刀鋒處，用勁之妙，教人深為驚歎。凌厲的一刀竟被他化去。

水月大宗仰天一陣長笑，道：「好鞭！」回刀固守，結實得有如銅牆鐵壁，沒有絲毫空隙，霎時間擋了荊城冷五鞭。這時他左手一指點在虛夜月雪梅香劍的鋒尖處。虛夜月催出劍氣，只覺內勁如牛毛入海，空虛飄蕩，難受得要命。水月大宗手指縮退回帶，竟硬生生把虛夜月拖得往他撞過去。戚長征和風行烈兩人離得最近，大驚失色下，分由外圍撲上搶救。水月大宗右手水月刀反守為攻，一個中劈，往荊城冷咽喉破去，恰是荊城冷唯一的空隙，並正好避過了他的鬼鞭。荊城冷無奈後退，沒法援手。眼看誰都來不及救虛夜月，這可愛的妮子一聲嬌叱，棄去香劍，嬌軀一旋，竟脫出了水月大宗的牽引，橫移兩步，避過了遭擒厄運，纖手往下一伸，拔出插在靴桶一長一短的匕首，挽起一堵劍網，使水月大宗不能乘虛進犯。

谷姿仙莊青霜和寒碧翠驚魂甫定，同時叫道：「月兒退下。」虛夜月嬌聲應道：「月兒不怕他！」「鏘鏘」兩聲，施出玄奧招法，竟擋開了水月大宗鬼神莫測的一刀。此時戚長征和風行烈開始和水月大宗近身接觸。荊城冷向水月大宗硬攻了十多鞭，給他凌厲無匹的刀氣震得血氣翻騰，心跳目眩，乘機退出戰圈，回氣休息，這時才明白鐵碧兩人為何不能迅速回到戰場。最先攻向水月大宗的是風行烈的丈二紅槍，一上場他即使出燎原槍法最厲害的殺著「威凌天下」，一時槍氣嗤嗤，驚濤裂岸般往水月大宗捲去。水月大宗為之動容，掠過驚異之色，空著的手回握刀柄，刀指地上，刀柄先後撞上虛夜月的鴛鴦匕首，把她擋退。然後水月刀斜挑向上，竟在重重槍影裏找到真命天子，挑中丈二紅槍槍頭。眼看紅槍往上盪起時，他便可搶入對方空間，一刀克敵。豈知風行烈得厲若海真傳，又是體內三氣匯聚，兼曾目睹厲若海與龐斑的決戰，哪會如此容易被他收拾，施出了拖槍勢化上盪之勢為回拉之力。丈二紅槍倏地消失不見，到了腰背之後，擬出無槍之勢。水月大宗何曾見過如此玄妙槍法，這時戚長征天兵寶刀已至，埋身疾劈，竟半點都不懼他的水月刀。水月大宗面容古井不波，水月刀高舉橫在頭頂，往後疾退，作了個大上段，冷冷看著左右攻來的兩大年輕高手，首次露出凝重的神色。虛夜月被水月大宗的刀柄撞得兩手痠麻，不敢逞強，退到谷姿仙和莊青霜身旁。寒碧翠得這機會，補了虛夜月的空隙，持劍由中路欺上去。

韓柏神魂顛倒地離開秦夢瑤的香唇，看著這不勝嬌羞的仙子凡心大動的誘人模樣，大口急速地呼吸道：「夢瑤啊！我知你眞是由天上下來的仙子，快告訴我怎樣可識破鷹刀的秘密，使我的魔種生出道心，那我將可隨時臻至情慾分離的先天境界，求求你吧！我知道你定有答案。」

秦夢瑤嗔道：「你這人呢！到此刻還要對人家嚼舌頭。」又「噗哧」嬌笑道：「想看破鷹刀還不容易嘛，只要你的精神能嵌進傳鷹存於鷹刀的精神烙印去，自然可分享到傳鷹的經驗。」

韓柏心頭劇震，想起與水月大宗交手時，曾和鷹刀產生奇異的聯繫，隱隱間似抓著了某種微妙的東西。

秦夢瑤摟著他脖子，吻了他面頰，柔聲道：「夢瑤愛看你現在那種凝神沉思的表情，有種震撼人心的魅力。」

韓柏接觸到她深情的眸子，緩緩道：「我或許有方法勘破鷹刀的秘密，只恨時間無多，夢瑤若再不能續回心脈，恐難捱過今晚。」

秦夢瑤微笑道：「除非能像傳鷹般躍馬虛空而去，否則誰能不死！遲些早些，不外如是。韓郎何須介懷。但我卻有奇妙的預感，知道韓郎定可爲人家接回心脈，讓夢瑤乖乖的做你的妻子。」

韓柏興奮起來，道：「我差點忘了自己是福將，何況你這仙子的預感定錯不了。不過你休要騙我，你絕不可能像詩姊姊等般甘心做我韓某的歸家娘，是嗎？」

秦夢瑤橫他一眼道：「若給你徹底征服了，誰說得定人家會變成甚麼樣子。無賴大俠，落花橋到了，上岸吧！有很多人等著我們呢。」

韓柏愕然道：「很多人？」

秦夢瑤嘆道：「由你上船開始，一直有人跟著我們，由這裏到皇宮，絕不會太平無事。」

韓柏豪氣狂湧，哈哈一笑，拔出鷹刀，扶著她站了起來，道：「我忽然信心十足，就算來犯的是里赤媚，也有把握把你送入宮去。」

秦夢瑤移到他身後，攀上他的背脊，兩腿挾著他的腰腹，湊到他耳旁道：「由此刻起，夢瑤把一切全交給你了。」

韓柏笑道：「放心吧！一切包在爲夫身上。」一聲長嘯，拔足離艇，背著這天下第一美女仙子，投向岸上去。

風行烈箭步前移，丈二紅槍由腰眼吐出，像一道激電般射在水月刀上，絞擊在一起。水月大宗雄軀劇震，往後一晃。風行烈亦退了開去，卻是退而不亂，丈二紅槍彈往高空，化作千百槍影。戚長征像頭猛虎般撲到水月大宗左側，「嚓嚓嚓」一連劈出三刀，天兵寶刀決盪翻飛，每一刀均若奔雷掣電，全不留後手。水月大宗剛擋了風行烈淩厲無匹的一槍，本應趁勢追擊，可是戚長征驚人的刀勢卻使他不敢輕忽，全力施出水月刀法，捲向戚長征，刀光刀氣，激昂跌宕，不可一世。刀鋒交擊之聲不絕於耳。戚長征完全陷進了水月刀使人身不由己的激流裏。只覺對方每一刀均若羚羊掛角，無跡可尋，且重逾萬鈞，奮力擋了十多刀後，早給他殺得汗流浹背，擋三刀只能還一刀，暗叫厲害，但又痛快至極。寒碧翠寶刃已至。水月大宗踏著玄奇步法，水月刀潮影一展，把她亦捲了進去，竟仍應付裕如。「鏘！」丈二紅槍又至。一時間四道人影分合不休，兔起鶻落，兵刃交擊聲不絕於耳，看得雙方之人均目眩神迷。

就在此時，鬼王驀地出現戰圈近處，哈哈大笑道：「水月兄，假若虛某現在出手，保證能在三招之內取你性命。」

風林火山四侍立即移前過來，卻給鐵青衣和碧天雁截著，不敢輕舉妄動。水月刀光芒暴盛，卻仍逼不退三人。

水月大宗猶可開口道：「以多勝少，算甚麼英雄。」

虛若無冷冷道：「我們是兩國交鋒，不是江湖比武，有甚麼公平不公平，給我住手。」

水月大宗收刀後移。三人當然同時退開。水月大宗尚未站穩，鬼王欺身而上，水月大宗一刀劈去，鬼王哈哈一笑，衣袖裏滑出一截名震天下的鬼王鞭，激射在刀鋒處。鬼王晃了晃，水月大宗卻後退了小半步。表面看雖似是鬼王佔了上風，可是水月大宗在力戰之後，所以仍應是平分秋色。鬼王鞭又由衣袖滑回去，另一截竟又從褲管滑出來，像能自己作主般往水月大宗腳下掃去。水月刀猛插地上，險險擋了他這詭異莫測的一鞭。戚風等人大開眼界，想不到鬼王單憑肌肉的移動和內功的駕馭，把鬼王鞭用至如此使人防不勝防，出神入化的地步，使水月大宗亦要改採守勢。鬼王鞭縮入褲管裏，影蹤全無，但誰也不知道下一刻會由甚麼地方鑽出來。

水月大宗刀回鞘內，微微一笑道：「鬼王終是英雄人物，水月領教了，在決戰浪翻雲前，再不會來擾閣下清修。」

眾人都暗訝水月大宗能屈能伸，這麼一說，鬼王自不好意思把他強留。

鬼王點頭道：「水月兄確有挑戰浪翻雲的資格，請了！」水月大宗一聲呼嘯，領著四侍去了。

乾羅的聲音在後方響起道：「水月刀確是名不虛傳，若虛兄不親自出手，我看他還不肯死心。」

鬼王轉身笑道：「我怕受傷，他也怕受傷，不能以最佳狀態對付浪翻雲，這叫兩者都怕，怎打得起來。來！我們繼續下棋。」

秦夢瑤耳際風生，在韓柏強壯安全的背上隨他竄高躍低，這一刻還在簷頂間駕霧騰雲，下一刻則在橫街小巷裏急竄，又或跨牆進入人家的院落裏，所採路線莫可預測，迅快無倫。她的道心澄明不染，清楚感到韓柏利用魔種敏銳的特性，先一步避過敵人的攔截。韓柏愈是狂奔疾走，愈是歡欣莫名。背著使自己夢縈魂牽的仙子，他感到雙方不但在精神的層面上，緊密和渾融無間的結合著，即使在物質的層次中，他們的血肉亦連接起來，成為一體。那種深刻的感覺，絕不會比男女合體交歡遜色分毫，但卻又是那般超然醉人。更奇妙的是手中的鷹刀像變成了有生命似的靈物，使他的心靈擴展開去，忘憂無慮，沒有半分驚懼惶恐。魔功不住運轉，突破了以前的任何境界，超過了體能的限制。那種感覺像魔種初成，由被埋處鑽了出來，在荒野狂奔，後來更遇上斬冰雲時的情景，只是那感覺更強烈百倍。整個白雪覆蓋了的世界與他再沒有彼我之分，包括了緊貼背上的蓋世美女和手握的鷹刀。

當他再躍上一座巨宅的瓦頂時，皇城遙遙在望。兩道人影落到他身旁，陪著他朝前掠去。左邊是天下無雙的劍手浪翻雲，右邊是兩大聖地淨念禪宗之主了盡禪主。由這裏開始，房舍稀疏起來，更多的是園林和曠地，再無法藉地勢來躲避敵人的追擊，敵人截擊的重兵亦將佈在由此往皇城的路上。韓柏分別和兩人打了個招呼。

浪翻雲笑道：「鬼王眞懂看氣色，看出韓小弟今晚有難，所以把鷹刀交給你。」

了盡淡笑道：「能否闖到皇城，全賴檀越了。」接著低宣一聲佛號。秦夢瑤閉上美目，緊摟韓柏，對身邊的事不聞不問，進入了禪定的至境。

交談間，四人掠過了二十多幢房舍，前方忽地現出數條人影。韓柏定睛一看，暗叫乖乖不得了。最礙眼的當然是里赤媚、年憐丹和那「荒狼」任璧，其他兩人乃由蚩敵和強望生，看來今晚方夜羽的人傾巢而來，存心置自己於死地。浪翻雲一聲長嘯，遠近皆聞，超前而出，雄鷹搏兔地往敵人投去。那邊的里赤媚知道他是故意驚動皇城嚴無懼方面的人，心中暗恨。初時他們打算在韓柏和秦夢瑤會面時，立即出手。哪知秦夢瑤竟坐艇而至，秦淮河上，又有浪翻雲和了盡作護法，不宜群鬥，唯有苦待他們上岸。哪知韓柏這小子忽然功力大增，又利用地勢鬼神莫測地避過了他們的追截，直到這裏才攔上他們。不過亡命相搏，生死判於數招之間，只要纏住浪翻雲和了盡，哪怕不立即以雷霆萬鈞之勢，把韓柏和失去作戰能力的秦夢瑤絞個粉碎。一聲冷笑，往落在瓦面的浪翻雲攻去。

浪翻雲臉帶微笑，「鏘！」的一聲覆雨劍落到手上，先爆起一個劍花，接著化成千千萬萬的劍芒光點，巨浪激濤般往五人衝撒而去。任璧還是初遇浪翻雲，雖久聞他的厲害，仍想不到臻至如此出神入化的地步，劍雨起時，整片瓦面全陷入光點裏，更懾人心魄的是，隨著劍雨而來凝若實物，無堅不催的劍氣，令他覺得己方雖人多勢眾，但卻完全沒法發揮群鬥的威力，變成處於各自獨立作戰的劣勢裏。任璧一聲狂喝，把蓄滿的氣功，遙遙一拳擊往光點的核心處。年憐丹早有和浪翻雲對戰的經驗，哪敢遲疑，手中重劍似拙實巧，一劍劈去。由蚩敵和強望生的連環節扣與獨腳銅人，並肩由兩側攻去。大戰終於由浪翻雲的覆雨劍揭開序幕。

風行烈、戚長征和諸女回到月樓時，仍在興致勃勃討論著把水月大宗逼走一事。這時各人睡意全消，由翠碧和夷姬獻上香茗。宋媚和紅袖歡天喜地迎上戚長征，自有說不完的關懷情話。他們已從虛若無那裏得知水月大宗伏擊韓柏不成，才到鬼王府來尋晦氣。

坐好後，戚長征搖頭嘆道：「韓柏這小子真是潛力無窮，深不可測，我們三人還是僅可擋著這倭鬼的攻勢，眞令人想不透他為何可毫髮無損地溜回來。」

谷倩蓮抿嘴笑接道：「這傢伙還龍精虎猛的吻了我們的月兒和霜兒，化解了她們憋滿一小肚子的怨氣呢。」虛夜月和莊青霜被她笑得臉染紅霞，嬌嗔不依。谷倩蓮笑嘻嘻坐到兩人的長椅間，鬧作一團，氣氛熱烈。

戚長征向寒碧翠誇獎道：「碧翠劍術大有精進，可喜可賀。」

寒碧翠得愛郎讚賞，心生歡喜，白他一眼道：「人家以前雖是一派之主，但卻像長在溫室的花朵，沒有歷練的機會，唔！人家不說了。」

谷姿仙和她最是相投，一直不敢問她丹清派的事，這時見她心情大佳，乘機關心地探問。

寒碧翠神色一黯，但旋又露出一絲興奮的神色道：「我們的犧牲並沒有白費，很多平時對我們冷漠的幫會家派，忽然都對我們熱心和尊敬起來，在外地的師叔伯和師兄弟，更是眾志成城，回來重整丹清派，所以我才能抽身上來尋這狠心的人。」

戚長征舉手道：「好碧翠，爲夫早投降了，還要我怎樣討你歡心，儘管劃下道來。」

虛夜月輕輕道：「你定是吻得翠姊不夠。」寒碧翠跺腳嬌嗔，卻是暗自歡喜。

戚長征坦然道：「最可恨就是水月這傢伙，否則寒大掌門早像月兒霜兒般怨氣全消了。」

眾女嬌嗔笑罵，喜氣洋洋。任誰與水月大宗這麼可怕的刀法大師交手後，仍絲毫無損，自是值得心悅歡騰的事。

谷倩蓮摟著虛夜月道：「月兒爹的鞭眞厲害，眞沒想過可以這麼使鞭的，月兒會不會這樣用鞭，來！給蓮姊看看有沒有把鞭子藏在衣服裏？」自然又是一陣扭打笑鬧。

風行烈想起韓柏，皺眉道：「現在京師處處危機，韓柏不知是否可應付得了？」

戚長征笑道：「放心吧！這小子詭變百出，又不像我們愛逞英雄，況且大叔定會護著他，有甚麼好擔心的。」忽然像想起甚麼事似的，拉著風行烈到了一角道：「我們屢次被襲，慪得一肚子悶氣，現在好應主動出擊，找方夜羽的人祭祭旗。」

風行烈皺眉道：「敵暗我明，如何可以下手呢？」

戚長征的聲音低下去道：「可以用誘餌的方法。」

眾女本豎起耳朵，聽他兩人說話，見他們說的是正事，遂不在意，各自談笑起來。谷姿仙最愛關心別人，走到褚紅玉旁，爲她解悶，紅袖則向宋媚問起到京的經歷，氣氛融洽。

戚長征見眾女不再注意他們，壓低聲音道：「我明早約了古劍池的薄昭如，說不定可由她那裏獲得寶貴的資料，風兄可否為我掩飾，使我可脫身去赴約？」

風行烈為之愕然，苦笑道：「你這風流的混蛋。」

戚長征除了陪笑外，還有甚麼可說？愈在生死決戰的時刻，他便愈需要美女的調劑和鬆弛，他的本性就是如此。

第九章

戰神圖錄

第九章 戰神圖錄

首當其衝的是里赤媚。他迎上覆雨劍獨有劍芒形成的雨暴，兩手幻出千重掌影，在剎那間擋了浪翻雲十二劍，全是以快對快，沒有一絲取巧。他全力展開身法，在劍雨中鬼魅輕煙地移動，把速度不斷提升，達到天魅身法的極限。他的凝陰眞氣與天魅身法二而爲一，當速度增加時，眞氣亦加強，確是玄奇秘奧的神功，即使覆雨劍一時亦奈他莫何，何況浪翻雲仍要分神應付其他高手的進攻。「鏘鏘鏘！」浪翻雲同時擋了年憐丹三下重劍，化解了任璧的一記隔空拳。覆雨劍驀地再盛放擴展，把由蚩敵和強望生同時捲入了劍雨裏。他亦消失不見。頓使與戰者均有種玄之又玄的詭秘感覺。

韓柏和了盡禪主與浪翻雲早有默契，趁浪翻雲纏著敵方最強的里赤媚等人，由戰圈旁迅速逸去，剛躍下瓦面，腳尙未觸地，色目高手「吸血鐽」平東手持血鐽、「山獅」哈刺溫舞動雙矛，加上色目陀的大斧，由前方撲至，分取韓柏前額、左脅和右腰三處要害。高手出招，自然而然配合無間，教韓柏完全無法取巧竄逃，除非他能硬闖過去。同一刻四條人影分從兩側閃出，攻向落後掩護韓柏背著秦夢瑤的了盡禪主。左後側來的是絕天滅地的一刀一劍，右後側則是初次出現的女眞高手赤佳爾和貞白牙。赤佳爾的獨門兵刃乃精鋼打製的狼牙棒，年在六十間，鬚髮俱紅，有如一團烈火。貞白牙外號「流星」，使的是由一條粗鐵鍊連起的兩個鋼球。這兩人乃女眞族公主「玉步搖」孟青青的護將，武技強橫，絕不比色目高手平東和哈刺溫遜色。七個人分三方向兩人進擊，一出手就封死了所有進退之路。

了盡禪主縱使在此陷身重圍，強敵環攻的要命時刻，仍是那麼從容不迫，低宣一聲佛號，一掌拍在秦夢瑤背上。韓柏本要出招抗敵，一股沛然莫測的龐大內勁，透過秦夢瑤的身體，千川百河般湧入經脈裏，再結聚成上沖之力，把他帶得離地而起，斜斜往上掠飛。了盡禪主兩袖後拂，把後方兩組人硬生生逼開時，閃電移前，再兩袖前揮，迎上平東的血鏟和哈刺溫的雙矛，正中飛出那一腳才是精華所在，先是腳尖一擺，盪開了色目陀的大斧，才破入色目陀的空門，若非色目陀回手擋格，包管立即給一腳踹死，饒是如此，色目陀仍給他踢得口噴鮮血，倒跌開去。了盡禪主這一出手，立時震懾了在場的其他高手。韓柏早大鳥般越過了敵人的封鎖網，落到一棵大樹上，借力再飛起，投往另一屋頂去。了盡乘著色目陀露出的空隙，平東和哈刺溫又給他震得退往兩邊，搶出重圍，追著韓柏去了。這批高手，竟不能阻他片晌。

韓柏剛踏足瓦面，屋脊上撲出了鷹飛，身在半空，早揚起魂斷雙鉤，向韓柏當頭擊落。動作快逾電光石火，勁氣如山，凌厲無匹。韓柏吃虧在未曾立穩，無法使出全力去擋他蓄勢狂擊，一晃下行雲流水般橫移開去。獷男廣應城的鐮刀和俏姝雅寒清的長劍，亦隨著他們撲上屋頂，撒出一面刀劍形成的防禦網，務要教他無路可逃。此時鷹飛的雙鉤追擊過來，取的是他背上的秦夢瑤，更令他腹背受敵，難以兼顧。他陷於險境時，了盡禪主正凌空飛來，要爲他解圍，豈知一道寒氣，由下方沖天而上，往他戳來。了盡禪主立即判斷出若不全力應付，只怕未到達韓柏處，自己便一命嗚呼，以他堅定的禪心，亦不由無奈一嘆，往下瞧去，只見一位天香國色的黃衣美女，身劍合一，御劍攻來。人未至，先天劍氣撲體而至，正是慼長征曾有一面之緣的女眞族絕代高手「玉步搖」孟青青公主。了盡禪主想不到對方在里赤媚外，尚有如此高手，心中再嘆，進入無心無念的禪境，放下對韓秦兩人的擔憂，全力一掌下拍，但當然趕不及去救韓柏和秦夢瑤了。

韓柏在此生死存亡的時刻，後背仍全面享受著與秦夢瑤仙體接觸的感覺，魔種臻至前所未有的道境。手中握著那神秘莫測的鷹刀，忽地像成爲了他不可分割的一部分，思想的延伸。一種絕不可以形容的感覺蔓延全身。忽然敵人和屋頂都消失了，他發覺來到一座廣闊無匹的巨殿裏，殿頂有個透著光暈若星空般的大圓圖，離開他最少有四十丈的驚人距離。勁風前後襲來。韓柏想都不想，鷹刀往後揮出，手腳同時朝前拍踢。「噹！」的一聲巨響。巨殿消失無蹤。鷹飛硬被他鷹刀震得踉蹌倒退。而前方的廣城武和雅寒清更是一臉驚駭，雅寒清竟給他連人帶劍，掃下屋頂。韓柏福至心靈，知道自己剛才因緣巧合下，嵌進了鷹刀內那傳鷹留下的精神烙印裏。就像透過傳鷹的眼睛，看到了他某一段神秘莫測的經歷，心中狂喜，伸手摸上秦夢瑤的香臀，大笑道：「好夢瑤！讓爲夫帶你到皇宮去。」長嘯聲中，拔身而起，避過了鷹飛第二波的攻勢，落到另一屋頂去。甄夫人和方夜羽兩人站在另一屋頂之上，瞪大眼睛看著韓柏，都有點不相信所看到的事實。此時皇宮方面隱隱傳來號角之聲，顯示嚴無懼正調動高手，趕往這邊來。方夜羽和甄夫人對望一眼，拔出兵器，全速向韓柏迎去。

這邊的了盡禪主和清美絕艷的孟青青交換了十多招，剛佔了少許上風，平東等又趕至，加入戰團，把他纏實不放。韓柏仍在凌空當兒，又進入了鷹刀內那奇異的天地裏，只見巨殿一邊壁上，由上至下鑿了「天地不仁以萬物爲芻狗」十個大字。當腳踏瓦面時，那腦海中的幻象才消去，使他回到重重被困的現實裏，四個人聲勢洶洶狂攻而來，匆忙間，只認出了其中一人是「白髮」柳搖枝。其他三人是年憐丹的師弟竹叟和甄夫人以下最厲害的兩名花刺子模高手「紫瞳魔君」花扎敖、「銅尊」山查岳。他們本以爲鷹飛加上獷男俏姝，足可收拾受到秦夢瑤牽累的韓柏。豈知這小子大發神威，竟能同時擊退三人，還逃了出來，駭然下全力攻截，全是不留後著的拚殺招式，暗忖以他們四人聯手之威，即使浪翻雲亦不敢輕忽大意。韓柏感到自己精足神滿，體內魔種似有無盡無窮的潛力，但亦自忖無法同時擋著這四名可怕的高手，何況背上的秦夢瑤是如此地不堪一擊，身形忽動，先避過了花扎敖劈向秦夢瑤粉背，力能摧心裂肺的隔空掌，又閃過了竹叟橫砸過來有移山拔嶽之勢的寒鐵杖，快逾脫兔般迎往右側撲來的老相好柳搖枝，哈哈一笑，手中鷹刀化作長虹，使出了有史以來最天馬行空的一刀，劈在對方鬼嘯連連的玉簫上。他的動作既瀟灑，又意態高逸，但偏使與戰者無不感受到他堅強莫匹的鬥志，那種氣勢可令人心虛膽怯和折服。感受最深的是秦夢瑤，她靜若止水，有若洪爐火上仍不竭不滅般的冰雪心靈，隱隱感到一些玄奇美妙的變化正在自己緊摟著的愛郎身上發生著，那使她的道境因著與韓柏精神的聯繫，亦進入前所未有的境地和領域去。她確切地領受到與韓柏合而爲一，道胎融入了他魔種裏去的感覺，韓柏的血肉在她懷裏勃發著強大的魅力和生機，一時心神皆醉，首次生出神魂顛倒，恨不得立即與他更進一步合體交歡的強烈反應。韓柏的魔種受她道胎刺激，亦立生感應，身體湧起強烈至能淹沒大地的慾火，可是精神卻與鷹刀連結難離，忽然間達到了情慾分離的境界。

「鏘！」的一聲巨響，柳搖枝硬生生被他劈開了五步，使包圍網露出了珍貴的空位。其他三人大驚失色，緊撲而至，目標取的都是韓柏背上的秦夢瑤。只要殺死秦夢瑤，韓柏縱能逃去，他們亦完成了最主要的任務。韓柏殺得興起，魔功傳入秦夢瑤體內，護著她不受氣勁侵害，猛一扭身，先移往右，變成對著山查岳的重銅鎚，鷹刀電掣而出，「噹！」的一聲，竟劈得對方退了兩步，接著再一連三刀，殺得山查岳左支右絀，毫無還手之力。鉤風由上攻至，韓柏揮刀上迎，赫然是剛趕到的鷹飛。山查岳手臂痠麻，乘機退了開去，好讓撲過來的竹叟和花扎敖放手施爲。就在這要命時刻，韓柏的腦海浮出了一幅清晰的圖像，上方刻有「戰神圖錄」四個字。更奇妙的是一種不知由何處而來的明悟隨著這幅圖像流入心田裏，使他發自衷心的雀躍鼓舞，刀勢忽變，竟若最善騰挪閃避敵人的魚兒般，游入了雙鉤的空隙去，一刀劃往鷹飛的胸膛。鷹飛怎想得到他的刀法如此奇幻玄異，魂飛魄散下哪還記得攻敵，兩鉤回守，險險勾著了鷹刀。「錚！」然聲響，給他劈得拋飛開去。

就在刀鉤相觸時，韓柏「看到」了另一幅戰神圖錄，湧起另一股深刻的明悟。而宇宙某一種秘不可測的力量，亦由鷹刀作媒介，輸入了他體內，與他的魔種結合爲一。韓柏忍不住仰天歡嘯，大手撫上秦夢瑤的粉背，把那股與魔種匯流凝聚的力量注入她的仙體去。秦夢瑤被從他兩個不同層面而來的力量送入曼妙無匹的天地裏。一方面是他身體不住壯大的生氣和血肉的刺激，另一方面卻是由他大手轉介而來神秘的精華和力量。使她既是愛思情火難禁，同時亦是禪境道心更趨通明。她感到斷了的心脈躍動著無限的生機，再不若以前的死氣沉沉，雖仍未死脈重生，但已非全賴眞氣維持生命可比。

花扎敖和竹叟兩大高手殺至。前者化抓爲刀，刺向他咽喉，同時飛起一腳，疾踢他的小腹；後者的寒鐵杖，由大外圍橫掃過來。韓柏大笑道：「來得好！」森厲的殺氣由鷹刀潮湧而出，罩向兩人，倏忽間刀光生寒，畫出一圈虹芒，護著全身。花扎敖的掌腳和竹叟的寒鐵杖，眼看可擊中對方，最後都只是擊在他畫出的刀光上，齊被震退。此時甄夫人和方夜羽已來到屋瓦上，見韓柏反手摟著秦夢瑤，鷹刀一揮，從容不迫地擊退花山兩人，那種不可一世的氣度，有若降世的天神，都心中凜然。甄夫人更瞧得芳心一軟，恨不得投入他懷裏，向他投降和奉上處子之軀。全賴一咬舌尖，才回醒過來。知道自己由於對他的一絲情愫，於是基於男女間微妙的吸引，不克自持起來，暗抹了一把冷汗。方夜羽一聲長嘯，左右三八戟電射向韓柏，甄夫人猛咬銀牙，狠下心腸，腳下行雲流水，珠走玉盤般，手中寶劍化作漫天劍影，臨近時束聚為一線，往這使她愛恨難分的軒昂男兒刺去。他兩人一出手，聲勢自是不同凡響。

韓柏雖連番卻敵，威風八面，仍不敢硬攖這兩人聯手之勢，猛提一口真氣，疾如激矢般往右橫移五尺，變成來到方夜羽的右側，微笑道：「夜羽兄你好！」手中鷹刀卻不閒著，揚刀迅劈。方夜羽想不到他苦戰之後，仍似留有餘力，全無掛礙，心中大訝，施出魔師秘傳，三八戟奇詭絕倫的先後揮打在鷹刀之上，化去對方疾擊。「鏘鏘！」兩聲脆響，兩人同時外移，抽空調元運息，原來兩人都是全力出手，暗寓真勁，不用兵器臨身，只要有一方功力稍弱，重則功散人亡，輕則氣虛力耗，其中凶險，實非表象那麼簡單。初步接觸，似乎兩人勢均力敵。可是方夜羽卻知自己遜了一籌，因為他是全仗精妙的戟法，化去了對方小半力道，才能保持平分秋色之局，若是毫無虛假以硬拚硬，說不定會當場出醜。但他卻不會認為自己及不上韓柏，因為自見到秦夢瑤緊貼韓柏背上，星眸緊閉，一臉陶醉寧恬，他便妒火中燒，不能全面發揮真實的本領。甄夫人由他身旁掠過，長劍箭般射往韓柏，森寒的劍氣，潮湧浪捲，緊緊罩著仍在往後退開的韓柏。韓柏見到甄夫人，兩眼立時射出令她心軟力疲的神光，哈哈笑道：「美人兒啊！我想得你很苦。」甄夫人心中一軟，劍勢立時轉弱，韓柏的鷹刀剛砍在她劍上。

花山兩人和休養生息後的竹叟柳搖枝，再次攻至。韓柏氣定神閒，再擋了甄夫人兩劍，腦海裏閃過一幅接一幅的戰神圖錄，湧上一浪接一浪的哲思明悟。驀地身隨刀走，覷準一個空隙，竟撞入方夜羽和甄夫人間。兵刃交擊聲連串響起。眾人絕想不到他竟會取他們最強的兩人間遁走，到他逼開了方夜羽和甄夫人時，韓柏一聲歡呼，沖天而起，投向遠處另一屋頂。韓柏尚在半空之際，眼角紅影一閃，狂飆襲體而至。伏伺一旁的紅日法王終於來了。韓柏這時腦海中升起戰神圖錄最後一幅的「破碎虛空」，心領與神會，想都不想，手中鷹刀精芒飛撒，看似隨意般一刀往紅日法王劈去。紅日法王「咦」地一聲，手掌驀地脹大，印在刀鋒上。一股摧心裂肺的狂勁由紅日大掌送出，沿刀而來，破入韓柏體內。韓柏心知此乃生死關頭，一邊全力凝勁反擊，又運起捱打神功，化去對方驚人的內勁，免得傷及秦夢瑤。兩人同時在空中往後拋飛。紅日兩個翻身後已控制了跌勢，輕飄飄落在另一屋頂上。韓柏則口噴鮮血，斷線風箏般墜向地面。後面啣尾追來的方夜羽、花扎敖等人見狀大喜，全力追殺而上。反是甄夫人故意落後，不欲劍上沾上韓柏半滴血跡，還要壓下救他的強烈衝動。

韓柏腳觸地上，一個踉蹌後立即站穩，手臂痠麻，看著湧來的戟光掌影，暗嘆一聲，正要拚死迎戰，一道人影閃至身前，手中盜命桿化作漫天光影，同時擊中方夜羽的三八戟和花扎敖的雙拳。

嚴無懼的喝聲由上空傳來，叫道：「誰敢在京師撒野！」

葉素冬的聲音亦由遠而近高呼道：「捉拿反賊！」

方夜羽知道錯過了殺死韓柏的機會，幾乎要大哭一場，往後飛退，同時發出撤退的暗號。紅日法王早走得無影無蹤。

里赤媚等現身攔截，至方夜羽下令全面撤退，前後絕不超過一盞熱茶的短暫光陰，可見所有動作是如何連續迅捷，過程如何凶險。即使以浪翻雲蓋絕天下的劍法，仍沒有可能同時擊退有里赤媚在內的五大域外高手的圍攻。所以待韓柏遠去，他立即飛身而出，又在前路攔截上里赤媚向韓柏的追擊。其他四人均怕里赤媚不敵，被迫湧過來共抗天下無雙的覆雨劍。兩次成功地阻截了里赤媚後，撤退的尖哨聲傳遍夜空，里赤媚等唯有無奈退去。誰想得到以他們如此強勢，仍幹不掉一個背著秦夢瑤的小子韓柏？

那邊的了盡禪主雖採用了遊鬥的方式，始終避不開女眞公主孟青青與多個域外高手的苦纏，不過他縱使在最凶險的時刻，最強大的壓力下，仍是那副從容不迫的樣子，顯示出一派宗主的大家風範，不愧兩大聖地之一的最高領袖。孟青青退走時，向他露出一絲迷人的笑容，輕柔道：「得罪禪主了！」這才與平東等人隨大隊撤走。了盡和浪翻雲均不願與東廠的人相見，向韓柏傳音道別，功成身退，沒入了暗黑裏。秦夢瑤由韓柏背上落回地上，竟有種依依不捨之情，那種強烈的依戀感覺，還是首次生起。

范良極調元運氣，平復了獨擋甄方兩人幾招後的翻騰血氣，先向韓柏道：「你這小子不但艷福齊天，還傻福齊地，這樣都死不了。」接著望向秦夢瑤時，全身劇震道：「瑤妹竟可變得如此聖潔無瑕，偏又是這麼有女人味，這小子究竟對你做過甚麼手腳。」

秦夢瑤對范良極甜甜一笑，湊到韓柏的耳邊柔聲道：「夢瑤伏上韓柏的虎背上，便感到自己變成了祈碧芍，韓郎則是傳鷹，重演當年傳大俠於千軍萬馬中救出愛人的美景。」

韓柏尚未回答，嚴無懼和葉素冬等人已落到身旁，齊聲請罪。

韓柏看了秦夢瑤一眼，回刀鞘內，迫不及待道：「我們立即去見皇上，我還有很多事要做。」

秦夢瑤俏臉一紅，垂下螓首，自是知道這小子想到要做的是甚麼，看得初見這仙子的嚴無懼和葉素冬全傻了眼，天啊！世間竟有如此絕代仙姿，不由暗羨起韓柏來。

踏入皇宮後，秦夢瑤回復了她一貫的寧恬超然，淡雅如仙，傍在韓柏之旁，嬝娜娉婷地輕移玉步。韓柏臉上多了一重奇異的神采，使他更是魅力四射，連秦夢瑤都忍不住多看了他兩眼。他自己也知道在剛才的苦戰裏，發生了一些奇妙的事，看到了深藏鷹刀內的「戰神圖錄」，使他的魔種終於到了收發由心的境界，以致功力陡增。可是他仍不能掌握鷹刀傳給他的智慧，看來那是需要一段時間去消化吸收的。況且他根本沒有興趣在這時去思索這方面的事，現在他只希望趕快爲秦夢瑤續回心脈，其他的一切都在相比下變得微不足道。進入端門時，秦夢瑤把韓柏的鷹刀要了過去，和飛翼劍同掛背上，她身分超然，不受入宮解劍的規例約束。

聶慶童把兩人引進書齋時，朱元璋正坐在龍椅處閉目沉思。聶慶童退了出去，韓柏忙跪地叩頭。朱元璋霍地立起，目瞪口呆看著俏立韓柏之旁的秦夢瑤。

秦夢瑤淡淡一笑道：「皇上安好！」

朱元璋劇震一下，大步走來，直到秦夢瑤身前，搖頭嘆道：「天啊！夢瑤你不但清麗直追靜庵，神態語氣竟亦如此肖似。朕眞想拜倒裙下，親吻你的仙足，以示朕對你的愛慕。」

韓柏不似秦夢瑤有那種超然身分，站起來不是，跪著又不服氣。又見朱元璋一開始就對秦夢瑤大表愛慕之思，更不是味道。

秦夢瑤眼中神光射出，淡淡看了朱元璋一眼，柔聲道：「可以讓韓郎平身了嗎？」

朱元璋被她的仙眼一凝，心中凡念全消，仰天一嘆，揮手道：「韓柏起來，朕雖得了天下，你卻得了天下第一仙女，你若肯和朕交換，說不定朕也會答應。」韓柏趕忙起立，知道不宜發言，退到一旁，靜觀事態的發展。

秦夢瑤輕輕嘆道：「皇上若爲夢瑤放棄了天下，豈不有負恩師所託。」

朱元璋定神瞧著秦夢瑤，感受著她那種飄逸出塵的韻致，怎麼也不能把她和任何凡世的俗事拉在一起。想起初會言靜庵的醉人情景，黯然神傷，喟然道：「看來我大明所有山川靈秀之氣，都鍾集於夢瑤一身之上，想到朕始終和靜庵似有緣實無緣，便覺得權勢名位，不過若天上浮雲，毫不實在。」

秦夢瑤知道自己的出現，勾起了朱元璋一直積壓在內心深處的感觸，露出笑靨，歉然道：「夢瑤罪過，竟使皇上心神受擾了。」

朱元璋見她嫣然一笑，有如春風煦日，明艷無倫，這種神態，只有在言靜庵身上可以得見，竟呆了起來，忘掉了說話。旁邊的韓柏亦被秦夢瑤的仙姿靈韻迷得三魂七魄走失了一半，又驚異於朱元璋的變化，一時間只曉得呆呆看著兩人。

秦夢瑤忽地輕挽秀髮，微側臉龐，露出深思的表情，神態之美，實是無以復加。朱元璋心中一陣悸動，知道她這動人的風姿，有生之日都休想磨滅，心中湧起一種無法解釋的衝動，很想去侵犯她，使她爲自己難受；甚或傷害自己，看看她會不會擔心。深吸一口氣道：「我們坐下再說好嗎？」

秦夢瑤點了點頭，在他引領下，到了他龍桌的對面去，韓柏則側坐桌旁。

朱元璋登上龍座，眼中電芒閃過，盯著秦夢瑤恬淡高逸，清麗如仙，令人不敢平視的絕世玉容，平靜地道：「夢瑤爲何肯來見朕呢？」

秦夢瑤通明的慧心隱約捕捉到這天下最有權勢的男人微妙的心態，微微一笑，露出了編貝似的皓齒，紅艷的櫻唇吐出輕輕一聲嘆息，秀眸射出悲天憫人的神采，嬌美地搖頭道：「皇上想見夢瑤，夢瑤便來了，還需要甚麼原因呢？」

朱元璋爲之愕然。他本以爲秦夢瑤定會責怪他縱容蒙人之事，豈知秦夢瑤的人就像她的劍，全然無跡可尋，教他有力難施。兼且這仙子一顰一笑，舉手投足，都無不優雅動人，嬌艷清柔，他生平所遇美女無數，除了一個言靜庵外，無不失色。爲何這美女並不屬於我朱元璋呢？我身爲天下至尊，最好的東西怎可不爲我所有？想到這裏，恨意大增。

旁邊的韓柏很少有機會如此靜靜欣賞這來自天上的仙子。想起一會可和她共偕連理，不由心醉神馳，恨不得立刻把她擁入懷裏，蜜愛輕憐，細意呵護。朱元璋眼中露出深邃難測的神情，看得秦夢瑤心中暗懍，知道他初遇自己的震撼一過後，回復了他梟雄霸主的常態，開始揣度應如何對付自己，又或如何好好利用她，甚至擁有她。即使以朱元璋的精明厲害，亦無法明白她「劍心通明」的境界，那就像一池沒有任何波紋的清水，可以一點不漏地反映著周遭一切事物，包括揣摩不到的思維情緒。她的思想有若輪轉，心湖浮起無數的人和物。當年師父爲何選取了他呢？難道她看不透朱元璋乃天生冷酷無情的功利主義者，性格自私，每一件事都以己爲本，別人爲副。但事實擺在眼前，中原出現了前所未有的太平盛世，可見言靜庵慧眼無差，且確實選對了人。言靜庵的智慧眞的深不可測。

秦夢瑤以菩薩般洞燭無遺的目光，若不經意地看了朱元璋深深的一眼。朱元璋心頭劇震，忽然感到秦夢瑤雖近在咫尺，事實上離開他卻有十萬八千里之遙，那純粹是一種主觀上的感覺，可是又如此地眞實。她就若雲間仙子般可遠觀而不可近觸，縹緲超然，使他爲起了佔有她的心而羞愧。旁邊的韓柏亦生出反應，感到她爲了天道，甘願捨棄一切的決心。幸好回心一想，記起自己的魔種已成了她天道追求的一部分，才不致因自慚形穢，稍減愛心。

秦夢瑤自踏入這書齋後，一直以禪門最高心法，處處克制朱元璋的精神，使他不會因一時衝動，胡作妄爲，到此刻知道成功消除了他對自己的妄念，也好應和他攤牌了。她綻出一絲淺笑，望進朱元璋的眼中道：「皇上準備如何對付虛若無先生呢？」

朱元璋心中一懍，收攝心神，表面不露出絲毫內心的想法，正容道：「夢瑤不覺這句話問得奇怪？若無兄既是我朝開國最大的功臣，又是朕的至交好友，朕怎會有對付他的心。」

秦夢瑤目不轉睛盯著他，眼中射出教人不敢逼視的神光，頃刻後徐徐道：「這次夢瑤下山之前，師父曾有贈言，若皇上只當夢瑤是外人，那就給皇上看一件東西……」

朱元璋龍心失守，一震道：「是甚麼東西？」

秦夢瑤臉上現出一個淒美至令這老少兩人同時心碎的回憶表情，搖頭道：「師父最後都沒有將那件東西交給我，只是神傷低回地說：『罷了！若他眞是如此，便算了吧！我們終是方外之人，並不眞懂塵世的事。』」

朱元璋長身而起，朝後走去，仰天一嘆，負手背著兩人道：「靜庵啊！朕怎鬥得過你呢？夢瑤！告訴朕，你想朕怎樣做？」

秦夢瑤體貼地道：「皇上乃天下之主，怎麼做全操控在你手裏，夢瑤亦不想左右你的想法和做法。事已至此，只要皇上不暗中扯鬼王後腿，大明仍有希望，否則亂局一成，誰也不知道天下黎民會再受到甚麼樣的苦楚橫禍？」

韓柏聽得心中折服，秦夢瑤的話就像她的劍，看來輕描淡寫，但亦若浪潮般教人難以抵擋。

朱元璋轉過身來，龍目泛著淚光，點頭道：「若這麼一件事，朕都不肯答應靜庵，我朱元璋怎配得起她的眼光和抬舉。」接著兩眼神光射出，凝視著秦夢瑤道：「夢瑤仙軀聖體，為何卻肯委身這小子呢？」

秦夢瑤淡淡一笑，道：「這或者就是命運吧！」

兩人對視頃刻，朱元璋點頭道：「朕現在愈來愈相信命運這回事，對此亦欲語無言。」首次瞧向韓柏道：「若無兄法眼無差，你這小子確有令任何人艷羨的天大福氣。」接著長嘆一聲道：「我本立下決心，不擇手段去得到夢瑤，縱使只是一個美麗的虛殼，總好過一無所得。但等到見到夢瑤時，才感到這想法多麼卑鄙，多麼令靜庵天上之靈失望痛心，好吧！韓柏你可代夢瑤提出要求，看朕能否如你所願。」

韓柏大喜拜謝道：「小子只想皇上賜盤龍山上的接天樓用上一晚，因爲那是現在京師裏最安全的地方。」

以秦夢瑤的修養，仍禁不住赧然垂首。她怎還不知這小子要在樓上對她幹甚麼好事嗎？

朱元璋呆了起來，喃喃自語道：「你這小子總是這麼浪費，難道朕許的要求如此不値錢？」

韓柏望著霞燒玉頰的秦夢瑤，嘆道：「這要求不但不浪費，還會成爲千古流傳的美事，就像傳鷹大俠的躍馬虛空而去，成爲後人無限仰慕的異跡。」

《覆雨翻雲》卷九終

新人間叢書136

覆雨翻雲修訂版〈卷九〉

作　者—黃易
主　編—葉美瑤
編　輯—邱淑鈴
校　對—黃易、余淑宜、陳錦生
企　畫—陳靜宜
董事長
發行人—孫思照
總經理—莫昭平
總編輯—陳蕙慧
出版者—時報文化出版企業股份有限公司
10803台北市和平西路三段二四〇號三樓
發行專線—（〇二）二三〇六—六八四二
讀者服務專線—〇八〇〇—二三一—七〇五・（〇二）二三〇四—七一〇三
讀者服務傳眞—（〇二）二三〇四—六八五八
郵撥—一九三四四七二四時報文化出版公司
信箱—台北郵政七九～九九信箱
時報悅讀網—http://www.readingtimes.com.tw
電子郵件信箱—liter@readingtimes.com.tw
法律顧問—理律法律事務所　陳長文律師、李念祖律師
印　刷—盈昌印刷有限公司
初版一刷—二〇〇四年十二月二十日
初版三刷—二〇一三年一月二十五日
定　價—新台幣二四〇元
⊙行政院新聞局局版北市業字第八〇號

ISBN 957-13-4195-9
Printed in Taiwan

國家圖書館出版品預行編目資料

覆雨翻雲修訂版／黃易著. --初版. --臺北
市：時報文化, 2004〔民93-〕
冊；　公分. --（新人間；128-139）

ISBN 957-13-4186-X（一套：平裝）

ISBN 957-13-4187-8（第1冊：平裝）ISBN 957-13-4188-6
（第2冊：平裝）ISBN 957-13-4189-4（第3冊：平裝）
ISBN 957-13-4190-8（第4冊：平裝）ISBN 957-13-4191-6
（第5冊：平裝）ISBN 957-13-4192-4（第6冊：平裝）
ISBN 957-13-4193-2（第7冊：平裝）ISBN 957-13-4194-0
（第8冊：平裝）ISBN 957-13-4195-9（第9冊：平裝）
ISBN 957-13-4196-7（第10冊：平裝）ISBN 957-13-4197-
5（第11冊：平裝）ISBN 957-13-4198-3（第12冊：平裝）

857.9　　　　93016670